卵料理のカフェ⑤

保安官にとびきりの朝食を

ローラ・チャイルズ　東野さやか 訳

Eggs in a Casket

by Laura Childs

コージーブックス

EGGS IN A CASKET
by
Laura Childs

This edition published by arrangement with
The Berkley Publishing Group,
a member of Penguin Group (USA) LLC,
A Penguin Random House Company
through Tuttle-Mori Agency,Inc.,Tokyo

挿画／永野敬子

わたしが十歳のときに
わが町に移動図書館を導入してくれた
スコット郡のすばらしき人々に捧ぐ。
やっと手に入れた、わたしのための本物の図書館！
あそこの本は絶対に全部読んでいます。

謝辞

サム、モーリーン、トム、ボブ、ジェニー、ダン、そしてバークレー出版グループのデザイナー、イラストレーター、ライター、広報、営業のみなさんに多大なる感謝を。いろいろとありがとう！　すべての書店関係者、書評家、図書館員、ブロガー、フェイスブックの友だち、そしてすばらしい読者のみなさんにも心から感謝します。愉快なカックルベリー・クラブの三人組の人気があいかわらずで、とてもうれしく思います――だって、この物語を書くのはとても楽しいんですもの！

保安官にとびきりの朝食を

主要登場人物

スザンヌ・デイツ……………………カックルベリー・クラブ経営者
トニ・ギャレット……………………スザンヌの親友。同店の共同経営者。給仕担当
ペトラ……………………………………同店の共同経営者。調理担当
ジュニア・ギャレット………………トニの別居中の夫
カーメン・コープランド……………ロマンス作家。ブティック経営者
ミッシー・ラングストン……………カーメンのブティックの従業員。スザンヌの友人
サム・ヘイズレット…………………医師。スザンヌの恋人
ロイ・ドゥーギー……………………保安官
レスター・ドラモンド………………元刑務所長
ディアナ・ドラモンド………………レスターの元妻
ヘイヴィス・ニュートン……………歴史協会の新任理事長
ラリー・チェンバレン………………町の助役
デイル・ハフィントン………………刑務所の看守
ドウェイン・スチューダー…………刑務所に服役中
カール・スチューダー………………ドウェインの父。密猟者
ブーツ・ワグナー……………………ジムのオーナー
カーラ・ライカー……………………ジムのトレーナー
ジェイク・ガンツ……………………アーティスト
アラン・シャープ……………………弁護士。町長の右腕

1

スザンヌが運転するフォード・トーラスが狭くぬかるんだ道をあえぎあえぎ進んでいくと、渦巻く霧のなかにメモリアル墓地の黒い錬鉄の門が通せんぼする歩哨《ほしょう》のようにぬっと現われた。

「あそこだ」トニが指差した。彼女は助手席で縮こまり、白くくもったフロントガラスに上向きの鼻をぺったりとくっつけていた。「ど正面《デッド・アヘッド》」

「死んで《デッド》いるだなんて、墓地にぴったりの表現だわね」スザンヌはトニをちらりと盗み見た。

カックルベリー・クラブのオーナー、スザンヌ・デイツと共同経営者のトニ・ギャレットは、かぐわしい花をアレンジした大きなバスケット四個とともにスザンヌの車に窮屈そうに乗っていた。

墓地の開設百五十年を記念する式典が明日の午前に開催される予定で、にぎやかな花のデコレーション、二十一発の礼砲、ろうそく片手に由緒ある墓をめぐるキャンドルライト・ウォークが計画されている。しかし、三日前、ダコタ方面から土砂降りの雨と肌寒い天気が到来し、このまま中西部の田舎町キンドレッドに永住しそうないきおいだった。そういうわけで、どんよりした雨空の木曜日、スザンヌは雨があがって式典が無事におこなわれるだろうかと案じていた。

「慎重に頼むよ」注意するトニの声を聞きながら、滑りやすいくねくね道を運転していくと、ひざまずく天使の石像が見えてきた。天使像は片方の翼の先端が欠け、悲しみをたたえた顔は長い歳月であばたになっていた。

「かわいそうだね」トニが言った。「翼が欠けちゃってる」

車は墓地のなかでも歴史が古く、南北戦争を戦った兵士が安らかに眠る区画を泥を撥《は》ね飛ばしながら進んだ。このあたりに生えている巨大なオークやハコヤナギは、幌《ほろ》馬車が大草原を行き交っていた時代から空へとのびてきたもので、そこからビッグ・ウッズという地名がついた。その下に広がる古い墓石群は雨風でぼろぼろなうえ、妙な方向に傾いているものだから、虫歯がずらりと並んでいるようなありさまだ。どうしたわけか、墓地のこの区画だけは定期的な手入れをされてこなかったらしい。

「ねえ、花はどこに置けばいいんだっけ?」スザンヌはフロントガラスの向こうに目をこらしながら訊いた。

水に濡れたシダレヤナギが車の側面を叩き、あやしくささやくような音がする。後部座席からはむせ返るような花の香りがただよい、そのせいで車内は葬儀場のようになっていた。スザンヌとしてはできるだけ早くバスケットを置いて、とっとと退散したいところだった。なにしろ、一年ほど前に運を天にまかせて開業したささやかなカフェ、カックルベリー・クラブで、三人組の残るひとり、ペトラが待っているのだ。彼女はいまごろモーニング・タイムの準備に余念がないはずで、その時間まであと――まあ、たいへん！――三十分しかない。

「花は南北戦争記念碑の近くに置くんだ」トニが言った。「歴史協会の人からそう聞いてる」

歴史協会は明日のイベントの主催者だが、最近は理事長が就任したばかりだったり、やる気はあるけれども能力に難があるボランティアが殺到したりと、やや混乱ぎみだ。

「で、その記念碑とやらはどこかしら？」

スザンヌは肩までの長さのしなやかなボブヘアをうしろに払った。霧状の筋が何本も、天空の綿菓子のように車のまわりをただよっている。墓地のこのあたりは不案内なせいで、一瞬、道に迷ったような錯覚に襲われた。大理石のオベリスクや霊廟《れいびょう》がふわりと姿を現わすたび、背筋がぞくりとし、アドレナリンが血管を駆けめぐる。

落ち着くのよ、とスザンヌは自分に言い聞かせた。運転に集中しなさい。

スザンヌは四十代後半、シルバーブロンドの髪に矢車草のような青い目をしている。いかにも自立した女性らしい余裕と魅力をただよわせ、体は健康的に引き締まっている。ストレートジーンズと合わせた白いシフォンの袖なしブラウスからのぞいた肩は、春のあいだ、大切なハーブガーデンの手入れに励んだせいで光沢のある金色に変わりつつあった。

「歴史協会の人がイベント用のテントを設営したはずなんだよね」とトニ。「花はそこに置けばいいんじゃないかな。そうすれば、つぼみも花も雨にやられなくてすむからさ」

トニは小柄でグラマー、赤みがかったブロンドの縮れ毛が頭を覆っている。きょうはそれを、パールボタンのカウボーイシャツとおそろいの赤いギンガムチェックのシュシュで束ねている。歳は四十代半ば、超セクシーを自称し、超一流のウェイトレスでもある。必死に働いても食べるのがやっとという家庭に育ったせいで、身を粉《こ》にして働くことには慣れている。

「本当にひどいお天気だこと」スザンヌは言った。フロントガラスのワイパーがこすれるような音をさせながら雨粒を払い、車体後部が泥でわずかに横滑りする。こうなると、トニがこのおつかいに手をあげなければよかったのにと思えてくる。とはいえ、この町で商売をやっている以上、こういうイベントに手を貸すのはやぶさかではない。

ヘアピンカーブを曲がったとき、ぼうぼうと茂るコロラドトウヒの林に視界をさえぎられた。そのせいで、向こうから黄色い車が一車線の道を猛スピードで走ってくるのが見えたときは、恐怖のあまり息をのんだ。衝突までに残された時間はわずか二秒。スザンヌは右に急ハンドルを切ってあぶなっかしく進路からそれ、かろうじて正面衝突を逃れた。

「ひゃー！」

トニがすわったままうしろを振り向いた。黄色い車はふたりの車をかすめるようにすれちがいながらも、速度をゆるめることなく走り去った。

「いまの頭のおかしなドライバーを見た？　もうちょっとでぶつかるところだったよね」

スザンヌは指の関節が白くなるほどハンドルを強く握り、速度を落とした。頭のなかが真っ白になった。というのも、ドライバーが知っている人だったからだ。

「いまの、ミッシーの車だったわね」

ミッシー・ラングストンは友人で、同じキンドレッドに住む隣人でもある。

「へ？」トニは啞然とした。「そうだった？」

「ええ」スザンヌはぬかるんだ道にゆっくり車を戻しながら言った。「いまのは絶対に彼女よ」

「ミッシーがこんなところでなにをやってんだろ？」トニは首をかしげた。「ブティックの〈アルケミー〉で服を吊したり開店の準備をしてなきゃいけないはずだよね。悪魔のような女ボス、カーメンのなにひとつ見逃さない目に見張られながら、あくせく働いている時間だよ？」

「ミッシーが手を振ってあいさつしなかったのが解せないわ」スザンヌは言った。「しかもあんなにスピードを出して」おまけに半端でない怯え方だった。

「きっとあたしたちに気づかなかったんだよ」

「そうね」

寒気を感じたのと、あやうく衝突しそうになった恐怖とで、スザンヌは歯の根が合わないほど震えていた。自動車事故は実際にぶつかっても、あわやというところで逃れても、同じようにショックが大きい。ヒーターを弱めに入れ、デフロスターを作動させた。

「いかにもミッシーらしいね」トニは言った。「年がら年中せかせかしてさ」

けれどもスザンヌの目には、ミッシーがただあわてふためいていたようには見えなかった。恐ろしいものから大急ぎで逃げるところのようだった。気味の悪いものから。

「そこでとめて」トニが指をぴんと立てた。「南北戦争の戦没者の墓と古い表示板の隣。そこが投下地点だよ」

「あなたが言っていたテントがあるわ。よかった」スザンヌはゆっくりと息を吐いて不安な気持ちを解き放ち、ぐっしょり濡れた芝生に車をとめた。「花をおろして、大急ぎでカックルベリー・クラブに戻りましょう。時間までに戻らないと、ペトラに雷を落とされちゃう」

「とっととやっちゃおう」とトニ。

雨が激しく降りつけるなか、ふたりは頭を低くし背中を丸めてそそくさと車を降りた。

「ひどい雨」スザンヌはジャケットをはおり、前をかき合わせた。それからシートを前に倒し、後部座席からスパティフィルムを入れたバスケットを引っ張り出そうとした。しかし、あろうことか、バスケットが引っかかって、思うように出てこない。

「便利なジャンプ傘を持ってきてよかったよ」トニは翼をたたんだコウモリのような恰好の、小さな黒い傘を手に取った。腕をのばしてボタンを押し、目の前で傘をぱっと広げたところまではよかったが、次の瞬間、傘は吹きつけてきた突風にさらわれ、墓石のあいだを転がりはじめた。

「あたしの大事な傘!」トニは大声を出した。「《ハリウッドの噂話》を定期購読して、ただでもらった傘!」

「追いかけなさい」スザンヌがそう言うと同時に、花のバスケットがいきなり軽く持ちあがり、あやうくびしょびしょの地面に仰向けに倒れるところだった。

冗談じゃないわ。ここじゃいやよ。こんなところじゃ。しかも、交通事故で木っ端微塵《こばみじん》になりかけた直後だというのに。

「んもう！」近くでトニがわめいた。あと一歩で手が届くというところで、傘はくるくるとまわり、ふたたび風に乗って飛んでいった。「スザンヌ、助けてよ！」

「ちょっと勘弁して！」スザンヌは声を張りあげた。「もう、しょうがないんだから……」

花のバスケットをおろし、なんだかばかみたいと思いながらトニのあとを追って濡れた芝生の上を駆けまわった。土砂降りの雨は記録的なスピードで彼女の髪をぺちゃんこにし、全身をぐしょ濡れにした。溺れたネズミみたいな感じがするだけじゃなく、まさに溺れたネズミそのものだった。

「ウサギ狩りごっこみたいになってきたね」スザンヌが追いつくと、トニが息を切らし、顔を真っ赤にして言った。「ほんのちょっとでも距離がつまると、憎たらしい風が傘をくるくると飛ばしちゃうんだ――くるくるっとね――子どものおもちゃの独楽《こま》みたいにさ！」

「やみくもに追いかけてもだめよ」スザンヌは頭を冷やそうとして言った。「ぐるっとまわりこまなきゃ。傘が行くほうに先まわりするの」

「出し抜けばいいんだね」とトニ。「よくわかんないけど」

ふたりはぐしょぐしょの地面を駆けていき、古い墓をかわしながら、トニの躍る傘を一生懸命追いかけた。

「あった！」スザンヌが声をあげた。「ほら、あそこ。鋳鉄の十字架にあなたの傘が引っかかってる！」

トニは全速力で駆けていった。腕をのばして柄をしっかり握り、破れた傘を頭上にかざした。「捕まえた！」

「やったわね」スザンヌは言うと、大きな花崗岩の墓をそろりそろりとまわりこんだ。「よかった、あなたが……」

スザンヌは急ブレーキをかけるようにしてとまった。目の前に――彼女が次の一歩をおろそうとした場所のほんの六インチ先に――墓穴があいていた。真っ黒な地面が大きく口をあけ、彼女は誘われるようにというか、おそるおそる少しだけ近くに寄ってみた。雨が叩きつけるように降っているというのに、掘り起こしたばかりの土、ピートモス、うどん粉病のにおいが鼻を突いてくる。

「スザンヌ？」トニがジーン・ケリーの映画にでも出ているみたいに、傘を軽くまわしながら近づいてきた。

「人がいる！」スザンヌは息をあえがせた。ぱっくりあいた穴の縁からすばやくのぞきこんだところ、衝撃的な光景が目に飛びこんできたのだ。男の人が数インチほどたまった水に浸かって横向きに倒れていた。ぴくりとも動かず、見るかぎりでは息もしていないようだ。服はびしょ濡れ、顔と手はぱっと見たところ、色が完全に抜けて骨のように白い。

「えっ！」トニはスザンヌの顔に浮かんだ恐怖と驚愕の表情を読み取った。

「そのなかに……あれは……信じてもらえないと思うけど」スザンヌはあとずさりしながら

言った。声が突然、甲高くて苦しそうなものに変わった。「そのなかに人がいるの！」

トニはおそるおそるスザンヌのそばに行った。「死体があるんだね？」スザンヌの腕を取り、下をのぞくのが怖いのか、その場に凍りついたように立っている。「棺《ひつぎ》に入った死体が」

「ちがう、棺に入ってるんじゃない。だから気味が悪いのよ。その人はただそこに……倒れてるの」

「で、死んでるのはたしか？」トニが早口で訊いた。

「ええ。というか、死んでるんじゃないかと思うけど……動いてないし、息もしてないし、生きてる感じがしないもの」しかも幽霊のように白いし……死人のように真っ白。

「うっそ！」

トニは大声をあげた。それから詰め物が取れるんじゃないかと思うほど歯をぎゅっと食いしばった。やがてゆっくりと、おそるおそる墓穴の縁から首を突き出した。

「たしかに死体だ」と数秒してからつぶやいた。呼吸が突然、熱しすぎたやかんのように弱々しく不規則なものに変わった。「でも……誰の死体だろ？」

スザンヌの頭にまず浮かんだのは、大急ぎで車に戻り、とっととここから逃げ出すことだった。安全な場所へ、助けが呼べるような暖かくてよく知っている場所に行くのだ。しかし趣味のよくない好奇心という鉤爪《かぎづめ》で押さえこまれ、ためらいがちに数歩進んで墓穴に歩み寄り、あらためて死体をながめた。数カ月に一度、心に忍び寄る悪夢のように、頭の奥深くではわかっていた。この人物には見覚えがあると。不自然でむごたらしい恰好で横たわる男性の引き締まった筋肉も、片方の手首にぐるりと彫ったトライバルタトゥーも、剃《そ》りあげた頭も見たことがある。

「誰だかわかるわ」スザンヌはかすれた声を絞り出した。「あなたも知ってるはずの人よ」

「誰《フー》？　誰なの《フー》さ？」そう尋ねるトニの声は、近くの森でフクロウが驚いて鳴いているように聞こえた。

「レスター・ドラモンド」スザンヌはかすれ声で言った。

「刑務所の所長の？」トニは啞然とした。

スザンヌは無表情に小さくうなずき、携帯電話を手にした。

「元所長よ」


スザンヌが息を切らしながら緊急通報の番号にかけると、一気にあわただしくなった。法執行センターの通信係モリー・グラボウスキーは、あわてているせいで脈絡に欠けるスザンヌの訴えに耳を傾け、ただちにロイ・ドゥーギー保安官を差し向けると言ってくれた。それからモリーは墓地の管理組合の理事長にくわえ、ドリースデン&ドレイパー葬儀場のオーナー、ジョージ・ドレイパーにも連絡をすると言った。

「みんな、ここに寄こして」スザンヌは電話に向かってせがんだ。「お願いだから、急いでちょうだい」

最初に到着したのはジョージ・ドレイパーで、黒い大型のキャデラック・フェデラルに乗って五分ほどでやってきた。

「リムジンのご到着だ」トニが言った。彼女は死体を目にしたショックはすでに癒えたらしく、完全に死んでいるレスター・ドラモンドを墓穴のそばからちらちらのぞきこんでいた。

「ドレイパーさんだわ」スザンヌは小声でつぶやいた。「保安官が先に来てくれればよかったのに」

ドゥーギー保安官は友人で、正式に宣誓をしたローガン郡の保安官であり、理性の声とされている。彼なら現場を保全し、適切な質問をはじめるはずだ。なぜかと言えば——まだこの恐ろしい言葉を口に出してはいないが、頭のなかでは確信していた——これが不慮の死であることに疑問の余地はないからだ。それ以外に、こんな異様なシナリオの説明がつくはずがない。掘ったばかりの墓穴で人が死んでいるなんて、ほかに考えられないではないか。レスター・ドラモンドがひっそりと亡くなったのだとしても、まともな葬儀場が死体を地中に投げ捨て、棺なしですませるわけがない。あたりまえだ。そんなことはありえない。だからこれは……事故？　あるいは殺人？

とめどなく降る雨のなか、スザンヌとトニが氷の彫像のように立っているところへ、ジョージ・ドレイパーが湿った芝の上を急ぎ足でやってきた。長身でやせこけた彼はトレードマークともいえる黒い礼服に身を包み、ぎくしゃくとした足どりでふたりのほうに歩いてきた。掘ったばかりの墓穴のふちまで来ると、ドレイパーはぞんざいに会釈してからなかをのぞきこんだ。横向きに倒れている死体をながめ、顔をしかめた。

「この墓穴はきのう掘ったばかりでね。ミスタ・シュナイダーの墓なんだよ」

「もうちがう」スザンヌは言った。「いまはレスター・ドラモンドのお墓だわ」

2

　次に到着したのはロイ・ドゥーギー保安官だった。彼が運転するえび茶色とタン色のツートン車は、狭い道でガタガタと小刻みに揺れてとまった。屋根の上で青と赤の警光灯がけだるそうにまわっていたが、ありがたいことにサイレンは切ってあった。

　保安官はゆっくり車を降りると、ズボンとユーティリティー・ベルトを引きあげ、水びたしの地面を歩き出した。ぽっちゃり顔に灰色の髪をした彼は大柄で肩幅が広く、腰のまわりの肉がゆさゆさ揺れている。しかし、ガラガラヘビを思わせる濃い灰色の目とベルトに帯びた腰のものを見れば、彼が自分の仕事を軽く考えているわけではないのがよくわかる。しょぼくれたような顔と特大サイズの制服のせいでのろまと思われがちだが、実際には彼より敏《びん》捷《しょう》な者はめったにいない。

　トニが真っ先に口をひらいた。「あっちだよ」そう言って親指をそらした。「その先で見つけたんだ」

　保安官は大股で墓穴のふちまで行き、なかを見おろした。顔をしかめると、まわりこんで幅が狭いほうに移動し、そこでしゃがんだ。その際、膝の鳴る音がスザンヌのところまで聞こえてきた。

「どうでしょうかね、保安官？」ドレイパーが訊いた。四人のなかで彼がもっとも落ち着いていた。それもそのはずで、死はドレイパーの仕事だ。キンドレッドという小さな町で遺体の回収、防腐処理、通夜をすべてひとりで取り仕切っている。お悔やみカード、芳名帳、メモリアルビデオの準備もするし、ルター派、メソジスト派、カトリック、バプテスト派、監督教会派の葬儀を手がけている。ドレイパーは誰にでも、どの宗派にも門戸をひらいている葬儀業者なのだ。

背筋をのばした保安官の目からは、なにひとつうかがえなかった。「見つけたのは誰だ？」

「わたしが最初に気づいたの」スザンヌは言った。「トニの傘を追いかけていて、そしたら……」保安官が眉をしかめるのに気づき、彼女はすぐさま簡略版の説明に切り換えた。「百五十周年祭のお花を配達に来て、そこでたまたま見つけたの」

「あれはレスター・ドラモンドだな」保安官は言った。「どう思う？」

「たしかに彼のようです」ドレイパーはうっかり土のかたまりを爪先で蹴ってしまい、それが穴に落ちたのを見てスザンヌは思わず顔をしかめた。

「ドラモンドが死んでいるのはたしかか？」保安官は訊いた。「酔っ払ってるか、ヤクをやってるかしてるんじゃなく？」

その言葉にスザンヌははっとした。「死んでいるとは思うけど、たしかに……」罪悪感が波となって押し寄せ、彼女は口をつぐんだ。まだやるべきことはあったんじゃない？　できることはあったんじゃない？　墓穴に這いおりていって、呼吸か脈をたしかめるべきだったのでは？　心臓マッサージをするとか。そんなこと、いまのいままで思いつきもしなかった。それでも、あんな水がたまった穴におりていくと思うと、背筋がぞっとした。

「亡くなっているようです」ドレイパーは威厳のこもった声で言うと、墓穴に一歩近づいて指差した。「顔の片側が紫がかった赤に変色しているのがわかりますか？　あれは死斑《しはん》です」

「死斑か」保安官は繰り返した。「つまり、血液が沈下したわけか。もう体内を循環していないんだな」

ドレイパーは保安官が理解したことに満足し、首を縦に振った。

「さよう。死斑は死んで数時間が経過したことをしめす一般的な指標なんですよ」

「こいつの場合は何時間たっていると思う？」保安官は訊いた。

ドレイパーは肩をすくめた。「肝臓の温度もなにもわからないので、あくまで推測ですが、少なくとも二、三時間といったところでしょう」

「ミッシーはこれを見て怖くなって逃げたのかな」トニがつぶやいた。

ドゥーギー保安官は電気の流れている電線に触れたように、すばやく振り向いた。「いまなんと言った？」

まったくもう、とスザンヌは心のなかでぼやいた。やってくれたわね。彼女は深々と息を吸い、来るべき状況にそなえた。

トニはしゅんとなって、いまの言葉を取り消したそうな顔をした。

しかし保安官は見逃してはくれなかった。「くわしく説明してくれないか」そう言って、指をぴくぴく動かした。

トニはふたりが見たものを説明した。「スザンヌとあたしが車で墓地に入ってきたのと入れ違いに……えっと、花を届けに来たんだけどさ、ミッシー・ラングストンが車で出ていったんだ。なんだかものすごく急いでたよ。なにしろ、もうちょっとであたしたちの車と正面衝突しそうになったんだから。だから思ったわけ。彼女もこれを見たんじゃないかって」

「本当なのか？」保安官はスザンヌをじっと見つめた。

「ええ」スザンヌは言った。正直に話すしかない。「あっちのカーブで見かけたの」彼女は肩ごしにすばやく手を振り動かした。「シーダーの木が生えているあたりに石造りの日時計があるでしょ。あやうくミッシーの車に横腹をこすられるところだった」

ミッシーが墓地から逃げ出したのはやむをえない理由があってのことであってほしい。スザンヌは心からそう願った。というのも、自分たちの証言によってミッシーがドラモンドの死に結びつけられるおそれが出てきたからだ。

「なるほど、彼女は急いでいたわけだ。いったいどうしてだろうな？」保安官はかかとに体重を預けると、近くの森を見やって、考えがまとまるのを待った。「ミッシーとレスター・ドラモンドは何度かデートしていたんじゃなかったかな？　いい仲だったと思うが？」

「いいえ」スザンヌはきっぱりと言った。「とんでもない。たしかにドラモンドさんはミッシーに何度も言い寄って、デートに誘っていたわ。でも、彼女のほうはこれっぽっちも興味がなかったはず」

「それはたしかなのか？」保安官は訊いた。

「まちがいないわ」

その言葉には自信があった。ミッシーがどれほどドラモンドを忌み嫌っていたか、スザンヌはよく知っている。たしかに、キリスト教徒としては感心できる態度ではない。だけど、ドラモンドには虫酸《むしず》が走るとミッシーは言っていた。はっきり言って、スザンヌも同感だ。この人はどこか……。

保安官は考えこむような顔で墓穴をのぞきこんだ。「とにかく、ここでおぞましいことがおこなわれた。なにかが、あるいは何者かがドラモンドを殺した。あやうく衝突しかけたというあんたらの話からすると、原因はなんにせよ、ミッシーがえらく怯えていたのはたしかなようだ」彼はこのおかしな状況について、さらに頭をめぐらした。「天才でなくとも、ふたりのあいだになにかあったことくらいわかる」

「そうとはかぎらないでしょ」スザンヌは言った。「まったく異なるふたつの事件があったのかもしれないわ。ドラモンドさんはおぞましい事件に巻きこまれたか、体調不良に見舞われた。ミッシーは彼を見かけてもいなかった。ひとりでいるときに、恐ろしい思いをしたか脅されたせいで、大あわてで逃げたのかも」

「それはこじつけにすぎませんよ」ドレイパーが割って入った。スザンヌがなにより頭にきたのは、ミッシーのアリバイをひねり出そうとしているのに鼻で笑われたことだった。

「もしかして……」スザンヌは言いかけたが、その言葉は救急車のけたたましいサイレンの音に一瞬にしてのみこまれた。白い救急車が保安官の車のうしろに迫るのを、四人は霧のなかで呆然と見ていた。やがて車は方向を変え、ゆるい坂をゆっくりと下り、ぐっしょり濡れた芝を横切った。墓石や案内板のあいだをくねくねと進み、四人がいるそばにぽっかりあいた墓穴に向かってくる。

「救急車？」トニはせせら笑った。「そりゃいいや。ドラモンドはもう蘇生なんて無理だと思うけどね」

「遺体を搬送しなきゃならないんだ」保安官はきびきびと言った。「両手と両足に袋をかぶせ、なにか証拠がないか確認する。ドリスコル保安官助手を呼んで、現場の写真を撮るよう言わないといけないし……」彼はとたんに不機嫌な顔になった。「しかもそのあとは、解剖だ」

スザンヌはジョージ・ドレイパーにちらりと目をやった。「あなたがなさるの？」

ドレイパーは首を横に振った。「まさか。それはわたしの手には負えません。監察医に来てもらわないと」

「サムのこと？」スザンヌはこのところ、サム・ヘイズレット医師とつき合っている。ふたりはいわば、恋仲に向かってまっしぐらに進んでいると言っていい。今年はサムが郡の検死官をつとめている。だから、てっきり彼に連絡がいくものと思ったのだ。

「いや、ヘイズレット先生は死亡を宣告するだけですよ」ドレイパーは説明した。「それに、どの遺体を解剖にまわすかの判断もおこなう。だが、先生は監察医としての訓練は受けていない。正確な死因を特定するには、専門の法病理学者に頼むしかないでしょう」

「今回の事件に適任なのは誰だろうな？」保安官が訊いた。

「ロチェスターにマール・ゴードンという名の男がいます。ドクター・マール・ゴードン」

ドレイパーは答えた。「ひじょうに腕がいい。銃撃と毒物が専門です」

「それがドラモンドさんの身に起こったと考えられるの？」スザンヌは訊いた。「撃たれたか毒を盛られたかしたと？」

ドレイパーは気分を害したようだった。「この段階ではなんとも。その穴から出さないかぎり」

「どうやって出すの？」スザンヌは訊いた。

ドレイパーはくるりと向きを変え、保安官に目を向けた。

「どうやって出すんです？」

保安官の猟犬のような顔がたちまち気分の悪そうな表情に変わった。

「おれにやれと言うのか？」

「責任者はあなたでしょう」ドレイパーはぴしゃりと言った。「正当な選挙で選ばれた保安官なんですから」そう言って墓からじりじりと後退した。「引きあげたら、うちの葬儀場の裏口まで運んでください」

トニがドゥーギーに目をやった。「まだ朝ごはんは食べてないよね」

保安官はうれしそうではなかった。「ハッシュブラウン、ベーコン、スクランブルエッグ」とぼそぼそつぶやいた。

「スクランブルエッグ！」トニが大きな声を出した。「カックルベリー・クラブでそれをごちそうしてあげたのに」


焼き菓子と家庭料理担当のペトラは、スカンジナヴィア系の大きな顔に驚愕の表情を浮かべ、ふたりを見つめた。

「なにを見つけたですって？」

スザンヌとトニはさきほどカックルベリー・クラブに戻り、厨房にこもっていた。ふたりは事の次第を語りつつも、いつでもカフェに駆けこんでオーダーが取れるよう準備の手をとめることはなかった。厨房のなかではほどよく焼けたソーセージやコショウをきかせたハッシュブラウン、それにオートミール・マフィンがいい香りをさせていた。りっぱな腰に青い格子柄のエプロンを巻いたペトラはふたりを穴があくほど見つめつつも、鍋を揺すり、グリルに目を光らせていた。

トニが寄せ木のカウンターにこぶしをトントンと打ちつけた。

「いま全部説明したのに聞いてなかったの？　レスター・ドラモンドが墓穴に横たわってるのを見つけたんだって言ったじゃん！」

「ちゃんと聞いてたわよ」ペトラは言い返した。彼女は体もハートも大きく、ジーンズとゆったりしたブラウスを好み、サイズ10の足を若草色の楽ちんなクロックスにおさめている。温厚な顔と澄んだ茶色の目はふだんなら力強い安心感をたたえている。しかしこの突然の知らせに彼女は青ざめていた。「なんてことかしら。ドラモンドさんはなんでそんなところに? 誰があの人をそんなところに放置したの?」

「さっぱりわからないのよ」スザンヌは言うと、パリのウェイター風のロング丈の黒いエプロンを首からかけ、背中で結んだ。「保安官の指示ですでに現場は保全されてるわ。彼はあとで顔を出すはずだから、そのときに具体的なことを聞き出しましょう」

「寄るのはたぶんランチじゃないかな」トニがガチョウみたいな声で言った。「朝ごはんをもどしてなければね」

「百五十周年祭はどうなっちゃうのかしら」ペトラが心配そうに言った。「明日の朝いちばんの再奉納式を皮切りに、いくつもの行事がおこなわれることになっているのよ。うちの教会の聖歌隊も何週間も前から練習してきたのに」信仰心の篤《あつ》いペトラはメソジスト教会の中心人物だ。しかも、百五十周年祭を主催する歴史協会でボランティアもつとめている。

「イベントにどう影響するのかはなんとも言えないわ」スザンヌは言った。「中止になるのか、それとも予定どおり開催するのかもわからないし」

「ドラモンドさんを墓穴に放置するなんて」ペトラはそう言うと悲しそうにかぶりを振った。

「ひどいことをするものね」

トニは肩をすくめると、カフェに通じるドアをわずかにあけてのぞいた。

「お客さんが来たよ」と高らかに告げる。「しかもおなかがぺこぺこって顔をしてる」
ペトラは業務用コンロに向き直ってため息をついた。「いつだってそうじゃない」

それからのスザンヌとトニは、いつもの朝の応対をせわしなくこなした。お客をテーブルに案内し、きょうのおすすめ料理を説明し、注文を書きとめ、ほかほかのフレンチロースト・コーヒーとイングリッシュブレックファスト・ティーを注いでまわった。ニワトリの卵という意味の店名にたがわず、カックルベリー・クラブは卵料理が豊富な店だ。創造性豊かなメニューには、天にものぼるほどおいしい血の池地獄の卵、エッグ・ベネディクト、卵のヴェスヴィオ火山風のほか、スクランブルエッグ、目玉焼きの片面焼き、両面焼き、ハッシュブラウンの卵のせなど伝統的な朝食メニューも揃えている。ペトラがその気になって星が一直線に並んだ日には、ウエボス・ランチェロス、シーフードのオムレツ、白インゲン豆のハッシュといった特別料理をこしらえたりもする。

常連客も、ハイウェイ六五号線を走行中にたまたまカックルベリー・クラブを見つけたというお客も、この店にはぞっこんだ。白塗りの壁はアンティークの皿、ブドウの蔓でつくったリース、古いブリキの看板、十九世紀末の写真で飾られている。木の棚には陶器のニワトリや四〇年代ごろの塩コショウ入れがところ狭しと並べてある。年季の入ったテーブルのほか、大理石の大きなカウンターがあって、近隣のジェサップという町の古いドラッグストアから引き取ったソーダファウンテンを飾ってある。

カックルベリー・クラブにはこれ以外にも、ひとくちでは説明できないスペースがパッチワークのように寄せ集まっている。カフェから廊下一本へだてたところにあるのが〈ブック・ヌック〉で、狭いながらもベストセラー本がずらりと並び、子ども向けの本の品揃えもちょっとしたものだ。その隣の〈ニッティング・ネスト〉は布張りの椅子が置かれ、色とりどりの毛糸と布地を揃えた居心地のいい空間となっている。ペトラはここで編み物やパッチワークキルトを教え、〝ブックト・オン・ウール〟の講座を担当することもある。お客は献身的な主婦がほとんどで、そこにざっくりしたセーターとスウェーデンの厚底サンダルを好む、化粧っ気のない女性もわずかながら交じっている。

注文の品を厨房からカフェへと運びながらも、スザンヌはミッシー・ラングストンのことを考えずにはいられなかった。けさのミッシーはなぜあんなにも怯えた顔をしていたのだろう。いったいなにを目にしたのか。そして、けさの異常ともいえる出来事のなかで、彼女はいったいどんな役割を——なにか役割があったとして——果たしたのだろう?

訊きたいことはそれこそ山のようにあり、それに答えられるのはミッシーだけ。スザンヌは店内を見まわし、全員に料理を出し終えたら〈ブック・ヌック〉の奥にあるオフィスに引っこみ、ミッシーに電話してみようと心に決めた。ドゥーギー保安官より先に連絡が取れるといいのだけれど。

「スザンヌ」ペトラが仕切り窓から顔を出して呼びかけた。「注文のパンケーキができたわよ」

スザンヌは何段にも重ねてメープルシロップをかけたバターミルク・パンケーキを運び、コーヒーのおかわりを注ぎ、テイクアウトのお客にターキーのベーコンとイングリッシュマフィンを手早く詰めた。何人かのお客から店の最新サイドメニュー、キヌアの朝食用クッキーの注文が入ったことに、スザンヌはことのほか気をよくしていた。甘くて、香ばしくて、ヘルシーな一品だ。

すべてのお客が朝食にありついたのを確認すると、大急ぎでオフィスに引っこんで私用電話をかけた。詮索好きな目と耳のあるところでは、町じゅうにゴシップの嵐が吹き荒れかねない。そらで覚えている番号をプッシュし、ミッシーの携帯に電話した。呼び出し音が六回鳴り、留守番電話に切り替わった。

「ミッシー」スザンヌは声を低くして言った。「電話して。とっても大事な用なの。けさの件で話したいことがあるのよ。トニとわたしはあなたを見かけたの、ミッシー。わたしたちもあの墓地にいたのよ！」

急いでカフェに取って返すと、スザンヌは淹れ直したコーヒーのポットを手に、ふたたび店内をまわり、お客と冗談を言い合いながら、おかわりをたっぷり注いだ。しかしその間もずっと、ミッシーのことばかり考えていた。この数カ月間、レスター・ドラモンドが彼女を追いまわしていたことが気がかりだった。彼はやたらなれなれしく話しかけていたし、何度もデートに誘おうとしていた。しかもノーという返事は絶対に受けつけようとしなかった。

もしかしてミッシーとレスターはけさ、激しくやり合ったのではないかという考えがちらりと頭をよぎった。そうだとしても、ミッシーが全力で身を守ろうとするあまり、疑われてもしかたのない状況におちいったなんて考えたくもない。

スザンヌはペトラから焼きたてのイチゴのマフィンがのった皿を受け取り、カウンターの上のガラスのケーキセーバーに並べはじめた。そのときふと、ミッシーは墓地におびき出されたのではないかという考えが頭に浮かんだ。ドラモンドがうまいことを言って誘い出したのかも。そして強引に迫ったとか？　それでミッシーは身を守らざるをえなくなったのかもしれない。

スザンヌはドラモンドの死因にも好奇心をかきたてられていた。心臓発作を起こしたのだろうか？　それともてんかんの発作？　彼の死はミッシーとなんの関係もない可能性だってある。健康のためジョギングしている最中に、深刻な体調不良に見舞われたのかもしれない。痛みのあまりか、意識を失いかけたか、あいていた墓穴に転落して死んだのだ。そうでなければ、うっかり墓穴に落ちて首の骨を折ったのか。そういうことだって大いに考えられる。

もちろん、もっと悲惨な状況だったとしてもおかしくない。ドラモンドは撃たれたのかもしれない。あるいは絞殺か。あるいはもっとひどい殺され方か。墓地で殺されたのかどうかも気になるところだ。もしかしたら残忍な犯人によって墓地の外から運ばれ、あそこに捨てられたとも考えられる。

そういった目の前の疑問が頭のなかをぐるぐるまわった。これはぜひともドゥーギー保安官にぶつけなくては。なぜなら解剖でわかるはずのことだから。

「スザンヌ、ねえったら」トニの声がした。「大丈夫？」

スザンヌが目を向けると、トニがコーヒーを淹れ直そうと大急ぎでカウンターに入ってくるところだった。「まあまあよ」

「ミッシーのことが心配でたまらないんだね？」

「そうなの」スザンヌは言った。「ドラモンドさんの件がものすごいスピードで広まりそうだから」

「もう広まってるよ」とトニ。「いま、ボブ・クラウザーから知ってるかって訊かれたもん」

「なんて答えたの？」

「おばかなふりをしてごまかした」トニは片目をつぶってみせた。「あたし、そういうの得意だからさ」

「そんなこと言うもんじゃないわ」スザンヌはたしなめた。トニは自分を卑下しすぎるきらいがある。「あなたはわたしが知るなかでもすごく頭がいい人よ。だから自分を見下すようなまねはしないで」

「ありがと」トニは言った。「あたしは学校の勉強はできないけどさ、対人関係にはすぐれてると思ってるよ。ウェイトレスをやってると、人の気持ちとか性格とか変な癖にくわしくなるんだよね。だから人に対する勘が鋭くなるんだ」

「いろいろな逸話の山を探った結果、あなたの直感はドラモンドさんについてどう言っているの?」

「とくになんとも言ってないな」トニは言った。「でもミッシーについては、ばかでかいトラブルが彼女のほうに向かってるってさ」

3

にらんだとおり、ドゥーギー保安官がランチタイム直前に現われ、スザンヌはさっそく襲いかかった。

「ドラモンドさんの件だけど」保安官がカーキ色のズボンに包まれた尻をカウンター席におろすよりはやく、彼女は口をひらいた。「死因はわかった？」

「おはようの挨拶はどうした、スザンヌ」保安官はくたびれきった顔をし、目尻にはちりめん状のしわができていた。

「ごめんなさい」

スザンヌははしゃぎすぎのシュナウザー犬みたいに飛びついた自分を反省した。ベージュの陶器のマグを手に取り、コナ・コーヒーをたっぷりと注いだ。それを彼の前へと滑らせ、青い格子柄のナプキンを敷き、そこにナイフ、フォーク、スプーンを並べた。砂糖とクリームを彼のほうに押しやり、とびきりの笑顔になった。

「それで？」ドラモンドに関する情報を少しでも手に入れたい気持ちは変わらなかった。

保安官は店内を見まわした。「国家機密に触れない範囲で説明すると、ドラモンドは心臓に異変が起こったらしい。おそらく心臓発作か心臓麻痺だろう」

「その発言はどんな根拠にもとづいているの？」スザンヌはカウンターに肘をついて身を乗り出した。

「第一に、彼は撃たれても、刺されても、絞殺されてもいなかった」

「つまり、体にははっきりわかる傷がないということね」

「そう言ったつもりだ。もっとも、そんなにくわしく調べたわけじゃないがな」

スザンヌは細切りのアーモンドを散らして、クリームチーズのフロスティングをかけたスイートロールを一個取って皿にのせた。保安官がやってくるときはいつもそうしている。朝食でもランチでもティータイムでも、保安官はスイートロールが大のお気に入りだ。

「心臓に異変ねえ」あとでサムに訊いてみよう。彼は医者だから、いろいろくわしく教えてくれるだろう。たとえば、心室細動なのか、冠状動脈の疾患なのか、それとも脳動脈瘤なのかということを。

「土曜日まで解剖はできない」保安官は教えてくれた。「ゴードン先生が来てからになる。そうしたらもっといろいろなことがわかるだろうよ」

「ひとつ訊きたいんだけど」とスザンヌ。「あなたから見てドラモンドさんの死はどこか変だと思う？　そういう仕事をしていると、不審な死とか突然死をいろいろ見てるわけでしょ」

「まあな。それも数え切れないほどだ。どっかで気の毒な誰かさんがおっ死ぬたび、〝保安官を呼べ。あの男ならどうすべきか教えてくれる〟って声があがるってわけだ。あいにく、おれにできるのは基本的な心肺蘇生法をほどこすか止血帯を巻く程度のことで、あとは救急車か救急ヘリを呼ぶしかない」

「でも、ドラモンドさんはいつ見ても、健康そのものだったわ」スザンヌは言った。「厳しいフィットネスプログラムをこなしていると自慢してたもの。ハード・ボディ・ジムでせっせとトレーニングに励んでるって。そこをすごく強調してた。自慢するみたいにね。それに、町のどこに行ってもジョギングする姿を見かけたし」

保安官はコーヒーを音をたてて飲み、スイートロールをもぐもぐやった。

「同感だ。あの男はエクササイズの鬼で、ボディビルにも真剣に取り組んでいた」

「食べ物にもすごく気を遣ってたわね」とスザンヌ。「ここで食事をするときなんか、頼むのは決まって野菜スープと全粒粉のクラッカー。ときには魚やチキンもオーダーしたけど、油であげたものはだめで、グリルしたものしか食べなかったわ」

「なのに、パタリ！」保安官は目を大きくひらき、口から効果音のようなものを発した。「心臓が力つき、やつは膝から崩れ落ちた」そこでスザンヌを見つめる。「ちょうどうまいぐあいにあいていた墓穴のなかに。おれにはものすごくあやしく思えるね」

「わたしも同意見」スザンヌは言った。

「だからこそ、経験豊富な法病理学者の意見を聞かないとな」

「賢明ね。心臓発作は必ずしも主たる死因とはかぎらないもの。場合によっては、隠れた原因があるものよ」

「そうなのか？」

「ええ」とスザンヌ。「動脈閉塞とか、アレルギー反応とか」

保安官は自分の大きな胸を軽く叩いた。「おれの考えを言わせてもらうなら、長寿ってのは親とか、そのまた親から代々受け継がれてきた遺伝子に組みこまれてるもんなんだよ。肉親がけっこうな歳まで長生きしてるなら、自分もそうなる確率が高いってことだ」

「そうね。でも、きちんとした食事をとって、ストレスをためないのも大事よ」そうやって話をつづけているのは、本当に訊きたい質問をぶつけていいものか迷っていたからだ。けっきょく思い切って尋ねた。

「それで……ミッシーのことは？」

「あの娘からはじっくり話を聞くつもりでいる。電話したところ、午後に法執行センターまで出向くという返事だった。彼女が不明な点をあきらかにしてくれるといいんだがな」

「いじわるしないと約束して」

「自分の職務を果たすだけだ」保安官は言ったが、その声にはとげがあった。「いくつか厳しい質問をするつもりだが、それには正直に答えてもらわないとな」

「絶対に正直な答えが返ってくるわよ」

トニがケチャップの瓶を持って滑るようにカウンターにやってきて、保安官ににやりと笑ってみせた。「けさはどうだった？　あたしたちが帰ったあとは？」

「質問は受けつけない」保安官は残ったコーヒーを飲み干した。

「おやおや、顔がまた緑色になってるね。あのぐしょぐしょのお墓からドラモンドを引っ張りあげるのは、そうとう大変だったとみた」

「知らないほうが幸せだぞ」保安官はスイートロールの残骸をぼんやりと突きながら言った。

「やつの下に板を滑りこませ、それから墓地で使ってる棺用のクレーンに登場願った」

「たしかに、知らないほうが幸せだわ」スザンヌは言い、トニはこっそりいなくなった。

「ドラモンドさんがどのくらい穴のなかにいたか、少しはわかった?」

「ドレイパーの推測によれば二時間から三時間ってところだそうだ」

「とすると、朝日がのぼる前に亡くなったのね」スザンヌはあれこれ考えをめぐらせながら言った。「朝の五時に墓地なんかでなにをしていたのかしら? それに時間帯がミッシーと合ってないわ。彼女が出ていくのを見たのは七時半だったもの」

「しかし、何時にあそこに行ったかはわからんだろう」と保安官。「どのくらいあそこにいたのかも」

スザンヌはつかの間、わけがわからなくなった。「でも、ドラモンドさんは心臓発作を起こしたと言ったじゃないの」

「さっき自分で言ったろうが、人が心臓発作を起こす原因はたくさんあると」

「やだ!」スザンヌは保安官の冷徹な灰色の目をのぞきこんだ。「ミッシーがドラモンドさんの死に関与してると思ってるのね」質問したのではなく、事実の確認だった。

「彼女は墓地にいたんだから、非常に疑わしいのは否定できないじゃないか」

「それについては彼女がちゃんと説明するはずよ」とスザンヌ。

「本当にそう思ってるのか？」

ううん、でもそう願っているの、とスザンヌは心のなかでつぶやいた。どうかそうでありますようにと。

「さあて、きょうのランチのメニューが決まったわよ」ペトラが声を張りあげた。

スザンヌはカウンターのうしろの棚から黄色いチョークをつまんだ。「教えて」

いつもペトラがメニューを決めると、それをお客によく見えるよう、言われたとおりに黒板に書き写すことになっている。

「チキンのミートローフ」ペトラは言った。「チキンだと本当はミートローフとは言わないんだろうけど」

「チキンのチキンローフって書こうか？」スザンヌが言った。

「まかせるわ」とペトラ。「それとピーマンの詰め物のスープ、エッグサラダのサンドイッチ、サラダ・ニソワース」

「パイは？」トニがカフェの奥で銀器を並べながら訊いた。

「ルバーブ・パイのバニラアイス添えがあるわ」とペトラ。

トニはエプロンでスプーンを磨きながらにっこりした。「それはひとことで言いあらわせるね。絶品って」

スザンヌは活字体でメニューを書いた。それから地元の業者が持ちこんだ品物がいろいろ入っている冷蔵ショーケースからも売り上げを出すべく、〝レモンのブレッド　一個四ドル九十九セント〟と書きつけた。

「レモンのブレッドもあるんだ」トニがぴたぴたのジーンズのうしろポケットに手を突っこみ、黒板をじっと見つめた。

「冷蔵ケースが満杯なの。シャー・サンドストロムはパンを十個も持ってきたし、エレン・ハーディーは瓶入りのピクルスをいくつか、それにデイヴ・マリンが絶品ものスイスチーズを何十個と持ってきてるし」

そのときカフェの壁掛け電話が音高く鳴り、トニが受話器を取った。彼女は数秒間耳を傾けていたが、すぐにスザンヌに差し出した。「あんたにだよ」そう言ってまぶたを震わせる。「色男さんから」

「サムなの？」スザンヌは言った。意外だった。彼はふだん、午前中はウェストヴェイル診療所の診察で手いっぱいのはずだ。彼女は受話器を受け取った。「サムなの？」今度は受話器にそう言った。

ちょっぴりかすれた、なめらかで甘い彼の声が耳に届いた。「けさは大変な思いをしたと聞いたよ」

スザンヌはびっくりした。「レスター・ドラモンドのこと？　どうして知ってるの？　いったいどうしてわかったの？」大きな声が出そうになるのを必死でこらえ、カフェに背を向けた。

「もう町じゅうの人が知ってるんじゃないかな」とサム。「それに、ジョージ・ドレイパーから電話があってね。レスター・ドラモンドの遺体を彼の葬儀場から病院の死体安置室に移したいそうだ。それで、いまそっちに向かっている途中なんだよ」

「冗談でしょ」

「本当さ。ドレイパーさんから一部始終を聞いたよ。それも事細かにね。少なくとも彼が知っていることは全部聞いた」

「墓地でわたしたちがミッシーを見かけたことも？」

「その話をするときは、ことのほかうれしそうだったよ」

「そうとう妙な状況になってきたわね」スザンヌは長々と息を吐き、髪を手で梳《す》いた。

「まったくだ」とサム。「もっとも、ドラモンドさんの死はまったく思いもよらなかったというわけでもないな。ぼくの知るかぎりでは、彼は刑務所をくびになって以来、やたらとけんか腰で、いつも腹をたてていたようだから」

「おまけに、例の銀行の仕事も断られたし」とスザンヌ。

「そうとう落ちこんでいただろうな。なにかの薬を飲みすぎていたとしてもおかしくない」

「なにか薬を飲んでいたの？」スザンヌは話をさえぎるように尋ねた。「強い薬？」

「どうかな」とサム。「でも、そうだとしても、ぼくが処方箋を書いたんじゃないよ」

スザンヌは少し言いよどんでから口をひらいた。「なにより心配なのはね、保安官がミッシーを取り調べることなの。けさ墓地にいたのはあやしいって言うのよ」

「それはぼくも同感だ」

「トニとわたしがミッシーに遭遇したとき……というか、彼女のほうから突っこんできたんだけど……車でね。あのときの彼女は、どう見ても怯えきっているようだったわ」スザンヌは自分の声が一オクターブあがったのがわかった。ヒステリーというほどではないが、不安がじわじわ広がっているのはたしかだ。

「彼女がなにから逃げていたかはわかる？」

「ううん。でもなんとなく想像はつく」

「ずいぶん心配そうな声をしているね」とサム。

「だって、保安官が疑っているのは無実の人だもの」

「無実の女性だね」とサム。

「ミッシーのことは完全な誤解よ」

サムは穏やかな声で言った。「ぼくもそう思う」

「今夜は仕事？」スザンヌは急に彼に会いたくなった。彼とおしゃべりし、その腕に強く抱きしめてもらいたくてたまらなかった。

「今夜は勤務なんだ」彼は言った。「明日の夜なら、ふたりきりで過ごすために取ってあるよ。〝もしも〟も〝でも〟もないから大丈夫」

ランチタイムのお客にレスター・ドラモンドのことを訊かれるたびに一ドルもらっていたなら、スザンヌは不安のない老後にまっしぐらだったろう。

「誰も彼もがドラモンドが死んだ話をしてるね」カウンターのなかで会ったときに、トニが声をひそめて言った。「まるで野火のように町じゅうに広まってるよ」

スザンヌはうなずいた。「そうみたいね。診療所でもその話で持ちきりだって、サムが言ってたわ」

トニは四人の年配男性がすわるテーブルに目を向けた。オーバーオール姿がふたり、あとのふたりはTシャツにジーンズ、ジョンディア社のキャップをかぶっている。

「あそこの四人が見える？」

「見えるけど」

「あの人たちの仮説によれば、ドラモンドはどこかの女にやられたらしいよ」

「なにを根拠にそんなことを言うのかしら」スザンヌは言った。まったく、いったいどうして？

「あいつはとんでもなく女癖の悪い男だったって、ゲラゲラ笑ってたんだ」

「まあ、それは事実だけど」とスザンヌ。「しかも、たくさんの人が知っている事実よ」

「ひとつ問題があってさ」トニが不吉な声で言った。「そんなあいつが最近手を出してたのがミッシーだったってわけ」

「ミッシーがけさ墓地にいたのには、ちゃんとした理由があってのことに決まってるわ」スザンヌは言った。

「そうであることを祈るしかないね」トニは言った。


その日の午後一時半、スザンヌは銀行の列に並んでいた。このところ忙しく、先週の売り上げを預けにくる時間がなかった。そういうわけで、角が折れた一ドル、十ドル、二十ドル札と各種小切手でぱんぱんになった青いビニールの封筒を持って、こうして出かけてきたのだ。

「いらっしゃい、スザンヌ」窓口係が声をかけた。小太りの女性で名前はジャナ・リースグラス。ジャナはこの地元銀行に勤めて二十年、新しい頭取になってもおかしくないが、いまその座についているのは無能な若い男性だ。「けさ、あなたがレスター・ドラモンドを見つけたんですってね」

「その話、みんなが知っているの?」スザンヌは訊いた。

ジャナはうなずくと、手早く札を数え、手もとの機械に数字を打ちこみ、スザンヌに受け取りを渡した。「そりゃ、もう」とジャナはにっこり笑った。「そこが小さな町のいいところだもの」

「困ったところでもあるけどね」とスザンヌは小声でつぶやき、帰ろうと向きを変えた。しかし出口まで来ると、歴史協会の新任理事長、ヘイヴィス・ニュートンに呼びとめられた。

スザンヌの思ったとおり、ヘイヴィスもドラモンドが墓地で死んだことに昂奮していた。

「こんなところで会うなんて奇遇ですね」

ヘイヴィスはいつも以上にその言葉に意味をこめた。彼女は大学院を出て数年と、まだ若い。きまじめそうな目、ストレートヘア、派手さのないプラスチックフレームの眼鏡の彼女は、ニューヨークのメトロポリタン美術館の館長にでも任命されたように、自分の仕事を真剣にとらえている。

スザンヌはこっそりとため息をついた。数日はこんな状態がつづくんだわ。ドラモンドさんの死の衝撃が薄れるか、犯人が逮捕されるまで。あるいはその両方。

「どう、がんばってる、ヘイヴィス？」スザンヌは訊いた。

相手はうんざりした様子でかぶりを振るだけだった。

「どうにもこうにも、もういっぱいいっぱいで」

スザンヌは意味がよくわからなかったので、こう訊いた。「再奉納式は明日の朝、予定どおりにおこなわれるの？　だって、墓地であんなことがあったでしょう？」自分があの場にいたことは言いたくなかった。どうせ、すぐにわかることだけど。

「ええ、いまのところやるつもりです」ヘイヴィスは答えた。「でも、例の不審死だか事故死だかわからないけど、とにかくそのせいでみんな怖がっちゃうんじゃないかしら。来てもらえないんじゃないかと心配で」

「それはちがうわ」スザンヌは言った。「まず第一に、キンドレッドの住民は好奇心が旺盛なの。しかも、謎の死となれば、来場者は逆に増えるはず」

「そうなんですか？　本物の犯行現場を見るためだけに、人が集まると？」

「実際には、犯行現場の名残だけどね」

「ひどいことを考えるものですね」ヘイヴィスの表情にはみるみるうちに不安が広がっていった。「墓地の人と話をしたほうがよさそうだわ。すぐに墓穴を埋めて、現場一帯を立ち入り禁止にしてもらわなくては」

「そうしたほうがいいわ。でないと、野次馬だらけになっちゃうもの」スザンヌはやさしくほほえみかけ、すっかり動転した様子のヘイヴィスを落ち着かせようと手を差しのべた。

「でも、大丈夫。そんなに心配しなくても」

「そうは言ってもやっぱり心配です」ヘイヴィスは言った。「心配して当然でしょう？　ローガン郡歴史協会は、わたしがはじめてキュレーターとして働く職場なんですもの。実際には理事長ですけど。とにかく、このチャンスをふいにしたくはないんです」

「心配いらないわ」スザンヌは言った。「だってあなたはなにも悪いことなんかしてないもの。あくまでとばっちりを受けただけ」ミッシーと同じでね。

「ドラモンドさんが墓地で亡くなるなんて、寝耳に水でした」ヘイヴィスはかぶりを振った。

「いま、あなたにできることはなにもないわ」スザンヌは言った。「がんばって乗り切る以外には。だいいち、明日の再奉納式はすてきなイベントになるに決まってるでしょ。キンドレッドの住民の多くは、血のつながりのある人があの墓地に埋葬されているんだもの。そういう人たちにとって式典はことのほか意味があるはずよ」

その言葉にヘイヴィスの表情がぱっと明るくなった。「全イベントの予定表もできてるんです」そう言ってにっこり笑う。「土曜の夜はキャンドルライト・ウォーク、日曜はカックルベリー・クラブで歴史協会主催のお茶会」

「お茶会はわたしたちもものすごく楽しみにしているの。だからお願い……」スザンヌはドアをあけた。「なにも心配しないで」

「本当に親切なんですね」ヘイヴィスは小さく手を振りながら言った。

そうじゃないのよ、とスザンヌは通りの向こうにある自分の車まで行きながら、心のなかでつぶやいた。わたしがふたり分まとめて心配しているだけ。

4

道を半分渡ったところで、スザンヌは保安官の車がのろのろと近づいてくるのに気がついた。メイン・ストリートの真ん中で足をとめ、後部座席に悲しそうな顔の茶色い犬が乗っているピックアップ・トラックをよけ、バナナバイクでアクロバティックなライディングを披露する少年をかわし、保安官に手を振った。

保安官はわかったというようにヘッドライトをウィンクさせ、彼女のわきに車を寄せてウインドウをおろした。

「どうかしたの？」スザンヌはわずかに腰をかがめて訊いた。保安官は、州の警察官がよくかけているミラータイプのパイロットサングラスをかけ、変形した制帽は助手席の、口をあけたスナック菓子の袋の横に無造作に置いてある。スザンヌの頭に突然、途方もない空想が浮かんだ。ひょっとしてもう真相を突きとめたのかしら。ミッシーの容疑は晴れ、ドラモンドさんの死に決着がついたのかも。

そうよ、きっと。そんなこともあるんだわ。

しかし、保安官はサングラスをはずし、むっつりとした顔で彼女を見つめた。

「やけに元気がないわね」スザンヌは言った。数時間前はこんなに落ちこんでいなかったのに。その瞬間、神経がフル回転を始め、保安官の顔をじっくりすみずみまでながめた。「どうしたの？　またなにかあった？」

「殺人事件を抱えちまったんだよ」保安官はゆっくりと言った。「どこから見てもりっぱな殺人事件をな」

スザンヌはあらたな情報を首を長くして待っていたが、それがようやく報われた。想像以上のビッグニュースという形で。「殺人を裏づける証拠が見つかったの？　たしか、法病理学者が正確な判断を下すまで待つと言ってたんじゃなかった？」

保安官は肉付きのいい手を胸にあてた。「一対の傷があったんだよ」彼は手で小さな円を描いた。

「ドラモンドの胸に」

「どんな傷？」

「傷のつき方はテーザー銃かスタンガンのものと一致すると、三人が証言している」

「スタンガンじゃ死なないと思うけど」スザンヌは言ってから、ごくりと唾をのみこんでつけくわえた。「そうでしょ？」

「若干だが、死亡する事例がある」と保安官。「とくに立てつづけに電流を流された場合には」

「まあ」と声が漏れた。「スタンガン説を主張している三人とは誰なの？」

「ジョージ・ドレイパー、救急隊員のディック・スパロウ、そして、あんたのお友だちのドクター・ヘイズレットだ」

「で、三人とも同意見なのね?」わたしったら、どうしてドラマの『ジェネラル・ホスピタル』の科白《せりふ》みたいなしゃべり方をしているのかしら。

「そうだ」と保安官。「テーザー銃にかぎって言えば、ドラッグやアルコールの影響下にあったり、被害者がなんらかの形で拘束されていたりすると、ことのほか危険なんだ」

「ドラモンドさんはそれらの複合作用で死んだということ?」

「さあな」

「でも、これからミッシーを事情聴取するんでしょ」スザンヌはウィンドウから体を離した。正確に言うなら尋問だけどね、と心のなかでつけくわえる。

「そうとも」と保安官。「彼女は第一容疑者だからな」

それはスザンヌには受け入れがたかった。「そんなのばかげてるわ。なにもかも、ちゃんと論理的に説明できるはず。だいいち、ミッシーはスタンガンなんか持ってないわよ」

「そう言い切れるか?」

「スタンガンを持ってる人なんかひとりも知らないもの。それに、容疑者ならほかにもいるでしょうに」

「これまでのところミッシーだけだ。あんたとトニが墓地から逃げる彼女を見たと言ってるんだから、彼女と犯行現場が直接結びつく」

「直接じゃないでしょ」スザンヌは反論した。「時間にずれがあるもの」

「そんなことはどうだっていい」

「よくないわよ。ドラモンドさんが亡くなったあとにミッシーが来たのなら、なんの関係もないじゃない」

「おれはそうは思わんね」保安官は右手をさまよわせ、スナックの袋に突っこんだ。

「ミッシーは人殺しなんかじゃないってば」スザンヌは荒々しく言い放った。「ふたりで一緒に考えれば、本物の容疑者が何人か思い浮かぶはずよ。ドラモンドさんを心から憎んで、呪っていたような人たちが」

「それじゃ町の半分が該当するだろうよ」保安官はひとりごちると、つかんだチップスを口に突っこみ、むしゃむしゃと嚙み砕いた。「ドラモンドはみんなの人気者ってわけじゃなかったしな」そこまで言うと表情をやわらげ、スザンヌを見やった。「ミッシーがあんたの友だちなのはわかって……」

「ラリー・チェンバレンさんはどう？」スザンヌは言った。「町の助役の。あの人は刑務所委員会のメンバーよね。たしか、ドラモンドさんの懲罰動議の急先鋒に立っていたんじゃなかった？　もしかしたら個人的な恨みがあったのかもしれないわ」

保安官はまったく納得できないというように首を振った。

「チェンバレンをはじめとする何人かの委員の主張が通って、ドラモンドは解雇された。なら恨みはないだろう。チェンバレンがドラモンドを殺すまともな理由はひとつもない」

スザンヌは頭をしぼった。「囚人のひとりかもよ。ドラモンドさんはしばらくあそこの所長をつとめていたんだもの」

「このあいだおれが確認したときには、囚人は全員、自分の監房に閉じこめられているか、鋳物工場で車のナンバープレートを仕上げていたよ。きょうの早朝にメモリアル墓地をうろついていたとは思えないね」

「元囚人という意味で言ったのよ」とスザンヌ。「仮釈放になったか、最近釈放された人のこと」

「そっちについてはすでに着手しているとも。フィールダー所長がリストを作成中だ」

「なら、よかった。だって、その人たちのひとりにちがいないもの。理由はなんにせよ、ドラモンドさんを憎むか軽蔑するかして、復讐しようとした人がいたんだわ。手荒なことをされたとか……よくは知らないけど……穴蔵に入れられたとか」

「いまどき囚人を穴蔵に入れたりするわけないだろうが」保安官は笑いを噛み殺しながら言った。「そんなのはクリント・イーストウッドの映画のなかだけの話だ。ここの刑務所はそんな荒っぽいところじゃない」

「だったら、懲罰をあたえるにはどうしているの？」

「さあな。おそらく……パソコンを使わせないとかじゃないか？」

「手がかりがいくつかありさえすればいいんだけど」スザンヌは言った。

保安官はシートに背中を預け、でっぷりしたおなかをかいた。「ああ、手がかりのひとつやふたつはある」

「でも、まだ検死解剖を待ってるんじゃなかったの？」スザンヌは煙《けむ》に巻かれたような顔になった。「いったいどんなものを見つけたの？　ドラモンドさんの体についていた傷以外に、なにかあるの？　あやしい髪の毛とか繊維とか？」なにをわたしに隠しているのよ、保安官たら。

「『ＣＳＩ：科学捜査班』の見すぎだな。いや、見つかったのはドラモンドの携帯電話だ」

スザンヌは保安官の顔をぽかんと見つめた。「なんですって？　どこにあったの？」

「ドラモンドの尻ポケットだ」保安官は目をすばやくルームミラーに向け、すぐにスザンヌに戻した。「通話履歴とメールをチェックしてわかったんだが、彼は何者かによってあの墓地に呼び出されたらしい」

「それだけ？　メールで呼び出されたの？」

「実を言うとだな」と保安官。「略語を使ったメールだった」

「正確にはどう書いてあったの？」

「ＣＵメモリアル０５００」保安官はテクスティングとテクノロジーの世界に大きな一歩を踏み出したつもりなのか、満足そうな顔だった。「メモリアル墓地でけさの五時に会おうって意味だ」

「意味はわかるわよ。でも、誰が呼び出したの？　そこが重要なポイントだわ」

「それについてはまだ不明だ。匿名で送られてきていた」

「でも、なにか手を使えばなんとかできるんでしょ？　専門家に突きとめてもらえばいいじゃない」

「ことによればな」保安官は言った。「州警察の依頼でＩＴ関連の鑑識をやっている男に電話した。そいつによれば、かなり込み入ったプロセスを要するらしい。電子メールの場合、海外にあるリメーラーを経由して送られてくる場合があるんでな」

「海外ですって？　どういうこと？　ヨーロッパとか？」

「カリブの可能性のほうが高いだろうな」保安官は言った。「リメーラーとインターネット詐欺の温床と言われている場所だ」

「ナイジェリアもよ」スザンヌは言った。くだらない詐欺メールが来ない日は一日もない。

「だがカリブのほうが近い」保安官は鼻を鳴らし、またもチップスをひとつかみした。「しかも、上等なラム酒とホラ貝のチャウダーもある」


十分後、スザンヌはカックルベリー・クラブの裏に車をとめ、飛ぶようないきおいで厨房のドアを抜けた。ペトラは忙しそうに野菜を刻み、トニはチキンサラダのサンドイッチをもぐもぐやりながら仕切り窓からときどきのぞき、わずかに残ったお客の様子をうかがっていた。

スザンヌはスエードのホーボーバッグを床に落として言った。「いいニュースと悪いニュース、どっちを先に聞きたい？」

ペトラは刻む手をとめて顔をあげた。「いいニュース」

「悪いニュース」いつも人と反対のことを言うトニが言った。

スザンヌは深く息を吸いこんだ。「わかった。ビッグニュースを手短に伝えるわね。墓地での再奉納式は明日、予定通りおこなわれ、何者かがレスター・ドラモンドさんをスタンガンで襲い、ミッシー・ラングストンはドラモンドさん殺害事件における第一容疑者になった」

「とんでもない話だね」とトニ。「ミッシーに関する部分のことだけど」

「ミッシーがドラモンドさんを襲ったりするわけないし、ましてや殺すはずがないわ」ペトラが言った。「凶暴なところなんか少しもない人だもの。思いやりがあって、やさしい人だわ」

「あんたは誰にだって思いやりがあると思ってるじゃん」とトニがまぜっかえす。

「だって大半の人はそうだもの」とペトラ。「ここぞというときにはね」

「保安官は聞く耳を持たないの」スザンヌは言うと、手をうなじに持っていき、髪を乱した。

ペトラは顔をしかめた。「それでもあなたはミッシーの味方でいてくれるわよね？　うん、わたしたち全員が信じてあげなきゃだめだわ」

「あったりまえじゃん」とトニ。

「わたしもそのつもり。ただ、保安官が……」スザンヌは顔をしかめ、かぶりを振った。

「よくわからないわ」

ペトラは大股で二歩進んで厨房を横切り、ふくよかな腰に両手を置いた。

「よく聞きなさいよ、スザンヌ・デイツ。あなたの口から〝よくわからない〟なんて科白は聞きたくない。あなたは〈ブック・ヌック〉に並んでいるミステリを全部読んでるし、三章に入る頃には犯人をあてててるじゃないの。だからシャーロック・ホームズの帽子をかぶって、謎を解明しなさい。わかった？」

「保安官の力になれってこと？」スザンヌはペトラの剣幕に気圧《けお》されながら訊いた。

「そうじゃないわ。ミッシーの力になりなさいと言ってるの！　彼女は役立たずの保険外交員と離婚して以来、ずっと苦労の連続なんだから」ペトラはそこで満足したようにうなずいた。「さあ、これで胸のつかえがおりた。言いたいことは全部言ったわ」

「よく言ったね」とトニ。「信じられないよ」そう言ってペトラの顔をじっと見つめた。「あんたでもそんなに気が立つことがあるんだね」

ペトラはたちまち照れ笑いした。「気が立ってなんかいないわ。ものすごくびくびくしているだけ。言っておくけど、あなたを責めたわけじゃないのよ、スザンヌ。あなたが謎を解き明かすのが天才的にうまいせいよ。だから、そんなふうに自信なさげにしているあなたを見ると、ちょっとドキッとしちゃうの。足もとがぐらぐらしてくるみたいな気がして」

「そのとおり」とトニ。

「あなたたちがそこまでわたしを信頼してくれているなんて、思ってもいなかった」スザンヌは言った。

「あんたはあたしたちの勇ましいリーダーなんだからね」トニが言った。「ジュニアが六十四回めにあたしを捨てたときも、気の毒なダニーがアルツハイマーを発症してペトラのきれいな顔もわからなくなったときも、あんたがいたからちゃんとやってこれたんだ」彼女はカックルベリー・クラブをしめすように腕を大きくひろげた。「あんたのおかげでつらいときも乗り越えられたし、あたしたちは自信と自尊心を取り戻せたんだよ」

「生きる望みも」とペトラ。

「笑顔も」とトニもつけくわえる。

「それに、ご主人を見送ったあとの数週間、あなたは本当にりっぱだった」ペトラはまだまじめな顔を崩さなかった。「そういうことからも、ハニー、あなたが剛毅の人だってわかるの」

「それに根性の人だよね。剛毅って言葉はむずかしすぎるけどさ」トニは肩をすくめた。「言葉めくりカレンダーでも買おうかな」

「そんなものなくても大丈夫よ」ペトラは言った。

「うれしくて涙が出そう」スザンヌはふたりの言葉に感無量だった。「大親友がふたりもいるなんて」

「全員でハグしよっか」トニがいきおいよく立ちあがった。

三人は円陣を組むように集まり、腕をたがいの肩にかけ、ぎゅっと抱きしめ合った。

「いつも心にとめておいて」ペトラが言った。「友だちとはあなたの過去をわかっていて、あなたの将来を見守ってくれて、そのままのあなたを受け入れてくれる人のことよ」

「同感」とトニ。

友だちとはそばにいてくれる人のこと、とスザンヌは胸のうちでつぶやき、ミッシーを支えなくては、とあらためて思った。どんな犠牲を払ってでも。


まだもやもやした気持ちがおさまらず、スザンヌはカフェを抜けて〈ブック・ヌック〉に忍びこんだ。頼もしい本の数々に目を走らせると、一瞬にして穏やかな気持ちに満たされた。自慢の床から天井まである木の書棚には、本が整然と並んでいる。なかでも、タイプライター風の文字でジャンル——ミステリ、ロマンス、文芸、料理、手芸、児童書——を記した小さな表示板は大のお気に入りだ。週に数晩、トニがここでロマンス小説の読書会をひらき、隣の部屋ではペトラが編み物を教えている。そういうときはスザンヌも一緒に居残って、参加者のためにフィンガーサンドを作ったり、チーズ、スライスしたリンゴ、パリパリのバゲットを出したりする。こういう会はみんなにとってメリットがある。お客はイベントを大いに楽しみ、カックルベリー・クラブはわずかながらも儲けが増える。混乱する経済状況のなか、五セントだって貴重だ。

スザンヌはえび茶色の古いベルベットの椅子に置きっぱなしになっていた『クマのプーさん』の本を手に取り、本来の場所にしまった。それから、腕時計に目をやった。もう午後もなかばだ。保安官はミッシーの事情聴取を終えただろうか？　ミッシーはおぞましい疑いがすべて晴れ、鳥のように自由の身となって〈アルケミー〉の店長の仕事に戻っただろうか？　たしかめなくては。

　オフィスに入り、ミッシーの携帯電話の番号にかけた。前回と同じように呼び出し音が六回鳴って、留守番電話に切り替わった。あれ、まだ通じない。だったら、直接〈アルケミー〉にかければいいんじゃない？　電話帳で調べ、番号をダイヤルした。

「〈アルケミー〉です。ご用件はなんでしょう？」

　洗練された声が応答し、スザンヌはすぐにカーメン・コープランドの声だとわかった。カーメンは地元在住の作家で、ちょっとホットなロマンス小説を書く才能に恵まれている。彼女が書くヒストリカルロマンスは《ニューヨーク・タイムズ》紙のベストセラーリストの常連で、それが彼女の慢心に拍車をかけている。カーメンは隣のジェサップという町で、サンフランシスコの高級住宅地ノブ・ヒルから空輸してきたのかと思うほど豪華なヴィクトリア朝様式の家に暮らしている。そして一年前、ここキンドレッドに最新のファッションを提供するブティックをオープンし、この地の中西部風センスを追いやり、流行の先端をいくヨーロッパ・ファッション――ミュウミュウのバッグ、宝石がついた大ぶりの指輪、プラダのブラウス、高価なデザイナージーンズなどなど――をはやらせようともくろんでいる。カーメンのもうひとつの顔、というか住民のほとんどが知っている彼女は恐ろしいほど裕福で、高慢ちきで、ぶしつけだ。順は不同だけど。

「ミッシーはいますか？」スザンヌは名乗らずに尋ねた。

「おりません」カーメンは早口で答えた。「どちらさま?」

「あら、スザンヌ」カーメンの声がいくぶん愛想のいい、いくぶんやわらかなものに変わった。「あいにく、お友だちはいまここにいないわ。というか、具合が悪いと言って、お昼前に帰ったの」

「残念だわ」スザンヌは言った。

どうやらミッシーはカーメンにけさの出来事をなにも話していないらしい。だけど、話せるわけがない。地元で起こった殺人事件の容疑者ではないかとカーメンに疑われたら最後、解雇通知を渡され、店を追い出されてしまうからだ。

「ええ、おかげでわたしもてんやわんやだわ」カーメンは言った。「お店はいま大忙しなのよ。ロベルト・カヴァリの品がついさっき届いたし、ジェイブランドのジーンズもふた箱来ちゃったし。お店に出す前に、スチームでしわをのばしたりして見栄えをよくしなくちゃいけないっていうのに、もう!」

スザンヌは思い切って訊いてみた。「ねえ、カーメン、けさの事件の話は聞いてる?」

カーメンは深々とため息をついた。「もちろん聞いたわよ。知らない人なんているわけないでしょ。ランチに出たら、町じゅうがレスター・ドラモンドの噂で持ちきりだったわよ。あの人も気の毒にねえ。運悪く、理不尽な事故に遭うなんて」

「あれは事故じゃないかもしれないの」スザンヌは言った。しかし、言ったそばから後悔した。

「事故じゃないですって？」カーメンの声が数オクターブあがった。「スザンヌ、あなた、わたしになにを隠してるの？　なんで教えてくれないのよ？」

「わたしだってくわしいことは知らないもの」スザンヌはドラモンドの話など持ち出すんじゃなかったと思いながら言い返した。

しかしカーメンはいきなり、もしやという声になった。「それってミッシーとはなんの関係もないんでしょうね？」

さすがカーメン、勘が鋭い。「あ、もう切らなくちゃ」スザンヌは言った。「別の回線のランプが点滅してるの」

スザンヌはそそくさと電話を切りながら、自分を情けなく思い、なにも言うべきじゃなかったと反省した。これが原因でミッシーがますます面倒なことになったらどうしよう。

わたしったら本当におしゃべりなんだから。それにしても、どうしてカーメンはわたしのよくない部分を引き出すのがうまいのかしら。

スザンヌはゆっくりした足どりで〈ブック・ヌック〉に戻った。お気に入りの宅配の運転手ハーヴィーがけさ、本の入った段ボール箱を二箱届けてくれたから、いまは中身を出す絶好のチャンスだ。カフェのほうはティータイムのあわただしさがおさまりはじめ、かなり落ち着いてきている。戸口からのぞくと、トニがクリーム・ティーのセットを準備しているのが見えた――おかわり自由のアッサム・ティーにスコーン、ジャム、クロテッド・クリームの組み合わせだ。

スザンヌはボックスカッターを手にし、段ボール箱をあけた。中身は注文した児童書のはずだと思いながら。やっぱりそうだ。『よふかしにんじゃ』が六冊、『おしゃれなナンシー』の絵本が六冊、それに『造形の魔法』という題名の大型豪華本が二冊。

思ったとおりの本でよかった。

というのも、近くおこなわれるハート&クラフト展に合わせ、がたつくテーブルにオブジェを飾り、その両脇に友人宅の屋根裏で発掘してきた座面がへこんだ椅子を置いてみようと考えているからだ。

ペトラが編んだ上品なピンクのアフガンをテーブルにかけ、美術の本を積み重ねはじめた。人物画の入門書二冊、初心者向けと思われる工芸の手引き書、デコパージュや編み物や油彩画に関する本を何冊か。仕上げに、オフィスに駆けこんで壁に飾った額入りの刺繍《ししゆう》をつかんだ。ペトラの手になるそれは、赤いハートと〝ふたつのハート、ふたつの人生、一生離れない〟の言葉が刺繍されている。結婚記念日に彼女からもらったプレゼントだった。

スザンヌは一時間せわしなく動きまわって本の整理をすませ、隣の〈ニッティング・ネスト〉に入っていった。色とりどりの毛糸と何十本という編み針が、うずたかく積まれたキルト用カットクロスとともに陳列されている。ペトラが編んだ作品の多くが壁に飾られ、そのなかにはシュガーバニーズ・ブランドのふかふかの毛糸で編んだ空色のセーターやニットのスカーフ数点、それにベビーアルパカの毛糸を使ったかわいいピンクのアフガンなども含まれる。手編みのショールやアフガンをかけた肘掛け椅子が半円形に並べられ、その居心地のよさそうな雰囲気にお客はついつい腰をおろして長居してしまうのだ。

オープンしてまだ日が浅いものの、カックルベリー・クラブはすでに食事、本、編み物、キルト、昔なつかしき女性の友情と、どれをとってもトップクラスという評判が定着し、地元キンドレッドのみならず近隣の郡からもファンを獲得している。

「スザンヌ」トニが戸口に立っていた。「そろそろ閉めるよ」

スザンヌは驚いて顔をあげた。さっきからカバの木の編み棒の具合をためしていた。

「閉めるの？　もう？」午後は駆け足で過ぎていったらしい。

「そうだよ。ペトラは養護施設へダニーの見舞いに行くし、あたしのほうはジュニアがもうすぐ迎えに来るんだよ。コーヌコピア近くのゴールデン・スプリングズ・スピードウェイにストックカー・レースを見物しにいくんだ」

「まさか、ジュニアがポンコツ車で出場するんじゃないでしょうね」

「そんな話は聞いてないよ」とトニ。「でも、前から出たいとは言ってるね」

ジュニア・ギャレットはトニとくっついたり距離を置いたりを繰り返している夫で、不良少年がそのまま大きくなったようなタイプだ。ふたりは結婚して三年になるが、そのうちの二年半以上はべつべつに暮らしている。いきなりヴェガスで結婚して、すぐに別居したとはいえ、ふたりが愛し合っているのはまちがいない。しかし、ジュニアにはのめりこんでいるものがある。具体的に言うと、〈フーブリーズ・ナイトクラブ〉のダンサーたちの露出度の高い衣装に札をねじこむのに夢中なのだ。トニとは死がふたりを分かつまでと誓ったにもかかわらず。

「そう」スザンヌは言った。「楽しんできてね。飛んできたタイヤが頭にぶつからないよう注意するのよ」

「あんたを残して外から鍵をかけておこうか？」トニが訊いた。

「ううん、五分で出るわ」

〈ブック・ヌック〉に戻ると、二分ほど展示に手を入れ、本をひと抱え棚におさめてから明かりを消し、カフェに出ていった。

アンティークのソーダファウンテンと、ずらりと並んだ色とりどりの陶器のニワトリに目がいき、スザンヌは思わず頬をゆるめた。一年ちょっと前に夫のウォルターが亡くなったとき、彼女は女版ドン・キホーテよろしく大きな賭けに出て、この大胆な起業に全力を注ぎこんだ。未来を切り開き、人生を変え、そしていつも笑顔でいられるようにと願って。

トニとペトラの協力を得た結果、カックルベリー・クラブはすぐに評判の店となった。カフェであり社交クラブであり評判のいいイベント会場でもあるという地道な事業だったが、採算ベースには乗った。開業した最初の年でさえ、暮らしていけるだけのお金を稼いだうえ、わずかとはいえ儲けも出た。多くの小規模ビジネスが事業をつづけていくだけでもかつかつな昨今、これはほとんど異例と言える。

けさ、死体を見つけたことをのぞけば、スザンヌの人生は順風満帆だった。カックルベリー・クラブは好調だし、恋愛のほうもいい感じで煮立っている。おまけにどうにかこうにか三ポンドの減量に成功し、スキニージーンズがばっちり決まるようになった。チョコチップ・クッキーをがまんした自分にハレルヤ。

「カックルベリー・クラブ」スザンヌはこぢんまりしたカフェをながめながらつぶやいた。「わたしの大事な救いの綱」

外で足音がした。スザンヌは振り返り、首をかしげた。通りすがりの人がコーヒー一杯とパイひと切れを求めてドアノブをがちゃがちゃやっているのだろう。でも、もう時間が遅すぎる。閉店だと言わなくては。しかし、足を踏み出しかけるとドアがいきおいよくあき、壁に音をたててぶつかった。つづいてミッシー・ラングストンが入ってきた。

両の頬の高いところが淡紅色に染まり、怒りで目をぎらぎらさせている。三十代前半のミッシーは肌が白くつるつるで、髪はトウモロコシの穂のように細く、豊満で肉感的な体の持ち主だ。少なからぬ数のキンドレッドの男たちをとりこにしてきたが、ここしばらくは誰ともつき合っていない。少なくともスザンヌはそう思っている。

「わたしがどこからの帰りかわかる？」ミッシーは唾を飛ばしてスザンヌに尋ねた。それからもっと悲しそうな声になって言った。「きょうの午後、わたしがどこにいたかわかる？」

5

スザンヌはミッシーをじっと見つめ、友人の心情と、彼女が発した言葉の意味を理解しようとした。もちろん、ミッシーがどこにいたかはよくわかっている。

「どこって……法執行センターでしょ？　ドラモンドさんの事件についてドゥーギー保安官から話を聞かれていたのよね」

「そうよ！」ミッシーは甲高い声をあげた。「なんで知ってるの？」

スザンヌは肩をすくめた。どうやら、ミッシーは時間がなくて留守電のメッセージを確認していないようだ。ひそひそささやかれている町の噂も聞いていないのだろう。

「どんな話をされたかわかる？」ミッシーは唾を飛ばすようないきおいで言葉を発した。

スザンヌは〝あなたが容疑者だと言われたんでしょ〟と言いたかった。それをこらえ、

「どんな話だったの？」と尋ねた。

「わたしが容疑者なんですって！」ミッシーは半泣きで言った。

「ミッシー」スザンヌは正直に全部打ち明けようと思った。「わたしもいくらか事情を知っているの。トニとけさ、あなたを見かけたから。墓地から猛スピードで出てくるあなたをね。

正面衝突しかけたのよ」

ミッシーはとまどったようにスザンヌの顔をうかがった。

「あれはあなただったの？」たちまち彼女の顔がこわばった。「じゃあ、あなたが保安官にしゃべったのね。わたしが墓地にいたことを」

「うん、まあ……話したのはトニだけど」ミッシーの目が霜で覆われた一セント硬貨のように冷ややかなものになったのを見て、スザンヌはつけくわえた。「トニも……わたしたちも……話すしかなかったのよ。ドラモンドさんがお墓のなかで死んでるのを見つけたあとだったから」

ミッシーはパチンと音がしそうないきおいで口を閉じた。

スザンヌはさらに訴えた。「それに、ねえ、いずれ保安官が突きとめていたはずよ。ほかの誰かがあなたを見かけていてもおかしくないもの。正直に話したほうが間違いがないと思ったの」

「わたしのことなんかちっとも考えてくれなかったのね、スザンヌ」ミッシーの声はぞっとするほど冷ややかで、氷点下にまで達しそうだった。

スザンヌの額にうっすらとしたしわが一本現われた。なにかおかしい。ふだんのミッシーはここまで敵意を剝《む》き出しにしたりしない。それどころか、スザンヌの知るなかでも一、二を争うほど性格がいい。

「ドゥーギー保安官に話したのは、たいしたことじゃないと思ったからよ」言葉を切り、心臓が数拍鼓動するのを待ってから、また口をひらいた。「そうでしょう?」

ミッシーは息を深々と吐き、木の椅子に乱暴に腰をおろした。

「あれはただ……」片手をあげ、すぐに力なく膝に落とした。

「なんなの、ミッシー? どうかした?」

ミッシーは唇をきつく引き結び、首を左右に振った。苛立っているように見える。しかし、こわばった顔の奥には怯えた彼女が見え隠れしていた。

スザンヌはカウンターに歩み寄って、コップに水を注いだ。それを持ってミッシーのもとに戻り、向かいの席にすわった。

「取り乱している人に必ずと言っていいほどお水を出すのは、どうしてなの?」ミッシーは訊き、おずおずとひとくち飲んだ。

「さあ、そういうものだからじゃない?」スザンヌは言ったが、実際にはこう思っていた。どうしていいかわからないときの時間稼ぎよ。友だちを気遣う気持ちのあらわれよ。

「とにかく、ありがとう」ミッシーは言い、もうひとくち飲んだ。

スザンヌはそれとなく聞き出すことにした。「それで、ドゥーギー保安官とした話というのは……?」そこまで言って語尾をのみこんだ。

ミッシーは目を細め、辛辣《しんらつ》な口調で言った。「あなた、あの古ダヌキとずいぶん親しいみたいね」

スザンヌはとたんにむきになった。「古ダヌキなんてひどい。ドゥーギー保安官はりっぱな人よ。この町をしっかり見守っているじゃない」

「とんでもない勘違い男だわ」ミッシーは容赦がなかった。「わたしがレスター・ドラモンドを殺したと思ってるんだもの。でたらめもいいところ！　あなただって知ってるでしょ、わたしがハエ一匹殺せないって。いくらドラモンドさんが嫌いだからって、そんなことするわけがないじゃない」

「わかってる。でも、保安官の立場になって考えてみて。あなたは墓地にいて、ドラモンドさんも墓地にいた」スザンヌはそう言うと、訴えるように両手を広げた。こう言えば、ミッシーがいくつかの空白を埋めて、釈明してくれるはずだ。なにしろ、埋めるべき重大な空白があるのは事実なのだ。

しかしミッシーはますます警戒の色を強めた。「あなたはなぜあそこにいたの、スザンヌ？」

「トニに説得されて百五十周年祭の花を届けにいったの。でも、それはもう知ってるんでしょ。ドゥーギー保安官からすべて聞いているはずだもの」

ミッシーは厳しい顔でうなずいた。

「思ったとおりだわ」とスザンヌ。「じゃあ、これからわたしが話すことをちゃんと聞いて。けさ、わたしがあなたを必死で弁護したことだけはわかってほしいの。墓地を出ていくあなたを見たと保安官に言ったのは事実よ。だけど、あなたがドラモンドさんの死に関わっているはずがないとも、はっきり言ったわ」

ミッシーはスザンヌをぽかんと見つめた。「本当にそう言ってくれたの？」

「ええ、あたりまえじゃないの」スザンヌは力をこめて言った。

「保安官は信じなかったみたいね」ミッシーは声につらさをにじませながら、ぽつりと言った。目が涙で光り、喉の奥から苦悶《くもん》の声が漏れた。

「だったら、なにがあったか話して」スザンヌは言った。「けさ、あそこでなにがあったか教えてちょうだい。そうしたら力になると約束する！」

ミッシーは片手でブロンドの髪をかきあげ、しわの刻まれた額をあらわにした。

「スザンヌ、オジーが殺されたときのことを覚えてる？」オジーとはミッシーが夫のアール・ステンスラッドと離婚後につき合った恋人だ。

スザンヌはうなずいた。もちろん覚えている。

「ドゥーギー保安官はあのときもわたしを尋問したのよ！」

「でもたしか、ほんの二秒ほどのことでしょ。それにあくまで形式的なものにすぎなかったし。だって、あなたはオジーと親しかった人のひとりだったんだもの」

「でも、保安官はいまだにわたしを信じてないのよ。はっきり言って、嫌ってるんだわ」

「嫌ってるはずないじゃないの、ミッシー。あなたのことをろくに知りもしないんだから」

しかしミッシーは無言で首を振ると立ちあがった。数秒後、スザンヌがべつの質問をしたりなにか反応を引き出したりするより先に、ドアから出ていった。

自宅まであと三ブロックというところでスザンヌはヘイワース・アヴェニューの真ん中でUターンし、エンジンを吹かした。頼りになる番犬のバクスターとスクラッフなら、あと二、三分待たせても大丈夫だ。もう一度メモリアル墓地に行ってみなくてはという気持ちが、どこからともなくむくむくとわいてきた。現場をあらためて確認しておく必要があると思ったのだ。

行くのは気が進まなかった。本当に行きたくなかった。実際、メイン・ストリートを縫うように走り、ジ・オークスという名で知られる住宅地を通り抜け、墓地に向かう狭い道を進みながらも、心のなかで何度となく引き返したほうがいいとつぶやいていた。

門をくぐった瞬間、けさと同じ、背中がぞわぞわする感じにふたたび襲われた。車は大理石の墓と白く塗った墓標のあいだの細い道を進んだ。午後になって三分ほど顔をのぞかせた太陽も、いまは厚い雲の層に隠れ、ひんやりした風がふたたび吹きはじめていた。頭上で木がしなり、下のほうの枝が骸骨のような指で車の側面をひっかいてくる。フロントガラスがくもりはじめた。この世のものでないなにかが、これ以上近づくなと警告しているかのようだ。

ばかね。くだらないことを考えるのはよしなさい。

ぬかるんだ通路に入ると、数人ほどが標石のあいだを歩いているのに気がついた。セーターとジャケットを着こんだ人たちが、いくつかの墓にあわただしく花を置いて歩いている。よかった。少なくとも、わたしひとりじゃないんだわ。

しかし、古くからある区画、すなわちトニと一緒に花を置いたあと、墓穴に横たわるドラモンドを発見したあたりは、スザンヌ以外、誰もいなかった。

ついてないわ。このあたりに親族が埋葬されている人はいないの？

スザンヌは一分間、エンジンをかけたまま、デフロスターが作動する音を聞きながら、ハンドルをきつく握りしめていた。やがて大きく息を吸うと、エンジンを切って車を降りた。

五十ヤード先の、ひらひらはためく黄色い現場保存テープを目指し、向かい風に肩をすくめながら、水のたまった芝地をざぶざぶと進んだ。墓穴まで来てみると、朝見たときとさほど大きく変わっていなかった。ただし、いまはがらんとした暗い穴になっている。血の気のないレスター・ドラモンドが横向きに倒れていることはなく、そういう光景を見たといういやな記憶が残っているだけだった。ここに、この町でも指折りの屈強な男性が殺されたのだ。

でも、誰がそんなことを？

もちろん、ミッシー・ラングストンではありえない。ミッシーがドラモンドにつきまとわれていたのは事実だが、暴力で反撃するはずがない。そういう人ではないからだ。だったら、誰だろう？　この小さな町の誰に、平穏と協力がことのほか尊《とうと》ばれるこの町の誰にそんな恐ろしいことができるというの？

がたがた震えながら暗い考えにふけっていると、突然、野太い轟音がしているのに気がついた。スザンヌはぎくりとし、大あわてで振り返った。しかし、彼女の目がとらえたのは、泥まみれになったボブキャット社の黄色いトラクターが上下に揺れながら近づいてくる姿だけだった。

墓穴を埋めに来たんだわ、とスザンヌはひとりごとを言った。遺体なき埋葬をするために。

そんな気味の悪い思いつきが頭のなかでぐるぐるまわっていたせいか、墓地を出るまでやけに時間がかかってしまった。


ようやく帰宅したスザンヌだが、おなかはあまりすいていなかった。どこかの時点で（どの時点かはわからないけれど）食欲の大半を失っていた。そこでバクスターとスクラッフにドッグフードをボウルいっぱいあたえると、自分には小ぶりのスープ皿一杯分のトマトスープをこしらえ、クラッカーを何枚か添えた。そのつましい食事をトレイにのせ、ウォルターの書斎だった部屋まで運んだ。いまは、居心地のいい図書室兼書斎兼パソコン部屋に急速に変わりつつある。

持ってきたものをすべて小さなスピネットデスクに置き、ノートパソコンのふたをあけ、少し考えてから〝スタンガン〟という単語を打ちこんだ。

個人用の護身グッズを売る全世界の会社が一瞬にして目の前に現われた。

護身がこんな一大ビジネスになっているなんて。

たしかにそれは認めざるをえない。これだけのスタンガン、テーザー銃、スタンバトン、催涙スプレー、唐辛子スプレーなどを、自衛の意識が高い一般人が容易に入手できるのだから。ボイスチェンジャーや盗聴装置、盗聴器発見装置、それに（いったいこんなものを本気で使う人なんているのかしら？）消えるインクまで買える。どのウェブサイトのキャッチコピーにも似たような不安を煽《あお》る文言が並んでいた――最近はなにかと物騒です！　準備を怠りなく！

　地元の業者はいないかとあちこちクリックしているうち、隣町のジェサップにある〈ビリーのガンショップ〉を探しあてた。その店ではテーザー銃とスタンガンを扱っているようだ。参考になるようなことはなにもなかった。携帯許可すら必要ない。現金を払えばその場で持ち帰れるのだ。

　スザンヌは思案顔でスープを口に運びながら、いわゆる護身グッズ、それにカメラ付きラップアラウンドサングラスなんていうものまである一般向けスパイ用品が並ぶウェブサイトをほかにもいくつか閲覧した。

　しだいに大きくなる不安を振り払いたくて、スザンヌはスープを食べ終えると、犬たちを長めの散歩に連れ出すことにした。体を動かすのは、脳をリラックスさせ、マイナスのエネルギーを消すのに有効だ。

　バクスターとスクラッフはさんざんしっぽを振ったり、ぐるぐるまわったりした末にリードをつけてもらい、スザンヌとともに霧深い夜の町に出ていった。レギンズ、ウィンドブレーカー、リーボックのシューズといういでたちのスザンヌは、早歩きよりもいくらか速いペースをたもった。ひとりと二匹は人通りも車通りもほとんどない道を歩いた。夜の戸締まりをすませたらしき家々の前を通りすぎ、雨が大きなライラックの茂みにぼたぼたとしずくを落とす路地を走り抜けた。ファウンダーズ公園にも人の気配はなく、ブランコも滑り台も少しさびしそうだ。スザンヌたちはそこをぐるっと一周し、自宅があるほうに針路を変えた。

炭水化物を燃焼しきったバクスターとスクラッフはゆっくりとした足取りになって、濡れた芝のそこかしこでにおいを嗅いだり、鼻をふんふんさせはじめた。自宅近くまで来ると、玄関ステップで誰かが待っているのが見えた。雨がそぼ降るなか、背中を丸めてステップに腰かけている。

トニかしら？　ジュニアと喧嘩して、やさしい言葉をかけてほしくなったとか？　ピノ・グリージョを一杯か二杯やりながら？

しかし近づいてみると、待っていたのはミッシーだった。

「いらっしゃい」スザンヌは敷地内の小道を歩いていきながら声をかけた。

「こんばんは」ミッシーはジーンズにショートブーツ、上はオリーブ色のアノラックをはおり、腰のところを太い黒革のベルトで締めていた。まるでおしゃれな奇襲隊員だ。

「こぬか雨のなかを待ってたなんて」スザンヌはいたわるように言った。「なんの話をしにきたにせよ、とても大事な話にちがいないわね」ミッシーのわきを通って錠前に鍵を挿しこみ、玄関のドアを押しあけた。それからリードから手を放し、犬たちが好き勝手に歩きまわれるようにしてやった。「さあ、入って」とミッシーに声をかけた。

「あなたって本当に親切なのね」ミッシーは少し照れくさそうにうつむいた。

「友だちだもの」スザンヌはいびつな笑みを浮かべた。「親切にするのは当然よ。法律でそう決まっているじゃないの」

「少なくとも、ユーモアのセンスはなくしてないみたいね」とミッシー。

「ええ」スザンヌは上着を掛け、濡れた靴から足を抜いた。「なくさないよう心がけてるわ」

スザンヌはオレンジジュース、ミッシーは白ワインとそれぞれ飲み物を手にすると、ふたりで居間のソファに落ち着いた。好奇心ではちきれそうになっていたスザンヌは、いっときも無駄にしなかった。なんの前置きもせず、スタンガンを持っているかと質問した。

「とんでもない！」ミッシーは首を絞められでもしたような声を出した。「だいいち、どこで売ってるかも知らないわ」そう言うと、〝冷静に戦いつづけよ〟とステンシルされたピンクと白のクッションをつかみ、胸に抱き寄せた。「どうしてみんなそんなことを訊くの？」

「ほかの人にも訊かれたの？」

「ドゥーギー保安官に」とミッシー。「きょうの午後」

「事情聴取のときね」

「というよりも尋問よ！」ミッシーはクッションをわきに置き、コーヒーテーブルからワインの入ったグラスを取った。中身をぐいっと飲んだあとも、グラスはそのまま持っていた。

「つらい思いをさせてごめんなさい。でも、今夜、うちに寄ってくれたということは、なにか打ち明けたいことがあるんでしょ」スザンヌはそう言うと椅子の背にもたれ、ミッシーが事情を説明してくれるのを待った。バクスターとスクラッフが犬なりに心配そうな顔で見つめている。

ミッシーはしばらくスザンヌの言葉に考えをめぐらしていた。ワイングラスを置くと「そうよ。ここに来たのにはわけがある。簡単に言っちゃえば……あなたの助けが必要なの」

「そう」スザンヌは声に先をうながすような響きをこめ、ミッシーからもっと話を聞き出そうとした。

「けさ墓地に行ったのは、電話があってあそこで会おうと言われたからよ」

「くわしく説明して」スザンヌは言った。

ミッシーは大きく息を吸いこんだ。「このところ、ジェサップにある女性シェルターでボランティアをしてるんだけどね」

「ハーモニーハウスのこと？　たしか、ええと、あの人はなんという名前だったかしら……そうそう、スーキーが代表者よね？」

「いまは新しい人が代表者になってる」とミッシー。「マルシア・シュートという女の人よ。とにかく、わたしはそこで〝最初の一歩を大事にしよう〟という事業を手伝ってるの。自立のためのプログラムで、就職の面接の仕方や、ビジネスの場でどう自分をアピールするかを教えるの」

「ちょっと待って。つまり、そのプログラムを受けている女性から電話があって、助けてほしいと言われたわけ？」

「そう思ったのよ」とミッシー。「取り乱した声をしていたのはたしかだし」

「でも、誰が電話してきたのかまではわからないのね？」

「はっきりとは」

スザンヌはなんと言っていいかさっぱりわからず、ミッシーを呆然と見つめた。

「匿名に近いような電話で呼び出され、墓地まで行ったの？　罠だとは思わなかったの？」

「だから、罠だったと言ってるでしょ！」ミッシーは金切り声をあげた。

「でも、その人物は――電話をかけてきた女の人は、あなたになんて言ったの？」

「大変なことになったから、わたしの助けが必要だって」

「そう言われてあなたは、相手が誰だかもわからず、大変なことの内容もわからないまま車に飛び乗って、出かけていったの？　信じられないわ、ミッシー」

「しょうがないじゃない。わたしは人を疑わないたちなんだもの」ミッシーは自分をひどく恥じているようだった。「夜、自宅のドアに鍵もかけないくらいなんだから」

スザンヌは言葉を失った。「ドラモンドさんにあれだけつきまとわれていたのに？　デートしようとかなんとか、しつこく誘われていたじゃない」

ミッシーはうなずいた。「ええ」

スザンヌには理解できなかった。そこで問題の核心に切りこんだ。

「けさ、ドラモンドさんの身になにがあったか知ってる？」

「いいえ！　知ってるわけないでしょ！」

「彼が亡くなったこととはなんの関わりもないのね？」

ミッシーの目が怒りに燃えた。「これっぽっちもないってば！」

「ドラモンドさんが墓穴に倒れているのは見た？」

ミッシーは目をそらし、しばらく迷っていた。それを見て、スザンヌはミッシーは見たのだと確信した。ドラモンドの死に直接は関与していない――ものの、墓穴に倒れているのは見ているのだ。

「見たんでしょ」スザンヌはたたみかけた。

ミッシーはワインをごくりと飲んでからうなずいた。「見たわ。もう死ぬほど怖くなっちゃって。でも、おかしなことに、どこかほっとする気持ちもあったの」

「どういうこと？」ミッシーの相反する感情に不安をおぼえつつも、好奇心がうずいた。

ミッシーは両腕で自分を抱えこんだ。「ドラモンドさんは、檻《おり》から逃げ出した猛獣みたいになっていて、いつ暴れ出してもおかしくない状態だったのよ」

「あの人に脅されていたの？」

「それとなくね」とミッシー。「でも、そういうことに関しては抜け目のない人だったわ。夜遅くまで仕事をしていると、〈アルケミー〉の外でずっと待っていたことも何度かあった。言うことはいつも同じ。一緒に一杯やらないかとか、食事に行こうとか、わたしの家でのんびりすごそうとか言ってウィンクするわけ」ミッシーは身を震わせた。「ある晩、ほうっておいてよと言ったら、腕を強くつかまれてね。おかげで紫と緑の大きなあざができたわ」そう言うと盛大に洟《はな》をすすりあげ、小さな涙がひと粒、頬を流れ落ちた。

「それに対してなにか手は打った？」スザンヌは訊いた。「携帯で緊急電話にかけるとか？

わけだし」

ドゥーギー保安官にこっそり相談するとか？　接近禁止命令を出してもらうという手もある

ミッシーはうつむいて涙をぬぐった。「なにもしなかった。すぐその場でなんらかの行動を起こすべきだったんでしょうけど、そうはしなかったの」彼女はため息をついた。「正直なところ、どうしていいかわからなくて。とにかく、はやく終わってほしいとばかり願っていたわ」

スザンヌはいま聞いた話を反芻《はんすう》した。ありがた迷惑な誘いが急速に、しかも暴力をともなうものへとエスカレートして困惑している女性は、それこそ星の数ほどいる。残念ながら、なんらかの行動を起こさなかった女性の多くは、怒れる夫、恋人、あるいはドラモンドのようなストーカーに苦しめられることになる。彼女たちは、比喩ではなく本当に、死ぬほど苦しんでいるのだ。

スザンヌはいきおいこんで顔を近づけた。「いまの話をドゥーギー保安官にしたほうがいいわ。感情的にならずに説明し、知っていることをすべて話し、あなたの気持ちを理解してもらうようにしなきゃ。なにがあったのか、きちんと説明するの」

「ちゃんと話したってば！」ミッシーは言った。「すべて説明したのに、信じてくれないのよ」

「だったら、わたしが話してみる」

「スザンヌ、お願い！　話をするだけじゃだめなの」ミッシーはスザンヌの手を取って、強く握りしめた。「わたしの話を信じるよう、保安官を説得して」

「できるだけのことはするわ」

「どうか、わたしを助けて」ミッシーは涙ながらに訴えつづけた。「力になってくれそうな人は、あなたしかいないんだもの！」

6

金曜の午前はペトラがメモリアル墓地でおこなわれる再奉納式に出席するため、スザンヌとトニのふたりで魔法のように手早く朝食を用意しなくてはならなかった。幸いにも、スザンヌはキット・カスリックという、以前にも店を手伝ってもらった若い女性を呼び、ウェイトレスをやってもらおうと思いついていた。そういうわけで、スザンヌがコンロの最高責任者としてターキーのベーコンを焼き、ハッシュブラウンをひっくり返すあいだ、トニとキットは注文を書きとめ、コーヒーを注ぎ、パンケーキ、フレンチトースト、それにスザンヌ特製BLTサンドイッチを運んでいた。

ペトラはよく注文がごっちゃにならないものだわと感心しながら、スザンヌは卵料理とハッシュブラウンの注文ふたつをそれぞれ皿に盛り、腰をかがめて仕切り窓から呼びかけた。

「できたわよ!」

「了解」キットがさっとやってきた。彼女はとてもきれいな若い女性だ。アーモンド形の目とボリュームたっぷりのまつげ、最近濃い栗色に染めた髪、セクシーな体つき。ほんの六カ月前までは、郡道一八号線沿いにあるいかがわしい酒場〈フーブリーズ・ナイトクラブ〉で官能的なダンスを披露して生計を立てていた。いまはパートで働きながらジェサップの職業学校で医療事務の授業を受けている。それにちゃんとした恋人も見つかった。ペトラが好んで言うように、彼女はりっぱに社会復帰を果たしていた。

「ねえ、あんたの料理も捨てたもんじゃないね」オニオンフライ、ベーコン入りコーンブレッド、スコーン、クレイジーキルト風ブレッドなどの香りが複雑に混じり合った厨房に飛びこんでくるなり、トニが言った。

「そう？」スザンヌは朝の殺人的な忙しさを乗り切りながら、天板数枚分の焼き菓子までつくれたことでひとり悦に入っていた。

「そうだよ」とトニ。「みごとな仕事ぶりだし、ペトラみたいにあたしたちに怒鳴らないし」

「ペトラだって怒鳴ったりしないでしょ」スザンヌは笑いながら言った。

「だったら、こう言い換える。ペトラほどがむしゃらじゃないって。あんたはもっと——落ち着いてるって感じ」

「それは褒めているのよね？」スザンヌは言うと、卵、生クリーム、マッシュルーム、パプリカを混ぜ合わせたものをオムレツ用フライパンに流しこみ、大きくかき混ぜた。「ところで、ゆうべの自動車レースはどうだった？」雑談でもすれば、目を覚ましたときからずっと抱えていたミッシーを案ずる気持ちを少しは忘れられると思ったのだ。

「騒々しいけど、マジにかっこよかったよ。ひと晩じゅう、ストックカーのレースが次から次へとおこなわれてさ」

「具体的にはどんなものなの？」

「ポンコツ車が何台も楕円形のコースをものすごいスピードで走るんだ。それに当然、ビールをがぶ飲みしたりホットドッグを食べたりもお約束だね」

「楽しそうね」スザンヌは言うと、おろしたペッパージャックチーズをひとつかみ、オムレツに振りかけた。

「ジュニアなんか、昂奮しっぱなしでさ。野生のマングースみたく跳ねまわってたし、ドライバーに向かって大声を張りあげたときにはピーナッツを何粒もこぼしてたよ」

「すごい熱狂ぶりじゃないの」スザンヌはそう言いつつ、内心では怖気《おぞけ》をふるっていた。トニはかぶりを振った。「ジュニアは本当に車が好きなんだ。古いシェヴィ・インパラでスタントカー・レースに出るなんて言ってるくらいだからね」

「やらせちゃだめよ」スザンヌは言った。「そんなのに出たら命に関わるわ。ううん、最悪の場合、一生、寝たきりになるかもしれない」

「わかってる、わかってるってば。あたしも同じことを言ったんだ。ジュニアはそこそこ腕のいい整備工だけど、運転の腕前がめちゃくちゃいいわけじゃない。絶対に眼鏡をかけないし、反射神経だってひどいもんだよ。それに、実を言うとさ、あいつ、ちゃんとした運転免許だって持ってないと思うんだ」トニはふいに鼻を上向けて、においを嗅いだ。「なに、このすごくいいにおいは？　ベーコン入りコーンブレッド？」

「ううん、ペトラのローストポーク。ダッチオーブンで時間をかけてつくる方法を二ページにまとめたメモを置いていってくれたの。ランチタイムにプルドポークのサンドイッチが出せるようにって」

「いいね」

「あの……」いつの間にかキットが厨房に入ってきていた。「ネスト・エッグとかいう料理はあるかしら？」

「どうして？」トニが訊いた。「誰かが食べたいって？」

キットはうなずいた。「そうなんです」

「ポップオーバーにポーチドエッグを入れた料理のことよ」スザンヌが答えた。「でも、きょうはポップオーバーをつくってないの」

トニはスザンヌが料理しているコンロに目をやった。「ポーチドエッグも用意してないみたいだ」

「そういう手のかかる料理はペトラにまかせているから」スザンヌはキットに説明した。

「じゃあ、黒板に書いてあるメニューしか出せないのね」キットは言った。

「ええ」スザンヌは言った。「ペトラが戻ってきて、ランチの仕度にかかるまではね」

「ねえ、キット」トニが呼びかけた。「レスター・ドラモンドが殺されたという話は聞いてるよね？」

スザンヌは、そんな軽率な話題を持ち出してどうするつもりかというように、トニをにらみつけた。

キットは嬉々としてうなずいた。「ええ、聞いてます。おふたりが見つけたという話も」

「よく知ってるね」トニは両手をエプロンのポケットに突っこみ、さりげないそぶりをよそおった。「それでさ、あんたはあの男と面倒なことにはならなかった？〈フーブリーズ〉で踊ってたときに」キットのストリッパー人生は、スザンヌとペトラが親身になって話を聞き、もっとふさわしい仕事を探したほうがいいと説得したときに終わった。キットの場合、ふさわしい仕事とはストリッパー以外のすべてを指す。

キットの表情がふいにくもった。なにか秘密を打ち明けるように、低い声で答えた。

「レスター・ドラモンドのことなら、身の毛がよだつほどの逸話をいくつでもしてあげられるわ」

トニは興味をかきたてられたようだった。「それ、本当？　たとえばどんな？」

「そうねえ、ひとつ例をあげるなら、あの男は年がら年中ダンサーたちにうるさくつきまとってたわ」

「ドラモンドさんは大勢の女性につきまとっていたわけね」スザンヌはひとりぶつぶつと言った。

「つきまとうって、どんなことをしたの？」トニが訊いた。

「ステージにすわりこんで、札束を見せびらかしたり――」

「キット」スザンヌは話をさえぎった。「日曜日も手伝ってもらえるかしら？　歴史協会の依頼で正式なお茶会をひらくことになっているの」

「ええ、大丈夫だと思う」

「助かるわ」

「それでさっきの……？」トニが言った。

スザンヌはオムレツを皿に滑らせ、ターキーのベーコンを二枚のせると、キットに差し出した。

「悪いんだけど、六番テーブルの男の人のところに持っていってもらえる？」


昼前にはカフェの客はおおかたいなくなった。この時間帯は数人の常連客が早めのランチをテイクアウトしたり、あわただしくコーヒーを飲んでいく程度でとても静かだ。なので、スザンヌが厨房仕事の手を休め、おいしいお茶を一杯飲むくらいは問題なかった。

ポットに烏龍茶《ウーロン》を淹れていると、デイル・ハフィントンがのっそりと入ってきた。

「いらっしゃい、デイル」スザンヌは声をかけた。ベヒモス並みの巨漢のデイル・ハフィントンは、ジャスパー・クリーク刑務所に勤める地元民だ。クレイボーン矯正施設という民間会社が運営するその刑務所は、あらたな雇用を生み出すとしてキンドレッド町議会が誘致し、数年前に開設された。「仕事の帰り？」

「そうなんだ」デイルは言うと、カウンターのスツールに腰を落ち着けた。

「一杯ご用意しましょうか？」

「いいね」

デイルはスザンヌが最近宗旨替えさせたひとりだった。かつてはコーヒーとドーナツをこよなく愛していた。しかし、カックルベリー・クラブに何度となく通ううち、スザンヌの影響でお茶とスコーン派に変わった。スザンヌにとってデイルは、あまたいるキンドレッドの男性のなかで燦然《さんぜん》と輝く希望の星だった。ほかの男たちは、クリームなしのコーヒーに角砂糖を六個も入れ、ベアクローやグレーズをかけたドーナツ、ハニーパンなどのペストリーをぱくついてばかりいる。

スザンヌはてきぱきと動き、デイルの前にダージリン・ティーの小さなポット、それにカップとソーサーを置いた。

「ありがとう、スザンヌ」デイルはポットのふたをずらしてなかをのぞき、あと一分、蒸らすことにしたようだ。

「刑務所は、ドラモンドさんの事件で大騒ぎなんでしょうね」スザンヌは言った。

「その話題でもちきりだよ」デイルはうなずいた。「看守、職員、囚人。独房の連中ですら、凧《たこ》をまわしているくらいだ」

「凧ってなんのこと？」スザンヌは訊いた。

「小さくたたんだメモのことさ」デイルは琥珀《こはく》色のお茶をゆっくりと注ぎ、角砂糖を二個くわえ、静かにかき混ぜてからひとくち含んだ。「うまいね」

「スコーンもいかが？　マラスキーノチェリーのスコーンが焼きたてよ」

デイルの右手が、刑務所支給のスラックスのベルトからせり出したふくよかなおなかを無意識にさすった。「本当は食べちゃいけないんだ。でも……ま、いいか、せっかく勧めてもらったことだし」

スザンヌはスコーンを皿にのせ、クロテッド・クリームを入れた小さな器を添えた。

「あんたはドゥーギー保安官とすごく親しいんだろ」とデイル。「ドラモンドがなぜあんなことになったのか、保安官はなにかつかんでいるのかい？　大胆な仮説でもいいけどさ」

スザンヌはミッシーについてはひとことも言うまいと決めていた。そこで、こう答えた。

「なにもわかってないと思うわ。わたしが知っているのは、法病理学者を呼んでドラモンドさんの遺体を調べさせたり、いろいろ分析させたりしてるということだけ」

デイルは驚いたような顔をした。「え、本当かい？　そんなえらいことになっているとは知らなかったな」

スザンヌは肩をすくめた。「そうみたい」本当は、ちゃんと知っていたけれど。

「なにかおかしなものが見つかると思ってるのかな？」

「死因を突きとめたいんでしょうね」スザンヌは言葉を選んで言った。

「じゃあ、殺人なんだな？」

「そうらしいの。でも、亡くなった経緯がはっきりわかっていなくて」スザンヌは、保安官から胸のおかしな傷について聞いたことを思い出した。「犯人につながる手がかりがあるのかどうかもね」

デイルは頭を右に、次に左に向け、それからわずかにスザンヌのほうに身を乗り出した。

「それについてはおれなりの考えがある」

「え、本当？」スザンヌはがぜん、その考えとやらを聞きたくてたまらなくなった。

「おれが容疑者を見つけるとしたら、カール・スチューダーの周辺をじっくり調べるね」

スザンヌはかぶりを振った。その名前にはぴんとくるものがなかった。

「誰のことかわからないわ」

「いや、絶対に知ってるって。白髪交じりの髪を長くのばした、気の短そうな男さ。オンボロの赤いピックアップに乗ってて、薪《まき》を売ったり、禁猟期にシカを密猟したりして生計を立てている」

そう言われてみると、迷彩柄のシャツにベストという恰好で、いつも不機嫌そうな顔で町を歩いている、見るからに嫌われ者らしい男がたしかにいる。

「〈シュミッツ・バー〉や〈ホーリーズ・プレイス〉なんかで見かけたことがあるだろう？」

「そうね。たしかによく見かけるわ」

「とにかく、息子のドウェインが刑務所に収監されたせいで、父親のカールはドラモンドを心の底から憎んでるんだ」

「どうして？　ドラモンドさんは一介の所長にすぎないわ。息子を刑務所行きにしたのは判事と陪審員でしょ」

「そんなのはスチューダーにはどうでもいいんだよ」とデイル。「論理的な思考の持ち主じゃないんだから。しかも、スチューダーはドラモンドが発見された墓地のすぐ近くに住んでいるんだ」

「それ、本当？」

「まあ、直線距離では、だけどな。ドゥーギー保安官がまだ容疑者捜しをしてるんなら、カール・スチューダーから話を聞くことを勧めるね」

「いまは、大勢の容疑者について調べている状態のようよ」

スチューダーという人は本当に容疑者たりえるの？　彼がドラモンドさんを殺したということでいいの？　この謎はけっきょく、さほど大きな謎ではなかったということ？　ほんの数分できれいに包んで、リボンを結べるほどのものだったの？

「保安官がここに来るようなら」デイルは言った。「それとなくささやいてやってくれ」

「そうする」


十一時を少しまわった頃、ペトラがようやく厨房に現われ、全員が彼女の姿を見て喜び――それと同時に少しほっとした。

「よかった」トニは汚れた皿の山を流しに置きながら言った。「帰ってきてくれて本当にうれしいよ」

「あら、厨房の女王のお帰りだわ！」スザンヌはこれでコンロの前から離れられると大喜びだった。店の前面に出てお客と語らったり、いい雰囲気を維持したりするほうが性に合っている。

ペトラはしたり顔でほほえんだ。「みんな、わたしがいなくて往生したんでしょ」そう言うと、ポケットから鼈甲《べっこう》のバレッタを出し、短い髪に挿した。

「へへん、ちゃんとやれるって。やりたくないだけだもん」トニが言った。

「ねえ、聞かせて」スザンヌは言った。「墓地の様子はどうだった？」

「そうそう、人は来たの？」トニが訊いた。「ちゃんと心をこめて歌えた？」

「とてもすてきな再奉納式だったわ」ペトラは言った。「びっくりするほど人が来てくれたし」

「そうだと思った」スザンヌは言った。犯行現場ほど人が大勢集まる場所はない。

ペトラはオーブンの扉をあけ、ローストポークをのぞくと、にっこりほほえんだ。

「おいしそうに焼けてる。おいしそうなにおいもするわ」

「すべて教わったとおりにやったんだもの」とスザンヌ。

「退屈なスピーチが終わるまで、ずっとすわってなきゃならなかったんだよね、きっと」トニは鼻にしわを寄せた。

「たしかに、何人かがスピーチをしたわ」さすがにペトラは如才ない。「でも、どれもすごく心に訴えるものだったわよ。初期の開拓者の話も、キンドレッドの住民が希望と夢を持ちつづけてきた話も」

「ほかにはどんなものがあったのさ？」トニは訊いた「歌とスピーチのほかに？」

ペトラは赤いキャラコのエプロンを首からかけた。「そうねえ。ボーイスカウトのひとりがとてもきびきびと旗を掲揚したわね。それから、海外戦争復員兵協会《VFW》の復員兵が二十一発の礼砲を放ったわ」

「なあんだ」とトニ。「あそこであんなことがあったんだからさ、スタンガンを二十一発撃てばいいのに」

「トニ！」ペトラがたしなめた。「そんなひどいことを言わないの」

「おもしろいんじゃないかと思ったんだよ」

「とんでもない。悲しくなるだけだわ」

「でもさ、あんただってドラモンドが嫌いだったじゃん」トニはのろのろとあとずさりしながら言った。「めったに人を嫌わないあんたがさ！」

スザンヌが割って入った。「お天気が少しよくなったおかげで、聖歌隊が歌えてよかったわね」

「まったくだわ」ペトラは言った。「せっかくあれだけ練習したんだもの」

「なにを歌ったの？」スザンヌは訊いた。

「『高き山からの叫び』と『アイ・ウィル・リメンバー・ユー』よ」

「いいね」とトニ。「聴いていて気持ちがいいし、いかにも教会らしいし」

「どれも中止にならなくて本当によかった」スザンヌは言った。きょうの式典に向けてたくさんの人が懸命に計画を練ってきたが、おぞましい事件のせいでその努力が水の泡になっていてもおかしくなかったのだ。

「明日は晴れて暖かくなってほしいものだわ」ペトラが言った。「お天気がキャンドルライト・ウォークに協力してくれるといいんだけど」

「なに、それ」トニが訊いた。「キャンドルライト・ウォークなんて、いまはじめて聞いた」

「あなた、《ビューグル》紙を読まないの？」

「たまには読むよ。星占いとか、宝くじの当選番号がのってるときは」トニはエプロンで手を拭いた。「で、そのキャンドルライト・ウォークって、いったいなんなのさ？」

「とてもおごそかで、美しいイベントよ。墓地の古い区画全体でキャンドルの炎が揺らめき、南北戦争時代の衣装を身に着けたガイドが案内して、来歴を記した銘板の場所を教えてくれるの」

トニはがぜん興味をおぼえたようだ。「なんだか気味が悪そうだね」

「あなたはなんだって気味が悪いって言うんだから」ペトラはローファーを脱ぎ、サイズ10の緑色のクロックス――彼女いわく料理靴――に履き替えた。「あなたは奇怪《マカバー》なものに飛びつきすぎよ」

「マカバーって？」トニは一分間考えたのち、指をぱちんと鳴らした。「ちょい待ち。香港の近くにある島のことだよね、ちがう？」

「それはマカオ」スザンヌはやんわりと教えてやった。「マカバーは気味が悪いとか身の毛がよだつという意味よ」

トニは考えこんだ。「たしかにその言葉はあたしにぴったりだね。だって、『ハロウィン』

とか『ファイナル・デスティネーション』みたいなおっかない映画が大好きだもん」

「あんなの、ぞっとしちゃうわ」ペトラは身震いした。

「『トワイライト』の映画ならどう?」とトニ。「バンパイアや狼男も出てくるけど、いちおうロマンスの要素もあるよ」

「どうかしら」

「ねえ、スザンヌ」トニは少しうきうきして言った。「明日の夜、キャンドルライト・ウォークに行こうよ、ね?」

しかしスザンヌはまた墓地に行くのかと思うと、気が進まなかった。それにもう、神経がすっかり擦りへっている。

「ねえ、行こうってば」トニはスザンヌの気分を察し、情に訴えてうんと言わせる作戦に出た。「きっと楽しいよ」

「そうねえ」スザンヌはいくらかその気になりつつも、キャンドルが揺らめく墓地がどれほど楽しいのかと首をかしげてもいた。「行ってみてもいいかな」

「スザンヌ」ペトラが言った。「そろそろ黒板にメニューを書かないと」

「きょうのメニューはなに?」トニが訊いた。

「ええとね、プルドポークのサンドイッチ、パンチェッタとあめ色に炒めたタマネギをのせたひとり用ピザ、それにエッグサラダのサンドイッチよ。それと、うまくいけばクランベリーのマフィンも出せるかもしれないわ」

正午ちょうど、皿や銀器がカチャカチャとにぎやかな音をたてるなか、ドゥーギー保安官がどたどたと正面ドアから入ってきた。彼は法執行官らしい冷静な目で店内を見まわすと腰のものを軽く叩き、ゆっくりとした足取りでカウンターへと近づき、端の椅子に腰を滑らせた。ちょっと傾いたその席が保安官の定位置だ。

「どんな具合？」スザンヌは相手をまっすぐに見つめて尋ねた。「捜査のことよ」

「順調に進んでいる」保安官は答えた。「最近、仮釈放になった者のリストを入手して、いまそれを調べてるところだ。この地域にいまも住んでいる者に限定しているがな」

「それだと何人になるの？」スザンヌは保安官に熱々のコーヒーを注いで、カウンターの上を滑らせた。

保安官は片目をつぶって考えた。「周辺の郡も含め……数人というところか？」

「だったら、足取りを追うのもそんなにむずかしくないわね」

「毎度のことだが、リストを追っても袋小路に入りこむことはよくある」保安官はカップを引き寄せながら言った。

「ほかにあなたのアンテナに引っかかってきたものはないの？」スザンヌは訊いた。

保安官はすうっと息を吸いこんだ。「コーヌコピアに社会復帰のための施設がある」

「冗談でしょ」そんなのは初耳だった。「元犯罪者のためのもの？」

「そうらしい」

「そこにいる誰かがドラモンドさんを殺したとみているの？」スザンヌは声が大きくならないよう苦労しながら言った。「だって、そういう人たちは危険なんでしょう？」

「いままでなんのトラブルもなかった。しかし……」

「しかし、これからもそうとはかぎらない」スザンヌは最後まで聞かずに言った。「だから、念のため調べる必要がある」

「そのとおりだ」

スザンヌは、ここでデイルから聞いた話を持ち出すしかないと考えた。

「そうそう、午前中、刑務所の看守のひとりが勤務を終えて来店したの。デイル・ハフィントンという人なんだけど」

保安官はコーヒーを口に運んでからうなずいた。「ああ、ハフなら知っているとも」

「とにかく」とスザンヌ。「デイルがカール・スチューダーという人を教えてくれたの。知ってる？」

保安官はぽかんとした顔でスザンヌを見つめた。「名前と顔が一致しないが」

「スチューダーさんは薪を売るのが仕事だけど、たまにシカを密猟しているらしいわ」

嫌悪の表情が保安官の肉づきのいい顔に浮かんだ。「信じられん、なんてやつだ」

「なんでもスチューダーさんの息子が刑務所に収監されたらしいの。デイルの話によれば、そのせいでスチューダーさんとドラモンドさんは犬猿の仲だったんですって」

「ほう」

「しかもスチューダーさんは墓地の近くに住んでいるの」スザンヌはデイルから聞いたとおり、一言一句たがえずに繰り返した。カウンターに身を乗り出し、しっかり肘をついて。

「いまのはすべてハフの仮説なんだろう？」保安官は言った。

「そうよ。でも、筋道はとおっていると思う」

「おれにはこじつけのように聞こえるけどな。だが……いちおう調べる価値はありそうだ」

「きっと好奇心を刺激されると思ってた」スザンヌはそう言ってから、黒板のほうにちらりと目を向けた。「おなかがすいてるなら、というか、きっとすいてると思うけど、きょうはプルドポークのサンドイッチ、小ぶりのピザ、それにエッグサラダのサンドイッチがあるわ。でも、プルドポークがいちばんのお勧めね」

「だったらそいつをもらおう」

「了解」そう言ってから話題を変えた。「昨夜、ミッシーと話したわ」

「ほう？」保安官は警戒するような目をスザンヌに向けた。

「ハーモニーハウスの女性からの電話だと思って、それで出かけたみたいよ」

「そこの代表者からはすでに話を聞いた。誰も電話などしていないそうだ」

「代表者の人がどうしてそこまでわかるのかしら？」とスザンヌ。

「通話をしっかりチェックしているからだ」

「でも、ひょっとして誰かが……」

「誰もそんなことはしていない。だが、念のため、施設の通話記録をすべて押収する」保安官はスザンヌに向かって冷ややかに笑いかけた。「石はひとつ残らずひっくり返して調べないとな」

7

スザンヌがカウンターでテイクアウト用にハムとスイスチーズのサンドイッチをつくっていると、ジーン・ギャンドルが入ってきた。ジーンは《ビューグル》紙に勤める怖い物知らずの記者、正確に言うなら唯一の記者で、いつもスクープをものにするべく虎視眈々《こしたんたん》とねらっている。背がひょろりと高く、四角い顔を細い首の上でひょこひょこさせているジーンはカウンター席に力なくすわり、ハムサンドにマスタードを塗りつけているスザンヌをじっと見つめた。彼女がいっこうに気がつかないのに業を煮やしたのか、哀れっぽい声を出した。

「自分がどうしようもないばかに思えてきたよ」

「今度はなにがあったの、ジーン？」スザンヌは声をかけた。ジーンはしょっちゅうカックルベリー・クラブで、なんだかんだと愚痴をこぼしている。本人はキンドレッド版ウッドワードとバーンスタインを気取っているのだ。

ジーンは両手を高くあげた。

「からかってるのかい？　世紀の大ニュースを逃したんだよ！」

「いったい、なんの話？」スザンヌは訊いた。

わたしの知らないところで、なにかビッグなことがあったのかしら？　第三次世界大戦が始まったとか？　スザンヌはサンドイッチを切り分け、ビニールの袋にするりと入れた。それをバーベキュー風味のポテトチップスの小袋とともに、茶色い紙袋におさめた。

「レスター・ドラモンドの話だよ！」ジーンはひどくいらついて言った。

ジーンと真剣に話をしたことはそう多くないが、その数少ない経験から思うに、彼は悲劇の主人公を気取りすぎだ。

「ドラモンドさんの事件が真珠湾攻撃やケネディ大統領暗殺に匹敵すると本気で思ってるの？　そんなわけないじゃない。ドラモンドさんが亡くなったのはたしかに残念だけど、いくら死の状況が異様だって、所詮は田舎町の出来事にすぎないのよ」

しかしジーンは自己憐憫《れんびん》に浸りつづけていた。

「なんだってこの町の大きな出来事は、いつも決まって木曜日に起こるんだ？　それもうちの新聞が出た何時間かあとに」

「きっとみんなわざとやっているのよ、ジーン」スザンヌはからかうように言った。「あなたにスクープをものにさせないためにね。車の衝突事故、逮捕、ドラッグの捜索などなど、悪い事件は全部、木曜の午後になるまでひかえてるんだわ」

「ぼくをからかってるだろ」

「まさか」スザンヌはそう言ったものの、心のなかではふふふと笑っていた。

「そもそも、レスター・ドラモンドを見つけたのはきみじゃないか！　せめて電話ぐらいくれてもよかったのに。ひと足先に教えてくれたってさ。ちょっとは助けてくれてもいいだろ」

「そんなこと、思いつきもしなかった」スザンヌは言った。「だいいち、あなたが個人的な情報網を持ってるなんて知らなかったし」

「ま、いいさ」ジーンはため息をついた。「まったくついてない。双子座生まれのせいかもしれないな。ぼくの人生、アップダウンがありすぎる」

「新聞社でいろんな役をこなしてるせいかもよ」スザンヌは言ってみた。「豚の出荷価格や野球のスコア、カントリークラブでホールインワンがあったというニュースを伝えるかたわら、広告の営業だのいろんな仕事をやってるもの」

広告の営業という言葉を聞いて、ジーンの顔がぱっと明るくなった。

「《ビューグル》に広告をのせないか、スザンヌ。うんとおまけするよ」彼はそう言うとシャツのポケットから電卓を出し、ものすごいいきおいで数字を入力しはじめた。自分の手数料でも計算しているのだろう。

「特別に四分の一ページを八分の一ページの料金でのせてあげるよ。その場合……」彼の指がさらに動いて、いくつかの数字を打ちこんだ。「二百ドルだ」

「まわりを見てごらんなさいよ、ジーン」スザンヌは言った。「カックルベリー・クラブにはすでにたくさんのお客様がいらしてる。広告を出したところで、これ以上は入らないわ。だいいち、わたしはローラの依頼でお茶のコラムを書いてるじゃない」ローラ・ベンチリーは《ビューグル》紙の編集長兼発行人で、要するにジーンの上司だ。「だからすでに名前を出してもらっているし、アフタヌーン・ティーの宣伝もちょこっとしているの」

「そう言えば、コラムの入稿が遅れてると聞いたよ」ジーンは勝手にいらいらしながら言った。「先週送ってくれるはずじゃなかったっけ？」

「先週はブライダルシャワーが二件と図書館でケータリングの仕事があったものだから」とスザンヌ。「でもすぐ取りかかるわ。というか、もう取りかかってる。コラムはほぼ書けたも同然よ」

「締め切りを大事にしてほしいと言ってるんだ、スザンヌ」ジーンは人差し指でカウンターをコツコツと叩いた。「ジャーナリストとしての誠意の問題だよ。大事なのはそこなんだって！」

「ジーン」スザンヌは言った。「あなたはべつに《ワシントン・ポスト》で働いてるわけじゃないのよ。ハイスクールの野球の結果や豚の価格を報じたって、ピュリッツァー賞がとれるわけじゃないんだから」

ジーンはスツールの上でふんぞり返り、胸をふくらませた。

「へええ、そう。じゃあ、インテリ気取りのおばさんに教えてやろうか。きょうはこのあと、かなりおいしい取材が入ってるんだ」

スザンヌのアンテナがぴんと立った。「なんの話、ジーン？　誰を取材するの？」

「ほら、知りたくなっただろう？」ジーンは高笑いした。

「取材先は保安官ね。ドラモンドさんの事件について、わかったことをすべて聞き出すつもりなんでしょ」スザンヌはさっきからかったことを後悔した。おもしろくはあったが、思いやりの心に欠けていた。

ジーンはこばかにしたように手をひらひらさせた。「いやいや、保安官じゃない」油断のない目が突然、きらりと光った。「さあて、誰かな?」

「わからないわ」

ジーンはカウンターごしに身を乗り出し、わざとらしく声をひそめた。

「レスター・ドラモンドの元妻を取材する」

その爆弾発言にスザンヌの両眉があがり、一対の弧を描いた。「本当なの? ドラモンドさんに別れた奥さんがいるなんて知らなかった」

これはニュースだわ。それもとびきりのビッグニュースだ。

スザンヌの驚いた様子にジーンはカナリアをのみこんだ猫のような笑みを浮かべた。

「だろう? これで一大スクープをものにできる」

スザンヌはしばらく気持ちを落ち着けてから言った。「それで、その女性とはどんな人なの? くわしく教えて」

「名前はディアナ・ドラモンド」ジーンは音節ごとに区切るように発音した。

「いまこっちに来ているの? 別れただんなさんのお葬式に出るために? そんな彼女に、あなたはしつこくつきまとうつもりなの?」

ジーンはしばし考えこんだ。「そうじゃないんだ。聞いた話じゃ、ディアナ・ドラモンドは二週間ほど前から、この町で暮らしてるらしい。ドラモンドの家に寝泊まりしてるんだよ」ジーンの口の両端があがり、きざな笑顔になった。「つまり同居していたわけだ」

「ドゥーギー保安官は元妻の存在を知っているのかしら？」

「どうかな。でも、どうせきみがご注進におよぶんだろう」ジーンの声が急に、いらいらしたものに変わった。

「だって、教えないわけにはいかないでしょ」

「なんで教えなきゃいけない？」

「だって……」スザンヌはしばし言葉を探した。「彼女は容疑者かもしれないからよ」

ランチタイムのまっただなか、スザンヌが料理を三つのせたトレイと淹れたてのコーヒーのポットを運んでいると、電話が鳴った。

「出てくれる？」スザンヌはトニに声をかけた。

トニは壁の電話を取り、数秒ほど相手の話を聞いてから、スザンヌを指差した。

「あんたにだよ、クッキーちゃん」

「ちょっと待っててもらって」

スザンヌは五番テーブルにランチを運び、近くのテーブルにコーヒーのおかわりを注いでから、ポットをキットに託した。それから引き返し、もぎとるように受話器を取った。

「もしもし、スザンヌです」

「ぼくのスイートハート」サムの低く甘い声が耳に飛びこんだ。

スザンヌの顔にあけっぴろげな笑みが広がった。「あら！　なにかあったの？」

「車が故障しちゃってね」とサム。「ぼくのBMWはこのあと、修理工場に預けなきゃならなくなった。そういうわけで、仕事が終わったら迎えに来て、乗せていってもらえないかな？」

「ええ、いいわよ。車はどこが故障したの？」

「それがわからないんだ。シュトゥットガルトかどこかでキャブレーターを取り替えるんじゃないかな」

「でも、今夜じゅうに直るのね」

「指を交差させて祈っているよ」サムはそこでこらえきれずに笑い出した。「いや、直らないほうがいいかもしれないな」

ペトラは厨房の長椅子に腰かけ、足の指をほぐしながらピザを食べていた。

「ねえ、来週のハート&クラフト展の準備をつめたほうがいいんじゃない？」

ハート&クラフト展はスザンヌの発案によるものだ。地元の芸術家や工芸家から作品を募り、それを一週間にわたってカックルベリー・クラブでギャラリー風に展示し、オークション方式で販売する。収益の半分は地元のフードバンクに寄付される。

「もう準備万端ととのってると思ってたよ」トニは言うと、すばやくスザンヌに目を向けた。

「そうじゃないの？」

「ポスターは一カ月前からキンドレッドじゅうのお店の窓に貼ってもらってるわ。いまはたくさんの作品が集まるよう祈ってるところ。そうそう、《ビューグル》紙でも紹介されたわよ」

「ポーラ・パターソンに朝のラジオ番組で紹介してくれるよう頼んだ？」ペトラが訊いた。

「ええ、頼んだ」とスザンヌ。「ちゃんと話してくれるって」

「よかったじゃん」トニが言った。

「そうね、本当によかった」とスザンヌ。「とにかく、応募用紙はプリントアウトしたし、作品の搬入日は明日と月曜と火曜に決まったわ」

ペトラは両手で膝を叩いて立ちあがった。「そう、わかった。わたしが思っていたよりも準備はずっと進んでいたのね。日曜の歴史協会のお茶会と、来週のこの美術展がうまくいったら、笑って死ねるわ」

「年寄りみたいなことを言うもんじゃないよ」トニが言った。

「じゃあ、死ぬのはやめて、クマみたいに冬眠する。あ〜あ、だったら最高なんだけどな。クマってばかみたいにいっぱい食べて、六カ月もの長きにわたって眠るんですってよ」

「ねえ」スザンヌは会話の流れを変えようとして言った。「ふたりのうちどっちでもいいけど、ディアナ・ドラモンドについてなにか聞いたことはない？」

ジーン・ギャンドルとの会話が頭のなかでずっとぐるぐるまわっていたせいで、どうしても口に出さずにはいられなかった。

トニはピザの最後のひと切れをつまんだ。「ディアナ・ドラモンドって？」

「ドラモンドさんの別れた奥さんらしいの」とスザンヌ。「いまこの町にいるんですって」

「嘘！」トニは言った。「あいつに別れた奥さんがいたの？」

「お葬式に参列するんでこちらに来ているんでしょう？」ペトラは言った。

「それがちがうのよねえ」スザンヌはじらすように言った。「ジーン・ギャンドルの話では、別れた奥さんは二週間ほど前からドラモンドさんの家で暮らしているの」

「よりを戻そうとしてたってこと？」トニはすっかり目を丸くしていた。「うひゃあ、まるでメロドラマみたいな話だね。星まわりに恵まれなかった元恋人同士が再会を果たした――のだが、ジャジャーン！　悲劇がふたりの身に降りかかる！」

「それだけ想像力が豊かなら、メロドラマのシナリオでも書いたらどう？」ペトラは言うと、オーブン用のミトンをはめ、なかをのぞいた。「う〜ん、上出来」

けれどもトニはまだ、ディアナ・ドラモンドのことを知りたがっていた。

「でさ、そのディアナとかって人のこと、ほかにもなにか知ってることはないの？」とスザンヌに向かって訊いた。「いいじゃん、友だちなんだから！　こっそり教えてよ！」

「知っていることは全部話したわ」そう答えたとき、スザンヌはふと、裏の駐車場からゴトゴトいう音がするのに気がついた。

「あれだけじゃ全然物足りないよ」

「あのうるさい音はなんなの？」ペトラが言った。「重機みたいにゴトゴトいってるけど」

トニは窓に鼻をくっつけるようにしてのぞいた。「なあんだ、ジュニアだよ」

「トラクターかなにか盗んだの？」音がいっそうやかましくなるなか、ペトラは言った。

「それともフォークリフトかしら」

「ちがう、ちがう。青いポンコツ車に乗ってきたんだよ。中古車センターで見つけたんじゃないかな」そう言ったとたん、ぎょっとなって二度見した。「あいつ！」

「どうかしたの？」

「まさか例のあれに出るわけじゃ……」トニはスザンヌの手を握ると、引っ張るようにして裏口から外に出た。

ジュニア・ギャレットはふたりに気づくとにんまり笑った。例のごとく、型崩れしたブルージーンズ、白いTシャツ、かかとのすり減ったバイクブーツという恰好だ。彼は油染みたトラッカーキャップを脱いだ。「こんちは、おふたりさん」

「いったい、どういう、こと？」スザンヌはどうにか自動車に見えなくもない代物に、いぶかしげな目を向けた。

「けっこういけてるだろ？」ジュニアは誇らしい気持ちではちきれそうになって言った。

「おれの青いポンコツ。しばらく前からいじってたんだ」彼はいとおしそうにフロントフェンダーを撫でた。「こいつで日曜の晩のデモリション・ダービーにエントリーしようと思ってるんだ」

　スザンヌとトニはぎょっとした顔でジュニアの車を見つめた。古いシェヴィ・インパラだが、一般道を走っている車と似ているのはそれだけだ。青い塗料は大半が剝げるか摩耗《まもう》し、さびがびっしり浮いている。フロントバンパーは頑丈そうなベッドスプリングのようなもので補強され、フロントガラスもリアウィンドウも粉々に砕け、屋根は大きくへこんでいた。

「そんな車でデモリション・ダービーに出られるもんですか」スザンヌは言った。「すでに壊れていると見なされて失格になるわ」

「まさにオンボロ車だもんね」トニも同意した。

「ばか言ってもらっちゃ困るね」とジュニア。「おまえらの目の前にある車は、最低限の骨格だけ残し、特殊な補強をほどこした改造車だ」彼は運転席側のドアから屋根に溶接された金属の補強材をつかんだ。「見ろよ。本物の鉄筋だぜ」

　スザンヌには鉄筋がほとんどかなてこに見えた。

「それにドアも溶接であかないようにしてある。強度と安全性を高めるためにな」

「安全性？」トニは甲高い声をあげた。

「ドアがあかないのに、どうやって乗り降りするの？」スザンヌは訊いた。そんな質問をしてジュニアを喜ばせてはいけないとわかってはいたが、スピードウェイの栄冠をつかむという荒唐無稽な彼の夢にすっかり心を奪われていた。コブラに魅入られたマングースのように。

「むちゃくちゃ簡単さ」ジュニアはそう言って腰を軽く振った。「あけた窓から体をくねくねさせながら出入りするんだよ。これぞ、継ぎ目のないユニボディの傑作だ。レース中、肝心なときにドアがはずれてぶっ飛ぶ心配がない」

「頭のねじがはずれてぶっ飛んでるのはあんたのほうだよ」トニはがまんしきれずに大声を出した。「ジュニア、あんた、死んじゃうよ」

「火が出たら」スザンヌも加勢する。「絶対に逃げられないわ」

ジュニアは車のなかに手を入れ、ダッシュボードに無造作にくくりつけてある小さな消火器をしめした。「そのときはこいつを引っ張り出して消せばいいだけの話さ」

トニはかぶりを振った。「車体が転がり、金属がひしゃげ、炎が髪の毛や肌を焦がしてるってときに、消火器を操作する余裕があると本気で思ってんの？」

「あたりまえだろ。べつにたいしたことじゃない」

「ジュニア」トニは息を切らせながら言った。「あんたじゃ鉛筆削りを使うのも無理だと思うよ」

ジュニアはトニの言葉に傷ついたのか、表情を暗くした。

「おれたちの結婚生活がうまくいかない理由がわかるか？　いつだっておまえはおれの粗探《あらさが》ししてばかりだ。〝ジュニア、そんなのうまくいきっこないよ〟だの〝ジュニア、それはやめときな〟だの」彼は前髪を払った。「おかげで、おれはなにひとつまともにできない気がしてくるときがあるんだよ」

「事実、なにひとつまともにできないじゃんか！」トニがすかさず言い返した。

居心地のいいカフェに、安全と正気が支配する場所に戻ると、スザンヌは言った。

「あんな車でレースに出るのを許しちゃだめよ」

ふたりはアフタヌーン・ティーの準備で使い古した木のテーブルに白いリネンのテーブルクロスをかけ、クリスタルの砂糖入れと小さなキャンドルを置いた。ペトラがクランベリーのスコーンを二回に分けて焼いていた。

「あたしにどうしろっていうのさ?」トニは言った。「たしかにジュニアはうすのろの不良みたいなことをするけど、れっきとした大人なんだ。椅子に縛りつけたり、部屋から出さなくするなんて無理だよ。あいつの子守ばかりしてるわけにはいかないんだからさ」

「でも、おばかなジュニアは本気で命を懸けるつもりでいるのよ」

スザンヌはべつにジュニアの熱狂的なファンではないが、全身をギプスで固定された姿などできることなら見たくない。それに、彼は親友の、別居中とはいえ連れ合いであることに変わりない。心配するのはトニを思えばこそだ。

「あいつがレースに出る晩は、救急車を待機させとかなきゃいけないかもね」

「そんなのお金がかかるわ」

「生命保険をかけたほうがいいかな」トニは顔をしかめ、ひとりぶつぶつ言った。「あれって正確には死亡保険なのに、どうしてそう言わないんだろ」

「そんな名前じゃ、外交員たちがセールスで苦労するもの」

「困ったな、ジュニアはえらく貧乏で、無料のクリニックにしか通えないっていうのに」

「ちょっと待ってて」電話が鳴りはじめていた。スザンヌは大急ぎで数歩進み、受話器を取った。「カックルベリー・クラブです」

「スザンヌ?」小さな声が言った。

「そうですが」

喉をつまらせたような音が聞こえ、つづいてミッシー・ラングストンの声がした。

「スザンヌ、お仕事の邪魔をしちゃって本当にごめん。でもほかに電話できる人に心あたりがなくて」

「どうかしたの、ミッシー?」

「ついさっき、とっても悪いニュースを知ったの」

「なにがあったの?」スザンヌは最悪の事態を懸念しながら尋ねた。

「わたし、くびになっちゃった」

スザンヌの心臓をきつく締めつけていたワイヤーが、少しだけゆるんだ。とりあえず、逮捕されたわけではないようだ。

「なんてこと、ミッシー。いま言い渡されたの?」

ミッシーはため息をついた。「カーメンたら、わたしが十五ほどの箱から服を出して、そのすべてにスチームをあてて、ていねいにラックにかけるまで待ってたの。全部終わってからくびを通告してきたのよ」

「ひどい。まるでサディストじゃないの」

「あの人があまりまともじゃないのは、前からわかっていたけどね」

「解雇手当のようなものはもらえた？」

「一セントも出なかった」

「じゃあ、失業手当を申請するの？」

「そんなことはしないほうがいいってカーメンに脅されたわ。懲戒解雇だから、失業手当を受ける資格はないって。もう、どうしたらいいのよ！」

「懲戒解雇のわけないわ」スザンヌは鼻息を荒くした。「あなたはお客さん全員から絶賛されている模範的な従業員だったのよ。解雇されたのは、カーメンが町のゴシップを必要以上に気にしたあげく、いらいらがつのって過剰反応しただけじゃない」

「あなたはわかってくれてるし、わたしだってそう思ってる。でも、職業安定所の担当者にはどう説明すればいいの？」

「なにも説明する必要なんかないわ。月曜の朝一番に申請すればいい。カーメンがあなたの申請に異をとなえたら、訴えればいい。事実を正確に書いて、あとは担当者の判断にまかせるだけよ」

「そうなの？」ミッシーは言った。

「もちろんよ」とスザンヌは応じた。「それでもまだカーメンがなんだかんだ言ってくるようなら、調停人をはさんで三人で話し合いをするしかないわね。そういうものなのよ。敬意を持って公平に判断される」

ミッシーは大きく安堵のため息を洩らした。

「ありがとう、スザンヌ。いろいろ教えてくれて助かったわ。とりあえず、少しは前向きな気持ちになれたもの」

「どうかした？」電話を切ると、トニが訊いてきた。

「カーメンがミッシーをくびにしたの」スザンヌはそう言ってかぶりを振った。

「そう聞いても驚かないな。カーメンはどうしようもない悪女だもん」

「うん、まあ……あの人もくだらない噂に耳を傾けすぎたんだと思う。それで感情が先走ってしまったのよ。もしかして、あくまで希望的観測だけど、ドラモンドさんを殺した犯人が捕まったあかつきには、ミッシーを雇いなおしてくれるかもしれないわ」

「ドラモンドを殺した犯人は本当に捕まると思う？」

「当然よ。すぐにでも捕まってほしいわ」

「でも、万が一——」トニは言いかけて唐突にやめた。

「万が一、なんなの？」

トニは考えたことを消そうとするように手を振った。

「いいから、言って」スザンヌはそう迫りながら、心のなかではトニがなにを言うつもりかわかっていた。

「本当にミッシーが関わっていたとしたら？」トニは言った。「その場合はどうなるのかな?」

「その場合は……」今度はスザンヌが口ごもった。「その場合は彼女も終わりでしょうね」

8

スザンヌはウェストヴェイル診療所の駐車場に車を乗り入れ、クラクションを鳴らした。

およそ二秒後、青い診察着に淡緑色のポロのジャケットをはおったサムが、正面玄関から大股で現われた。サムは四十代前半、背が高く、くしゃくしゃっとした茶色の髪と青い目をしていて、いわゆる隣に住むまじめな男の子風のハンサムだ。

「だめなデート相手みたいなことするんだね」サムは口もとをほころばせ、スザンヌの車に飛び乗った。「車で乗りつけてクラクションを鳴らすだけ。家族にきちんとあいさつしようともしない」

「あなたがそうしろと言ったのよ！」スザンヌは口をとがらせた。

「冗談だって。からかっただけさ」

サムはコンソールに身を乗り出すようにして、長くてなかなか終わらないすてきなキスをした。

「く、車はもう直ったの？」スザンヌは急に身も心もほてってったように感じ、少しどぎまぎした。

「まだなんだ。明日までかかる」

彼女は期待するような顔を彼に向けた。

「じゃあ、どこまで乗せていけば……？」

「家まで」とサム。「きみさえよければ、きみの家がいいな」

「ヘイズレット先生」スザンヌはにこにこ顔で言った。「いいに決まってるでしょ」

ハード・ボディ・ジムと共有の駐車場を突っ切る途中、サムは片手をあげてジムのオーナーのブーツ・ワグナーに手を振った。ワグナーはいかにも健康そのものといった感じの六十歳で、腕は筋骨隆々としてたくましく、ごま塩の髪を丸刈りにしている。彼はちょうど自分の車、ふたり乗りの小さな赤いミアタに向かっていさましく歩いていくところだった。

「保安官はあの男から話を聞くべきだと思うな」ワグナーが体を小さくして自分の車に乗りこむのを見ながら、サムは言った。「レスター・ドラモンドの最近の様子を知りたいのならね。なにしろ、ドラモンドは起きている時間の半分をあのジムで過ごしていたんだ。朝、ぼくが出勤すると、ドラモンドの黒いSUVが外にとまっていたし、夜もときどき、帰ろうとするときに見かけたよ」

「ドラモンドさんは一日に二回もエクササイズしていたの？　体に悪いんじゃない？　背骨や関節を酷使しすぎちゃうでしょうに。体を休ませながらエクササイズするのが効果的なはずだけど」

サムは首を傾け、スザンヌにウィンクした。「エクササイズの種類にもよると思うよ、べイビー」

スザンヌはほほえんだ。まだ肌寒さの残る春なのに、なんだか急に、ヒーターを最強にしたような気がした。


バクスターとスクラッフはサムの姿に大喜びだった。駆けまわったり体をくねらせたりしたのち、あいさつがわりに彼をなめてキスを浴びせた。

「まあ、驚いた」スザンヌは言った。「わたしが帰ってきても、こんな歓迎はしてくれないくせに」

「それはきみに慣れているからさ」とサムは言った。「この子たちにとってぼくはまだ、今月の新しいフレーバーなんだよ」

ええ、そうね、とスザンヌは満足そうに胸のうちでつぶやいた。

「さあ、ワインでも飲もう」サムが言った。「花の金曜日を祝して」

数週間前、彼がワインの詰め合わせをひと箱持ってきてくれたことがあり、以来、ふたりでそれをちびちび楽しんでいる。

「いいわね」とスザンヌも応じた。「ワインはあなたにまかせる。わたしはおいしいメカジキに塩コショウをしてグリルするわ」

「だったら白ワインだ」サムは言うと、シャルドネに手をのばした。

スザンヌが魚の下ごしらえをし、野菜を刻み、簡単なサラダをつくるあいだに、サムがコルクを抜いてそれぞれのグラスに注いだ。

「おいしい」スザンヌはひとくち飲んで言ったが、すぐに言い直した。「ううん、おいしいなんてものじゃない。これは別格な味だわ」舌ざわりがいいが、こくがあって、ベリーとシトラスの後味が心地よい。

「〈ケイクブレッド・セラーズ〉は、いつもいいワインを揃えているからね」サムはワインを口に運び、少し間を置いた。「そうだ、カックルベリー・クラブもワインとビールの販売許可を取ればいい」

「とんでもない。そんなことをしたら、夜も営業することになっちゃう」

ジェン・エアー社のグリルでメカジキがおいしそうに焼け、スザンヌはコンロにかけた鍋のブールブラン・ソースをかき混ぜた。そのかたわらで、サムがレスター・ドラモンドに関するあらたな情報を話して聞かせた。

「テーザー銃で襲われたのはまちがいない。それも複数回。それが原因で心臓がとまったとぼくは見ている」

「まあ。ひどい死に方だわ」

「でも、それだけじゃない。ドラッグの反応も出たんだ」

「もう毒物検査をすませたの？　びっくりだわ。それは監察医がやるものとばかり思ってた」

「うん、そのとおりだし、明日、監察医がこっちに来て検査するはずだ。ぼくのほうでいくつか検査をするよう指示したのは、あくまで保安官を喜ばせ、ぼく自身のささやかな好奇心を満足させるためなんだ」

「それで、どんなドラッグだったの？　話してもらえる？」

「興奮剤のようだ。アンフェタミンじゃないかと思う」

「ドラッグねえ」スザンヌは首をかしげた。「妙に違和感があるわ。ドラモンドさんはとても健康に気を遣っていたはずよ。ジョギングをしていたし、暇さえあればエクササイズに励んでいたし」

「まだある。鼻血が出ていた」

「その事実からどんな結論が導かれるの？」

するとサムは顔を少しくもらせた。

「たいていの場合、頭蓋内圧が上昇したことをしめす」

「具体的にはどういうこと？　しろうとにもわかる言葉でお願い」スザンヌはやんわりと催促した。「わたしにわかる言葉で説明してくれなきゃ」

「うん、ぼくは監察医じゃないから、死因について確定的なことは言えない。でも、ドラモンドは深刻な呼吸障害を起こしていたと思われる」

「まあ！」スザンヌは小さく口笛を吹いた。まさに耳よりな情報だった。「なぜそんなことになったのかしら。墓穴に投げ落とされ、口のなかに泥が詰まった状態で横たわっていたせい？」

「おそらくは」

「テーザー銃よりもそっちのほうが原因として大きいの？」

サムはワインをひとくち飲んだ。「そうだね」

スザンヌはあれこれ考えながらソースをかき混ぜた。

「テーザー銃を持っている人って誰がいるのかしら。ドゥーギー保安官や部下数名をべつにして。もちろん、インターネットなんかで注文できるのは知ってるけど、誰がそんなものをほしがるの？　だって、なんだかすごく……あぶなそうじゃない」

「でも、手に入れるのは簡単なんだ」とサム。「攻撃用武器を買うよりもずっと。いずれ、ああいう物騒な代物を買いにくくする法律ができてほしいよ」

ふたりはしばらく黙りこんでそれぞれの思いにふけっていたが、その一方で、一緒にいる時間を嚙みしめてもいた。「それで」スザンヌは口をひらいた。「ほかにもなにか気がついたことはある？」

「正直に言うと、遺体はざっとしか調べてないんだ。好奇心がうずいたのもあるが、きみに根掘り葉掘り訊かれるだろうなと思ったからさ」

「鋭いわね。もちろん、根掘り葉掘り訊くに決まってるじゃない」スザンヌは小さなバゲットにバターを塗りながら、いまの自分の発言を振り返った。「じゃなくて、いままさしく根掘り葉掘り訊いてるわね」

サムはうなずいた。

「まったくだ。でもいいんだ。おいしいディナーをつくってもらってるんだからね。おたがい様さ」

「とにかく、これでますますドラモンドさんは殺された可能性が高くなったわ」

「証拠が次々と積みあがっているからね」サムもうなずく。

「テーザー銃の痕を最初に見つけたのはあなたなんでしょう?」

「いや、ちがう。ジョージ・ドレイパーだ。だから彼は、ドラモンドの遺体を病院のモルグに移送するよう言ったんだよ。ぼくにも痕を見せれば、ふたりで保安官に警告できると思ったんだろう。それに、ドレイパーは自分のところの防腐処置室で解剖をやってほしくなかったんじゃないかな。貴重な安置場所が奪われるのを案じたんだろう。突然、お客が複数になったら困るだろう?」

スザンヌは鼻にしわを寄せた。

「検死解剖は明日おこなわれるのよね?」

「うん。監察医は組織に所属していない人で、土曜日がいちばん都合がいいらしい」

「保安官が法病理学者を呼んだことを、ほかに知っている人はいるの?」

「きみと、ドリスコル保安官助手のふたりだけだ。おっと、ジョージ・ドレイパーもいるな」

「この話は内緒にしておいたほうがよさそうね」

「ぼくもそう思う」サムは言うと、両の眉をあげてみせた。

スザンヌはうなずいた。

「それで……検死結果が出るには一日か二日かかるわね。それが終わるとお葬式だわ。誰か準備しているのかしら?」

「それがなんと、別れた奥さんっていうのがいるんだよ」

「そうそう!」スザンヌは思わず大声を出した。「知ってる。まだ聞いたばかりだけど。ジーン・ギャンドルがきょうの午後にカックルベリー・クラブに現われて、彼女への取材の約束を取りつけたって自慢してた」

「しかも彼女は町のあちこちで目撃されている」サムがつづけた。「きょう、保安官が見つけようと必死になっていたよ」

「別れた奥さん、か」スザンヌはつぶやいた。「状況はいよいよ複雑になってきたわ」

サムは彼女の肩ごしに、コンロでふつふついっている鍋をのぞきこんだ。

「でも、きみの白ワインのソースほどおいしそうに複雑な味にはなってはいないよ」

「今度の事件ではもうひとり被害者がいるの」スザンヌはランチョンマットを置きながら言った。

「どういうこと?」

「ミッシー・ラングストンよ。きょう、カーメンにくびを言い渡されたんですって」

「ひどいな」

「カーメンは野火のごとく広まった膨大な噂を耳にして、過剰反応したみたい」

サムは少しもゆるぎないまなざしでスザンヌを見つめた。

「でも、ミッシーが墓地にいたのは事実だ」

「なぜそれを知ってるの？」

「スイートハート、みんな知っているよ」


ふたりはそのあともレスター・ドラモンドの話をつづけた。それからテーブルを囲み、ディナーとおたがいの存在を堪能した。どの料理も好評だったが、スザンヌ特製のおいしいブールブラン・ソースはとくに絶賛された。

「犬たちがちょっかいを出してごめんなさいね」スザンヌは謝った。「食べ残しをもらうつもりでいるのよ」

「あとでちゃんとあげるよ」サムは言った。「でも、ひとつ教えてくれないか？　バクスターがさっきから明かり取り窓をじっと見つめているのはどうしてなんだい？　いったいなんのまねなんだ？」

「映っている人や犬の姿をながめながら、あそこは一種のパラレルワールドにちがいないと思ってるんじゃないかしら」

「犬にしてはずいぶんと哲学的なんだね」

「ええ、だってバックスだもの。あ、ソースをもっといかが？　お皿のソースがいつの間にかすっかりなくなってるじゃないの」

「少しもらおう」

スザンヌがソースを持って戻ってくると、サムは彼女の目をじっとのぞきこんで言った。

「ありがとう」

「たいしたことじゃないわ」

「ちがう。今夜のこれに感謝してるんだ。きみに。本当にすばらしい。きみは料理の天才だね」

「たいしたことじゃないってば」スザンヌは少し顔を赤らめた。面と向かって褒められると照れてしまう。

「それで、個人的な質問をしたいんだけど」

「なんでも訊いて」

「最初に自分が食いしん坊だと思ったのはいつだった？」はじめてセックスしたのはいつだったかと訊くみたいに、大まじめな訊き方だった。

「さあ、覚えてないわ」スザンヌは片手を振りながら言った。

「そんなことはないだろう。ほら、答えて」

「笑わないと約束する？」

サムはうなずき、すばやく胸に十字を切るまねをした。

「じゃあ、言うわね。たぶん、上等なプロシュートとイチジクにバルサミコ酢をかけたものをはじめて食べたときだと思う。そのとき、頭がべつの場所に飛んでいって、ごちそうはホットドッグや豆料理だけじゃないって気づいたの」

「冗談を言っちゃいけないよ。ホットドッグと豆料理だけで食いつないできたわけじゃあるまいし」

「まあね。でも、中西部の田舎町に育つと、キャセロール料理やポットロースト、それに缶詰のパイナップルの輪切りで飾った焼きハムといった昔ながらの料理から脱却するのは簡単じゃないの」

「でも、カックルベリー・クラブではなつかしの味を出しているよね」

「ええ。でもワンランク上のなつかしの味よ。ただの目玉焼きじゃなく、チョリソーとピリッと辛いソースを使った血の池地獄の卵。鶏胸肉のグリルにはドライトマトをのせて、マヨネーズじゃなくペストソースをかける。揚げ魚のサンドイッチじゃなく、パイ生地にサーモンをはさんで焼いたりもしてる」

サムがうんうんとうなずくのを見て、スザンヌの話にますます熱がこもった。

「それに食材はどれも地元産のものを使うようにしてるの。チーズ、卵、野菜、果物、お肉もね。新鮮でオーガニックなものを心がけているわ。保存料、ホルモン、抗生物質はいっさいだめだし、工場で加工処理したものも使わない」

「教えてくれないか。キンドレッドのよき住民たちは、きみがそこまで気を遣ってるのに気づいているのかな？」

スザンヌは口の前に指を一本立ててほほえんだ。目尻にしわができた。

「シーッ、内緒にしてて」

9

「土曜はお店が半日でうれしいわ」ペトラはコンロの前に立ち、青い斑点のある大きなボウルに片手で新鮮な卵を割り入れていた。「なにしろ明日はお茶会もあるし」

「きのうだってあんたは半日だったじゃん」トニが指摘した。

「あれはちがうでしょ。どうしても出なきゃいけないイベントがあったんだもの」

「ふうん。じゃあ、あたしにイベントの仕事が入ったらどうする？」トニはいたずらっぽく目を輝かせて訊いた。

「そのときはスザンヌとわたしでなんとかしないとね。あなたがやってくれたように」

「まあ、きのうの朝食の時間はそんなに大変じゃなかったけどね」とトニ。「キットが手伝いに来てくれたから」

「ところで、彼女はどんな様子だった？」〈フーブリーズ〉で踊る仕事をやめるよう説得した経緯があるため、ペトラもキットの将来にいくらか責任を感じているのだ。

「まじめにやってるよ」とトニ。「新しい恋人もできたみたいだし」

「〈フーブリーズ〉のお客だった人じゃないといいけど」

「〈フーブリーズ〉のお客だった人って誰のこと？」スザンヌが厨房にいきおいよく入ってきた。

「そういう人がキットの新しい恋人じゃないといいなと思っただけよ」とペトラ。

「大丈夫、ちゃんとした人だったわ」スザンヌは言った。「郵便局に勤めているんですって」

「郵便局員？」とトニ。「わかるよ、制服を着た男には抵抗できないもんね」

ペトラは腰をかがめ、仕切り窓からカフェをのぞいた。「スザンヌ、工芸家のおふたりがお見えになったわ。ハート&クラフト展に出品するものをお持ちになったみたい」

「まあ、うれしい」スザンヌは手を拭き、ふたりを出迎えに急いだ。しばらく世間話に興じたのち、〈ブック・ヌック〉に案内した。

「アクセサリーに興味がおありかどうかわからないんですけど……」マリリン・フェリスという黒髪の女性が言った。「シェリーとわたしとですてきなアクセサリー教室を受講したことがあって、そのときにビーズや金属素材を大量に買いこんじゃったら……ちょっと手にあまる状態になっちゃって」

「そんなときにおたくのポスターを拝見したんです」シェリーが言った。「見てください」彼女は持参した箱のひとつをていねいにあけた。「ビーズを使ったストレッチブレスレットを十個ほどと、揃いのペンダントをいくつかつくってみました」

「きれい！」

スザンヌは思わず叫んだ。実際、どれも本当にきれいだった。マリリンとシェリーはチェこのガラスビーズとアンティークのビーズを組み合わせ、みごとなアクセサリーに仕上げていた。カメオをメインにしたネックレスもあれば、小さくて華奢なチャームがいくつもついたブレスレットもある。

「ふたりとも、色使いと異なる石の使い方が天才的ね」

「ということは、展示会に出していただけるんですか？」マリリンが訊いた。「それが証拠に、いまこの場でこれに記入してほしいの」

「もちろんよ」スザンヌはカウンターに入って、応募用紙の束をつかんだ。

「これまでにどのくらい申し込みがあったんですか？」シェリーが訊いた。

スザンヌは鉛筆をコツコツいわせながら、一分ほど考えた。「そうねえ……二十五点くらいかしら？」

「でも、もっと来ると見込んでるんでしょう？」

「ええ、もちろん」とスザンヌ。「もっともっと増えるでしょうね。次の月曜と火曜にエントリーが殺到するとみているわ」

「とても楽しいアイデアですね」マリリンが言った。「とくに収益の半分をフードバンクが、残りの半分を制作者が受け取るというところがすばらしいと思います。このあたりでは美術展や工芸展はめったにひらかれないし」

「ええ、それについてはなんとかしたいと思ってる」スザンヌは言った。「才能ある芸術家や職人がこんなに大勢いるんですもの」

その言葉に、ふたりの女性はぱっと顔を輝かせた。

「ねえ」スザンヌが厨房に戻るとトニが声をかけた。

「今夜のキャンドルライト・ウォークに行く約束に変わりはないよね？」

スザンヌはまだ何事にも乗り気になれずにいた。「本当に行くの？」

「決まってるじゃん。指折り数えてるくらいなんだよ。それでさ……迎えに来てもらえるかな？」

「いいわよ。お望みとあらば」スザンヌはトニのペースに乗せられつつあった。まあ、友だちならそういうこともある。

「というのもさ、ジュニアのやつに車を取られちゃったんだ」トニは目をぐるりとまわした。

「きっとパーツを盗む気なんだよ」

「わたしの車より、いい車だもの」ペトラがゴートチーズの包み紙をはがしながらつぶやいた。

「いやだ、まさか」とスザンヌ。「ジュニアったら、まだ例の古いポンコツ車でレースに出る夢を見てるんじゃ？」

「明日の夜のレースに出るつもりみたいだよ」とトニ。「デモリション・ダービーの最優秀賞が五百ドルだとかと言って大騒ぎしてるもん」

「そんなにもらえるの？」ペトラはチーズをアルミのボウルに入れて、つぶしはじめた。

トニはうなずいた。「ジュニアの預金残高が一気に増えるよ」

「あの人に預金なんてものがあるならね」とペトラ。

「ジュニアの夢は賞金をたっぷり稼いで、ソフテイルかファットボブを買うことなんだ」

「そういえば、ファットボブって名前の男の子とつき合っていたことがあったわ」ペトラが言った。「ハイスクールの頃よ。まるできのうのことの……」

「そのファットボブってなんなの？」スザンヌは訊いた。

「ハーレーのバイクだよ」とトニ。「ハーレーダビッドソン。そんなのも知らないの、お嬢さんたちは？　ソフテイルもハーレーの車種のひとつだよ。スプリングとかいろいろついてて、乗り心地がソフトなんだ」

「そのファットボブとかいうバイクはいくらくらいするものなの？」スザンヌはまったく見当がつかずに訊いた。

トニはしばし考えこんだ。「ものすごく高いよ。一万五千ドルくらいかな。排気量にもよるけどさ」

「いずれにしても、とても高価なのね」スザンヌは言った。「だったら、たくさん優勝しなきゃだめじゃない」

「その前に死ななければの話だけど」とペトラ。

スザンヌはペトラに目をやり、しばらくそのまま見つめていた。「ペトラ？　大丈夫？けさはやけにぴりぴりしているみたいだけど」

「たしかに、いつもよりぴりぴりしてるね」トニがうなずく。

「気にしないで」ペトラは言った。「明日のお茶会が心配なだけだから」

「でも、あれはもうきっちり計画を練ってあるじゃん」とトニ。

「ある程度まではね。実を言うとね、いまティーサンドイッチ用の新しいフィリングを試作しているの」ペトラは手にしたボウルを傾けた。「ね？　これは試食用よ」

「なにが問題なのさ？」トニは訊いた。「あんまりおいしくないとか？」

「わたしはものすごくおいしいものになると思ってる」ペトラはそう言うと、赤いものが入った小さな瓶をあけて中身を入れ、さらにかき混ぜた。「でも、ほかの人はそう思わないいんじゃないかと心配なの。キュウリとクリームチーズという平凡な具にくらべると斬新すぎると思われるんじゃないかって」

「どのくらい斬新なの？」スザンヌは訊いた。

「ゴートチーズとピメント」ペトラは答えた。

「たしかにちょっと変わった組み合わせだね」とトニ。

「それでお願いなんだけど」ペトラはボウルにナイフを入れ、新作の具を薄く切ったパンにのばした。「サンドイッチにするから、味見してほしいの」ペトラは上からべつのパンをのせ、手際よく耳を切り落とし、全体を四つの三角形に切り分けた。「できた。さあ、あなたたちの感想を聞かせて」

「了解」トニが言い、スザンヌは三角形のサンドイッチをひと切れ取った。「ここでドラムロール」

スザンヌはひとくち食べた。次の瞬間、彼女は目を大きくひらき、ごくんとのみこみながらペトラに笑ってみせた。「おいしい！」

「そう？」ペトラはうれしそうな声を出した。

「おいしいのはわかってたわ」スザンヌは言った。

「あたしも食べる、あたしも」トニが甲高い声を出した。

「はい、どうぞ」ペトラは三角形のサンドイッチを差し出した。

トニは一個をそのまま口に放りこみ、もぐもぐと口を動かした。「う〜ん」目を白黒させながら声を洩らす。「うぐ、うぐぐ」

「それじゃおいしいんだか、まずいんだかわからないじゃない」ペトラは言った。「いまにも引きつけを起こしそうにしか見えないわ」

トニはしきりに口を動かし、こぶしで胸を叩き、一気にのみこんだ。

「おいしいね、これ！　すごく気に入った」

それでもペトラの不安は消えなかった。「でも、ほかの人も気に入ってくれるかしら？」

「こうしましょう」スザンヌは言った。「保安官に食べてもらうの。ドゥーギー保安官を吟味役に任命すればいいわ」

「それでなにがわかるの？」ペトラは訊いた。

「保安官がこの新しい具を気に入れば、もう心配いらない。彼のお墨付きが得られれば、誰に出しても大丈夫よ」

「保安官ってそんなに味にうるさかったっけ？」トニが訊いた。

「とんでもない」とスザンヌ。「味にうるさいわけないでしょ。目の前に置かれたものならなんでも食べる、普通の男の人だもの。でも——」彼女は指を一本立てた。「——中西部気質が骨の髄《ずい》まで染みついてもいる。あの人が新作のティーサンドイッチに不快感をしめさなければ、みんなに出しても大丈夫ってこと」

「鋭い分析ね」ペトラは言った。「それじゃ、保安官にモルモットになってもらいましょう」

「ティーサンドイッチなんて言っちゃだめだよ」トニが釘を刺した。

「それに変に気取ってちっちゃな三角形に切らないほうがいいわね」とスザンヌ。「ただ……半分に切るだけにして」

突然、大きな声が響いた。「誰もいないのか？」

「噂をすれば、だわ」ペトラが言った。

スザンヌは保安官を出迎えた。「おはよう、保安官。朝ごはんを食べていくでしょう？」

「やあ」保安官は言うと、いつものカウンター席についた。「フレンチトーストはあるか？」

「フレンチトーストね」スザンヌは注文票に書きとめた。

「それにベーコン」

「付け合わせにベーコン、と」

「目玉焼きふたつもつけるとするか」

スザンヌは鉛筆を手にしたまま保安官の様子をうかがった。「ほかにお望みのものは？」

「待つあいだに、例のスティッキーバンを一個もらおう」

「実はね、きょうはもっといいものがあるの」スザンヌはこぼれるような笑みを浮かべた。

「ペトラ！　ドゥーギー保安官に新作のサンドイッチを食べていただいたら？」

タイミングを計ったかのように、ペトラがゴートチーズとピメントの具をはさんだサンドイッチを持って、せかせかとカフェに入ってきた。

「こいつはなんだ？」聖なる供物のように目の前に置かれた食べ物を見ながら、保安官は訊いた。

「チーズのスプレッドをはさんだサンドイッチ」ペトラが答えた。「食べてみて。感想を聞きたいの」

保安官はなにかの罠ではないかと思いながら、おそるおそる太い指でサンドイッチを突いた。「前菜の一種か？」

「そんなようなものね」ペトラは保安官の顔を食い入るように見つめた。

「ゲテモノじゃないよな？　牛タンだとかロッキー・マウンテン・オイスター（家畜、おもに牛の睾丸。焼いたりフライにすると味が牡蠣に似ている）をこっそり食わせるつもりじゃないんだろうな？」

「そんなこと、するもんですか」スザンヌは言った。「安心して、本当にただのチーズのスプレッドだから」

保安官はサンドイッチをつまみ、ひとくちかじった。覚悟を決めてもぐもぐやると、ストリキニーネ入りではないとわかったのか、もうひとくちかじった。

「うまい」とようやくつぶやいた。口のなかがいっぱいだったせいで、〝ふふぁい〟としか聞こえなかった。

「ね？」スザンヌはペトラに言った。「言ったとおりでしょ」

保安官はたちまち疑わしげな表情になって、嚙むのをやめた。「いったい、なんなんだ？」

「なんでもないわ」ペトラはすかさず答えた。「きょうはいつになくおなかがすいているようね。朝食はボリュームたっぷりにしてあげる」

「そいつはありがたい！」

スザンヌは淹れたての熱々コーヒーを注いだ。「きのうジーン・ギャンドルが来て、とても興味深い噂を教えてもらったわ。ドラモンドさんの別れた奥さんがこっちに来てるそうね」

「彼女のことに触れるとは奇遇だな」保安官は言った。「というのも、昨夜、ありがたくもディアナ・ドラモンドから話を聞いたものでね」

「あら、そうなの？」

「ああ」彼はサンドイッチの最後のひと切れを食べ終えた。

「しばらく前からドラモンドさんの家で暮らしていたんですって？」

「そうらしい」

「それで？」スザンヌははやる気持ちを抑えながらうながした。「事情聴取はどんな具合だった？」

「彼女はすっかり悲しみにうちひしがれていると言っていた」

スザンヌは保安官の顔を食い入るように見つめた。「まあ。だとすると、いまもドラモンドさんを愛しているのね。ふたりはよりを戻そうとしていたのかしら？」

保安官の表情が変わり、いつの間にか自信のなさそうな顔になった。

「そうかもしれん。ふたりの関係がどうだったのか、はっきりしたことはわからない。ディアナ・ドラモンドは最初、とてもざっくばらんで、愛想がよかった。だが、ドラモンドが殺された話になったとたん、えらく情緒不安定になってな……涙をぼろぼろ流していたよ」

「その気持ちはよくわかるわ」せっかく別れた夫とよりを戻し、どうにか折り合いをつけたと思ったのに、その男が無残な殺され方をしてどれほどつらい思いをしていることか。

「だがな……」保安官は言葉を濁《にご》した。「彼女はひと筋縄ではいかない気がする」

「そうなの？」

のんきで鈍感に見える保安官だが、長年、捜査に携わってきた経験から、人を見る目はたしかだ。

「まさか、彼女を、ええと、容疑者として見てるんじゃないわよね？」

「現時点では……」保安官は慎重に言葉を選んでいるようだった。「いかなる可能性も除外するつもりはない」

「まあ」ジーン・ギャンドルは本当にスクープをものにするかもしれないわ。

「ちょっと訊きたいんだけどな」保安官は言いかけ、少しためらってから、ふたたび口をひらいた。「女ってのは失意のどん底にあっても、ヒョウ柄のブラウスにぴたぴたのズボン、天まで届きそうに高いピンヒールで歩きまわるものなのか？」

「失意と着るものにはっきりした相関関係があるとは思わないけど」

「ただな、彼女はおれが保安官として訪問するとわかっていながら、どこぞの商売女《フーチー・ママ》みたいな恰好をしてたんだよ」保安官は少しきまりが悪そうにうつむいた。「テレビでそういう言い方をしてたんだ」

スザンヌの頭のなかで、ぴんとひらめくものがあった。「ちょっと待って。つまり彼女はあなたを口説こうとしたってこと？」

「深刻な話と涙でいっぱいの場面が終わると、ディアナ・ドラモンドは、なんと言うか、まあ、おれの気を惹くような態度を取りはじめた」

「あなたに？」スザンヌは意外そうな声を洩らしたが、言ったとたんに後悔した。

「おれだってそんな醜男じゃないと思うがな」保安官は苦笑した。

「そういう意味じゃないの」スザンヌは必死にフォローした。

「失言おおいにけっこうだ、スザンヌ。すでにいい仕事をしてくれたことだしな」

「わかった、わかった。ディアナ・ドラモンドの話に戻りましょう。彼女を容疑者リストからはずさないのは、第六感が働いたから？」

「第六感」保安官は面食らったようだ。「なんだって女は第六感だの虫の知らせだのを基準にものを言うんだ？」

「本当に訊きたかったのはね」スザンヌは言った。「彼女が別れた夫の死を望んでいたように思えるかってこと」

「そいつは……なんとも言えんな。ふたりは法的に離婚しているから、彼女はすでに慰謝料を受け取っている」

「でも、あなたは疑ってるんでしょ。ほんのわずかにせよ」ディアナ・ドラモンドにはドゥーギーの内なる警官メーターを作動させるなにかがあったにちがいない。

「まあ、そういうことだ」

「ドラモンドさんが死んだ場合、彼女が全財産を相続するのよね。半分だけじゃなく一切合切を」スザンヌは少し間を置いた。「そうなんでしょ？　ドラモンドさんにはほかにも相続人がいたの？」

「現時点ではわかっていない。ドラモンドの財政状況を調べ、より多くの背景情報を集めるよう部下に命じないといけないな。生きてるあいだだって、あの男については知らないことが多かった」

「もしかして」スザンヌは思い返しながら言った。「あの二本の電話はディアナがかけたのかしら？」

保安官は表情のない灰色の目でスザンヌをぽかんと見つめた。

「ディアナがテキストメッセージを送り、ドラモンドさんを木曜の早朝に墓地に呼び出したのかも。それからミッシーにも電話したんじゃない？」

「ドラモンドと同じ家に住んでいたんだから、それはないだろう」

「携帯電話を使ったとか？」スザンヌは言った。

「ああ、そうか」保安官はかぶりを振った。「たしかに。いくらかややこしいが、ありえないわけじゃない」

「そうやって、ディアナ・ドラモンドはミッシーを罠にかけたんだわ」

「まったく、なんでもかんでもミッシーを容疑者からはずす口実にするんだな、ええ？」

「そうじゃないわ」とスザンヌ。「でも、今度のドラモンドさんの事件はそうとう手強いと思うの。常識にとらわれない仮説が求められるわ」

「おれもそう思う。常識で考えていたら先に進みそうにない」

「ついでに訊くけど、コーヌコピアにある社会復帰のための施設には行ってみた？」

「ああ、あの連中の大半はちんけな小者だ。銀行強盗もいなければ、人殺しもいない」

「カール・スチューダーはどう？　彼とはもう話をした？」

「まだそこまで手がまわらない状態だ」

「保安官の朝食ができたわよ！」突然、ペトラの声が仕切り窓から響きわたった。

スザンヌは湯気を立てている皿を取って保安官の前に置いた。頭のなかではいくつもの仮説が風車のようにまわっていたが、まずは、思った以上にはやく埋まってきている朝食のお客からオーダーを取ってまわった。スザンヌがお茶を淹れ、コーヒーを注ぎ、朝食を運び、常連客と冗談を言い合うあいだ、保安官は料理をちびちび口に運んだり、突いたりしていた。

「好みに合わなかった?」数分後、スザンヌが近くを通りながら声をかけた。

「うまいよ、たしかに」保安官は言うと、しばらくフォークをおろした。「ただ、この事件の異常な点をいろいろ考えてしまってな。どれかひとつに指先をもぐりこませられれば、一気に動き出すと思うんだが。とにかく……」保安官はうしろにもたれ、ユーティリティー・ベルトの位置を直した。「どうやら、思ってたほど腹が減ってなかったみたいだ」

スザンヌにとって、それは〝心配のあまり具合が悪い〟の意味になる。

「だったら、甘いものはいかが?」スザンヌは訊いた。甘いものには保安官の気持ちを癒やす効果があるからだ。

そのひとことで保安官は少し元気を取り戻したようだ。「パイはあるか?」


三十分後、保安官はまだカウンター席でコーヒーを飲んでいた。ブルーベリー・パイはとっくにたいらげ、いまは呆然と虚空をにらんでいる。店を出て徹底的な捜査の指揮を執る気にはなれない様子だ。あるいは、いろいろとじっくり考えているのかもしれない。

「保安官は大丈夫かな?」厨房に入ると、トニが小声で訊いた。

「考えごとをしているだけだと思うわ」

「なにを考えることがあるの?」ペトラが割って入った。「本来なら手がかりを追ったり、情報を選り分けていなくてはいけないはずでしょ――事件を解決しようとしていなきゃ」

スザンヌはふたりにも自分が聞いた話を教えることにした。「保安官は昨夜、ディアナ・ドラモンドを事情聴取したせいで、ちょっと気が動転しているのよ」

「彼女となにかあったの？」ペトラが訊いた。

「それがね、彼女ったらバケツ一杯分の空涙を流し終えると、保安官に迫ったんですって」

トニは立ちすくんだ。「保安官に迫ったって？　それって、つまり、言い寄ったってこと？」

スザンヌはうなずいた。「そんなところね」

ペトラは顔をしかめた。「まあ。法の執行者をなんだと思っているのかしら」

「じゃあ、ディアナ・ドラモンドって人は完全に容疑者ってことになるね」トニが言った。

「でなければ、セクシーなデート相手候補かな」

「彼女も確実に容疑者の仲間入りをしたと思う」スザンヌは言った。

「そうであってほしいわ」ペトラは言うと、体を傾けて仕切り窓から外をうかがった。「スザンヌ、また芸術家の方が見えたようよ。今度の人は絵を何枚か持ってきたみたい」

ジェイク・ガンツはときどきカックルベリー・クラブを訪れる客のひとりだった。体が大きく、彼にスタイリストがいるとしたら、地元の陸軍と海軍の放出品ショップで働いている、あのやる気のない若者にちがいない。ジェイクはいつもそういう恰好をしているからだ。アーミージャケット、だぼっとしたオリーブ色のズボン、ウェブベルト、つま先にスチールのって代わる。

入ったブーツ。冬になると、綿入れのアノラックとアークティック社の白い防水ブーツが取

「ジェイク」スザンヌは声をかけた。「絵を持ってきてくれたのね」

ジェイクは大都会の新聞の美術評論家が言うところの〝アウトサイダー・アーティスト〟だ。その作品はといえば、原始的な図柄の上に派手な色をぶちまけたものが主流だ。彼の描く絵は説得力にあふれ、シンプルで、見ていて単純に楽しい。

ジェイクははにかみながら会釈した。「町のあちこちでおたくのポスターを見かけたものだから、ぼくも絵を持ってきた。もし受け取ってくれるなら、だけど」

スザンヌは指をくいっと動かした。「〈ブック・ヌック〉で持ってきたものを見せてちょうだい」ジェイクに向かってうながすようにほほえんだとき、保安官が腫れぼったい目でこっちを見ているのに気がついた。

ジェイクはスザンヌにつづいて〈ブック・ヌック〉に入り、持参した絵を慎重な手つきでカウンターに置いた。「アクリル絵の具で描いたんだ」彼は言った。「アクリル絵の具は乾くのがはやいから使いやすいんだよ」

「どっちもすてきね」スザンヌは片方の絵を持って言った。一枚めは寄棟屋根の納屋を紫、赤、あざやかなオレンジ色で、乳牛の群れを紫と緑で描いた風景画だった。もう一枚は書きなぐったような、かなり抽象的な絵だ。

「おたくのハート&クラフト展に出してもらえるかな?」ジェイクが訊いた。

「あたりまえじゃないの」スザンヌは言った。「それどころか、持ってきてくれてとてもうれしいわ」

「売り上げの半分が寄付されるんだったね？」

「フードバンクにね。残りの半分は制作者にいくの」

「よかった。わずかでも金が入るのはありがたい」

「これに必要事項を記入すれば」スザンヌは応募用紙を二枚、カウンターの向こうに滑らせた。「申し込みは完了よ」シール式のラベルを二枚剝がし、それぞれにP－11とP－12と書いて絵の裏に貼った。それから、同じ番号をジェイクの応募用紙にも走り書きした。

「ありがとう」ジェイクは顔をあげてほほえんだ。「それにしても、カフェからとてもいいにおいがしてくるね。きっと、すごくおいしいものをつくっているんだろうな」

「朝食の時間も後半だけど」とスザンヌ。「よかったら、料理はまだたっぷり残っているわよ」

ジェイクはずりさげて穿いたズボンのポケットに手を突っこみ、くしゃくしゃの一ドル札一枚を出した。それをじっくりと、期待をこめたまなざしで見つめていたが、やがて言った。

「きょうはやめておく。金が足りそうにないや。悪いけど」

「全然悪くなんてないわ」スザンヌは決まり悪い思いを押し隠しながら言った。

「でも、いつかまた寄るよ」

「ぜひ、そうして」スザンヌは言い、手を振った。「全部の作品が展示される来週の木曜日にでも」

ジェイクの絵をオフィスに運びこみ、そうっと壁に立てかけた。願わくは、数日後には、膨大な量の美術品や工芸品でここがいっぱいになってほしい。そして、カックルベリー・クラブにあふれんばかりの人が押し寄せ、資金集めの企画が大成功をおさめてほしい。

〈ブック・ヌック〉に戻ると、保安官が立っていた。カーキ色の制服に包まれた巨体をカウンターにくっつけ、置きっぱなしの応募用紙を見て顔をしかめている。

「少し元気になったみたいね」スザンヌは声をかけた。もちろん嘘だけど、前向きで明るいことを言えば、本当にそんな気持ちになってくれる気がしたからだ。

「ああ」保安官はほとんど聞いていなかった。やがて大きな手で用紙を押さえ、読めるように向きを変えた。

10

「ちょっと、ちょっと」スザンヌは言った。「自分がなにをやっているかわかってるの?」

「見てるだけだ」

保安官のいかにもさりげなさを装った言い方に、スザンヌは即座になにかあると思った。

「寄付された美術品にものすごく興味があるから?」

「捜査をしているからだ」と保安官。

「だったら、こんなものを見ても、決定的ななにかが見つかるとは思えないけど。ハート&クラフト展に出品した人の応募用紙と受け取りのコピーしかないもの」

保安官はしれっとした顔をした。「それはわかってる。ただ、おれのリストにある名前が見えたものでね」

「あなたのリスト?　なんのリストのこと?」

「フィールダー所長からもらった地元在住の仮釈放者のリストだ。さっき出ていった芸術家の彼氏だがな。なんだと思う?」

「彼がどうかした?」スザンヌのなかで不安な気持ちがしだいに大きくなった。

「あの男には前科がある」

「ジェイクに？」スザンヌはびっくりした。「そんなはずは……それ、たしかなの？　いやだわ、あの人、いったいなにをしたの？」

「手持ちの資料がないのでわからんが、重罪でないのはたしかだな。塀のなかにいたのはほんの数カ月だ」

「でも、あなただってジェイクのことは知ってるでしょ！」スザンヌは激しく脈打つ心臓を鎮めようとしながら言った。「いい人だわ」保安官たら、どうして急にジェイクに目をつけたの？　無害な人間じゃないの。もうちょっと殻を破ってほしいくらい。

保安官は大きな頭を左右に振った。「ジェイクのことはよく知らんが、見覚えがあるのはたしかだ。人の顔を覚えるのは得意だからな。こういう仕事をしてると、自然とそうなる」

「それはジェイクが典型的なタイプだからよ、きっと。だから記憶に残りやすいんだわ。いつもおなかをすかせたみすぼらしい芸術家の典型でしょ」

「あいつの名前がおれのリストにあるという事実に変わりはない」

「つまり、彼に目を光らせるつもり？」

「そうだ」

「だったら、ひとつお願いがあるわ」

保安官はきょとんと彼女を見返した。

「あまり手荒くしないであげて。ジェイクは傷を抱えているように思うの。体の傷ではなくて……心の傷を。だからびしびしと厳しく取り調べるようなまねはしてほしくない」

「やつが犯人だとわかったらどうする？」

「そんなことにはならないわ」

「けっ！」保安官は鼻で笑った。「あんたは誰のことも犯人じゃないと言うんだな」

そう言うと、すばやく向きを変え、足音も荒く車に向かった。


ジェイクが保安官の仮釈放者リストにのっている話をトニとペトラにすると、ふたりともばからしいと鼻であしらった。

「そんなの、とてもじゃないけど信じられないわ」ペトラが言った。「ジェイクは穏やかな人よ。いつもにこにこしているし、礼儀正しいし。ドラッグストアなんかでばったり出会うと、必ずていねいにあいさつして、ドアを押さえててくれるの。いまどき、そんなことをできる人がどれくらいいると思う？」

「たぶん、ひとりもいないと思うな」とトニ。「騎士道精神なんて、いまじゃ死語だもんね」

「とにかく、これでジェイクは保安官のレーダーにとらえられたわ。それもがっちりと」

「ジェイクがレスター・ドラモンドの死と関係があるなんて思ってないよね？」トニが訊いた。

「もちろんよ」

「彼はなんで刑務所に入ってたのかな？　どんな罪を犯して塀のなかの一員になったんだろ

う」

「さあ。でも、保安官によれば、さほど重罪というわけじゃないみたい。刑期は数カ月程度だったらしいから」

「ジェイクに同情するよ」とトニ。「いつ見ても、すごくお金に困っていそうだもん」

「そう見えるのは、実際にお金に困っているからよ」スザンヌは言った。「さっきも店で朝食を食べていきたそうにしていたけど、お金がないみたいだった。持っていたのは一ドル札一枚――比喩でもなんでもなくね」

「気の毒だわ」とペトラが言った。「だったら、コーヒー一杯とスイートロール一個くらい持たせてあげればよかったのに」

「前科があったとしても」トニがうなずきながら言った。「食べなきゃいけないもんね」

「それに彼は退役軍人なのよ」スザンヌは言った。「たしか、湾岸戦争で戦ったはず」ジェイクに放浪癖があるのは軍務についていたことと関係があるのだろう。

その言葉にペトラが反応した。

「だったら、サンドイッチくらいあげなきゃだめじゃない！」

ペトラは退役軍人に弱い。ストーニーブルック・ロードに住んでいる第二次世界大戦の退役軍人ふたりと、仁川上陸で片脚を失った朝鮮戦争の帰還兵に、手作りのチキン料理とクッキーの入ったバスケットを定期的に届けている。つまり、個人的な給食宅配サービスを実行しているのだ。

「あなたの言うとおりだわ」スザンヌは少し後悔しはじめていた。「もっともてなしの心を持たないと」

「わかっていると思うけど」とペトラ。「退役軍人とは、自分の命も含めたすべてを国に捧げた人たちなのよ」

「本当に反省してる」スザンヌは、いずれなんらかの形でジェイクに償おうと心に誓った。

カックルベリー・クラブのドアの鍵をかけるとすぐに、スザンヌはハード・ボディ・ジムまで車をとばした。オーナーのブーツ・ワグナーから話を聞こうと思ったからだ。べつの視点から見たレスター・ドラモンドについて話してくれるかもしれない。あるいは、ジム内でなにか揉め事があったのを目撃しているかもしれない。最終的に殺人へと発展した、恨みや誤解のたぐいが。

ハード・ボディ・ジムは汚れた靴下、男くさい汗、それにリゾールのにおいがぷんぷんしていた。受付にいたのは色褪せたマルーン5のTシャツ姿の若い男性で、パワーバーをむしゃむしゃ食べながら携帯電話でしゃべっていた。スザンヌが口の動きで〝ブーツ・ワグナー〟と伝えると、相手はうなずき、親指を立ててドアをしめした。

スザンヌは陳列されたニーブレース、ヨガマット、ウェイトベルトをながめながら歩いていき、広々として道具が揃っているものの、ほぼがらんとしたジムに足を踏み入れた。男性がふたり、はあはあいいながらローイングマシンに取り組んでいた。ローマ時代の囚人が、ぴくりとも動かないガレー船を必死に漕いでいるように見える。ワグナーはマシンのそばで膝をつき、歯車のようなものをいじっていた。

ぴったりしたTシャツと灰色のジムショーツ姿で近づいてくる彼を見て、スザンヌは、撮影所の配役事務所から出てきた海兵隊の鬼軍曹のようだと思った。

「入会に来たのかな？」ワグナーが訊いた。

「検討中なんです」じっくり考える間もなく、思わずその答えが口から飛び出していた。ジムに足を踏み入れるまで、入会などまったく考えていなかったのに。しかし、エクササイズが、小さなダンベルをあげさげするのが、急に魅力的に思えてきた。そうすることでヒップを引き締め、二の腕がたぷたぷたるんでくる——ペトラが自分の腕を称してよくそう言っている——のを防げるかもしれない。

「それはけっこう」ワグナーははじけるような笑顔になった。

「でも、いま知りたいのは」とスザンヌ。「レスター・ドラモンドさんに関するちょっとした情報なんです」

ワグナーの顔から笑みがほんの少し消えた。「どうしてまた？　理由を聞かせてもらいたいな」

動機を訊かれるだろうと思っていたから、筋のとおった正直な答えを返した。

「墓穴でドラモンドさんを見つけたのはわたしなんです。木曜の早朝、トニとふたりで墓地に花を届けたときに」

ワグナーは驚いた顔になった。「それは知らなかった。さぞかしショックだったろう」彼は好奇心を顔にあらわしつつも、心から悲しんでいるように見えた。

「一日の始まりとしては最悪でした」スザンヌは彼のうしろでぴかぴか光っているノーチラスやサイベックス、ステアマスター数台、フリーウェイト用の大きな装置、天井から鎖でぶらさがっているあざやかな青のパンチングバッグを見やった。「それで……ドラモンドさんはかなりエクササイズに励んでいたそうですね」

「彼はいいお客さんだったよ」

「どんなエクササイズをしていたんですか？」単なる好奇心から訊いただけだと思ってもらえるといいのだけど。

「ほとんどはフリーウェイトをやっていたが、ノーチラスマシンで腹筋をやったり、サイベックスマシンで脚を鍛えたりするほうが好きだったみたいだ」

「ジョギングもしていたと聞きましたけど」

「めずらしいタイプだったね」ワグナーはあざやかな青色をした十ポンドのバーベルを手に取って、無造作にあげさげした。「筋金入りのボディビルダーは自転車に乗ったり走ったりはしないのが普通だ。筋肉が発達しすぎて、弾力性が低下してしまうからなんだよ。だが、ドラモンドは筋肉の弾力性をたもつために、週に一、二回、軽く走っていた」

「心臓が丈夫でなかったとも聞いたんですが」

「それはきみの友人のドクターの考えかな？」

スザンヌは頬をゆるめた。隣の診療所までサムを迎えに来たときに見られたのだろう。それも一度や二度じゃない。「あくまで仮説ですけど」

ワグナーの目が急に泳ぎはじめ、彼はそのまましばらく黙りこんだ。

「なにか?」スザンヌは訊いた。

ワグナーは首を振るばかりだった。「告げ口するようなまねはしたくない」

「でもそれが、事件を解決することにつながって、そして、ドラモンドさんがなぜ亡くなったかがわかるなら……」

「秘密にしておいてもらえるかな」ワグナーはバーベルのあげさげをやめ、スザンヌのほうに一歩近づいた。

スザンヌはうなずいた。「もちろん」ドゥーギー保安官に知らせる必要がないかぎりはね。

「要するに、エクササイズだけであんなりっぱな筋肉はつかない。そういうものじゃないんだ。おれの言ってる意味、わかるかな」

スザンヌは相手の顔をじっと見つめていたが、突然、すべてのピースがおさまるべき場所におさまった。「ドラモンドさんは筋肉増強剤を摂取していたとお考えなんですね?」自分でもびっくりしたことに、ゆっくりと抑制の効いた言い方だった。

ワグナーは肩をすくめた。「具体的な証拠を見つけたわけじゃない。もし見つけていたら、ほっぽり出していたさ。無期限の出入り禁止にしていただろう。ここではそのような行為は絶対に目こぼししないことにしているんでね」

「でも、彼の肉体がどんどん発達していくのには気がついていたんでしょう？」

「急激に発達していたね」

「あなたはウェイトトレーニング、運動生理学を専門にしている。その分野にくわしい。そのため、ドラモンドさんが運動能力を向上させる薬物を使用していた可能性が高いとにらんでいる」

ワグナーは両手を広げた。「おれはただ……」

スザンヌはしばらく考えこんだ。

「いまの話であらたな展開がくわわったわ。あなたの考えなり疑念なりをドゥーギー保安官に話してもらえません？」

「どうして？　きみは保安官に協力でもしているのか？」

「まさか。保安官のほうはわたしが邪魔をしてると思っているでしょうね」スザンヌは少し雰囲気をやわらげようとして言った。「協力しているんじゃなく、わたしなりに考えがあってのことなんです。友だちのミッシー・ラングストンの容疑を晴らせれば、それでいいんです」ワグナーがぽかんとした顔をしたので、さらに説明をした。「わたしたちがドラモンドさんの死体を見つけたのと同じ頃、ミッシーは墓地にいるところを見られてるんです。だから、保安官は彼女を容疑者と見ているというわけ」

ワグナーは眉根を寄せた。

「あの小柄な娘か？　彼女じゃレスター・ドラモンドみたいなばかでかい男に太刀打ちでき

るはずがない。指一本触れられないだろうよ」彼はそこで一拍おいた。「あの彼女にはとてもじゃないが……」

「わたしもそう思います。だからあちこち聞いてまわって、捜査を別の視点から見ようとしているというわけ。まあ、所詮は素人の視点ですけど」

「そうか」ワグナーは耳をかいた。「だったら保安官に話したほうがよさそうだ。ドラモンドに関して気づいたことを伝えよう。もっとも絶対的な確信があるわけじゃないが」

「それでも、大いに助かります」スザンヌは言った。

「いいだろう」ワグナーはふたりでゆっくりとドアのほうに歩いていきながら言った。「保安官にここに寄るよう伝えてくれ。いるようにするから」

「ありがとう。ご協力に感謝します」

「入会を検討する気持ちに変わりはないといいんだが。ここは単なるボディビル・スタジオじゃない。女性向けのクラスもたくさん用意している。カーディオバウンス、太極拳、ズンバ……」

ふたりがロビーに立っていると、ドアが乱暴にあいて、小柄で黒髪の女性がものすごいスピードで向かってきた。

「お、ちょうどよかった」ワグナーは言った。「いまの話のつづきだが……ぜひとも会わせたい人がいる。スザンヌ・デイツ、こちらはカーラ・ライカーだ」

「こんにちは」スザンヌは言った。

「はじめまして」

ライカーは言いながら片手を差し出してきた。小柄で引き締まった体に、黒髪をつんつんに立て、茶色い目はやさしさを秘めている。躁《そう》状態かと思うほど快活な雰囲気で、果てることのないバイタリティに満ちあふれている。

「カーラはうちでいくつもクラスを受け持ってくれてるんだ」ワグナーは言った。

「ええ。ジェサップにあるミドルスクールで体育を教えていないときはね」

「カーラには、来週始まる新しい護身術の講座も担当してもらうことになっている」

「女性のための護身術なの」ライカーはスザンヌを見て小さく笑った。「あなたもぜひどうぞ。第一回は月曜よ。あなたはそういうのが好きそうな感じがする」

「このところ運動といったら、干し草俵を投げるか、馬に乗るくらいしかやってなくて」

「やっぱりだわ。干し草俵を投げるかわりに、襲ってきた相手を地面に投げつける技を身につけたらどう?」

「たしかにおもしろそう」

「もう最高よ。体をうんと使うし、基本的な動作をいくつか覚えれば身も心も充実するはず」

「来週から始まるのね?」

「月曜の午後五時にね」ライカーは相手がありきたりの興味以上のものを感じていると察したようだ。「よければこれを……」スポーツバッグに手を入れ、一枚のチラシを出した。「どうぞ、受け取って。来れば、必殺技をいくつか覚えられるし、楽しい時間を過ごせると約束する」

11

この日はまる一日、太陽はちらりとも顔をのぞかせなかった。厚い雲が低く垂れこめる落ち着かない天気のせいか、夜は不吉な重苦しさに満ちていた。

「楽しみだね」トニが言った。スリル満点のイベントに胸をわくわくさせた彼女を助手席に乗せ、スザンヌの車はふたたびメモリアル墓地への道を走っていた。

「行き先は墓地なのに」スザンヌは肩をすくめた。「たくさんの死者が埋葬されている場所でキャンドルを手に歩くのよ。それのどこが楽しみなの？」ふたりとも肌寒い夜になるのを見越し、ブーツにジーンズにセーターという恰好だった。

トニはスザンヌをうかがった。「ずいぶん、ご機嫌斜めだね」

スザンヌも不機嫌なのは自覚していた。保安官がミッシーをあまりに厳しく問いつめたせいで、公正であろうとする気持ちがそこなわれてしまったようだ。

「ごめん。ただちょっと……」

「いいって、わかってる」トニはスザンヌの気持ちを察して言った。「また墓地に来たせいだよね。あんたにとって墓地は気味が悪くてぞっとする場所でしかないし、レスター・ドラモンドを見つけたときの記憶がまだ生々しく残ってるんだろうし」

それも真新しい墓穴でね、とスザンヌは心のなかでつけくわえた。「ええ、そうみたい」そう言うだけにとどめた。

「でも、今夜はあたしたちふたりきりじゃないから大丈夫」トニは何十台もの車がとまっているのを見ながら言った。「たくさんの人がキャンドルライト・ウォークに来てるみたいだよ」

「すごいわね」とスザンヌ。

「前からペトラが、これはビッグイベントになるって大騒ぎしてたじゃん。歴史がいっぱい、謎もちょっぴりって」

スザンヌはかぶりを振った。「ごめん。わたし、まだ機嫌の悪いのが直ってないみたい」

「たしかに」

「でも、ここで約束する。暗い雰囲気を吹き飛ばし、この場の気分《スピリット》を楽しむって」

「おもしろい言葉の使い方をするんだね。精霊《スピリット》を楽しむだなんてさ」トニは言った。

車はガタゴトと揺れながら墓、彫像、ささやかな木立を過ぎ、墓地のなかでももっとも古い区画を目指した。二日前に花を届けにきたのとまったく同じ場所だ。その近くでドラモンドの死体を発見したのだった。わずか二日前の出来事だなんて、とスザンヌは驚いた。なんだかもう……はるか昔のことのように思える。

「ほら、あそこ」トニが助手席にすわったまま上体をひねり、指を差した。「あそこに入れなよ。あいてるから」

スザンヌは二本のシーダーの木のあいだに車を入れ、エンジンを切った。しばらくハンドルを握ったまま動かず、ひとつ深呼吸してから言った。「うん、もう大丈夫」

助手席のドアを大きくあけたトニが、「うわあ！」と大きな声をあげた。「見てごらん、キャンドルがあんなにいっぱい。昔の衣装を着たガイドも何人かいる。ほら、スザンヌってば、はやく行こう」

ふたりは並んで濡れた芝の上を歩き、今夜の本部らしき白いテントを目指した。

しかし、町の土木課から借りた大量のポータブルライトのおかげでまぶしいくらいに明るい受付テーブルにたどり着いてみると、唖然とするようなことが待っていた。

キャラコのボンネット帽に丈の長いプレーリースカート姿のボランティア、シェリル・タナーがこう告げたのだ。「まことに申し訳ありませんが、ただいまたいへんに混み合っておりまして、四十分ほどお待ちいただくことになります」

「まあ、そうなの？」スザンヌは言った。日はすっかり暮れ、一瞬ごとに肌寒さが増している。しかも、近くの墓石で何百という小さなキャンドルが炎を揺らめかせ、そのせいで背筋がぞわぞわしてきていた。

「そんなに待つんだ？」トニはすっかりしょげていた。

「わたしたちも、キャンドルライト・ウォークにこんなたくさんの方がいらっしゃるとは予想していなかったもので」シェリルは謝った。

「で、どうすればいいの？」トニは訊いた。

「ここでお待ちいただいて、早めに終わるガイドがいるのを期待していただくか、ご自分でまわっていただくかのどちらかです」シェリルはトニに印刷した紙を差し出した。「地図にはめぼしいポイントすべてに印がつけてあります」

トニは紙を持ったほうの腕をいっぱいにのばし、目を細くした。そのほうが読みやすいのだ。「たどるルートは同じ？」

シェリルと頭の上のボンネット帽がうなずいた。「ええ、それはもちろん。それにあちこちに案内板や銘板があって順路がわかるようになっておりますし、埋葬されている開拓者の稀有《けう》な物語も記されているんですよ」

「どうする？」トニはスザンヌを見やった。「自分たちだけでまわる？」

「そうね」スザンヌはぶるぶる震えながら答えた。「それでもかまわないけど」

「ありがとうございます」シェリルはスザンヌにも地図を渡した。「最初の銘板はすぐそこにありまして――」と言いながら指を差す。「――開拓者のモニュメントのところです」

スザンヌとトニは、黒い錬鉄の低いフェンスに囲まれた高さ六フィートのオベリスクに近づいた。フェンスのすぐ内側に十二本の赤いピラーキャンドルが並び、炎が暗闇を背景にちらちらと揺らめいている。

「開拓者のモニュメント、だって」トニが地図を見ながら言った。「ふうん。ここには誰も埋まってないみたいだ。でも、まわりの名前のないお墓には埋まってるんだね」彼女は目の前の説明文の残りにざっと目をとおした。「ほとんどは天然痘で亡くなったんだって」

「いい話だこと」スザンヌは言った。

「次の銘板に行こう」トニも少し勢いがトーンダウンしていた。

濡れた落ち葉で滑りやすくなった斜面をそろそろと下っていくと、ガイドにアヒルの子よろしくつき従う一行が息を切らしながらあがってくるのとすれちがった。

「二番めの銘板は、と」トニが言った。「ジョサイア・セヴィル将軍か。この近くのサンドストーン要塞の司令官だった人物だって」

「その人はここに埋葬されているの？」スザンヌは訊いた。

「カンニングペーパーを読んでみるね。うん、埋葬されてる」トニは顔をあげてスザンヌを見つめた。「思ったほど楽しくないね」

「リタイアする？」スザンヌは訊いた。するとと言って、と心のなかで祈りながら。

「ううん、やると言ったからにはやりとおさなきゃ。だいいち、ペトラをがっかりさせたくないもん。あたしたちがキャンドルライト・ウォークに行くって言ったら、大はしゃぎだったじゃん」

「あなただってはしゃいでたでしょ」スザンヌは言った。トニはダブルのエスプレッソでハイになったチアリーダーかと思うほど、尋常ではない浮かれっぷりを見せていたのだ。

「これからおもしろくなるかもしれないしさ」とトニ。

「そうね」

ふたりは向きを変え、次の銘板に向かってとぼとぼと歩き出した。

しかし、暗いのにくわえ、木の枝が低く垂れていたり、そこらじゅうに茂みがあったりして、次の銘板はそう簡単には見つからなかった。

「この向こうにあると思うんだけどな」トニは指差しながら言った。そこで足をとめ、頭をかき、深い闇の向こうに目をこらした。「あるいは、曲がるところをまちがったかも」

「ずいぶん来すぎてるわ」スザンヌは言った。「来た道を引き返して、それから……」

「なにかお探しかな、おふた方？」男性の大きな声が聞こえた。

スザンヌもトニも、すぐうしろで汽笛が鳴り響いたかのように、跳びあがった。

「ったく、もう！」トニはくるりと向きを変えると、大声で言った。「心臓がとまるかと思ったじゃんか！」

キンドレッド在住の弁護士でモブリー町長の右腕アラン・シャープが、茂みから姿を現わした。シャープは長身でやせこけ、てらてら光る黒髪を後退しつつある生え際からうしろになでつけていた。着ているダークスーツは二サイズも大きく、牛の腿肉をまるごとのみこんだようにおなかだけが異様にふくらんでいる。ゴールドのネックチェーンを好んで着け、クモの脚のような指にいくつもの指輪をはめた彼は、スザンヌに言わせれば最低最悪の卑劣な男だ。

「シャープさん！」スザンヌは不機嫌な気持ちを隠そうともせずに言った。「ここでなにをしているんですか？」

「おたくらと同じではないかな」シャープは隙がなく、執念深く、無礼な物言いを許さない。めったなことでは動揺せず、自分の非を認めることもない。

「あたしたち、ペンブリーのお墓を探してるんだ」トニが言った。

「それなら、あっちに戻ったところだ」シャープは顎で左をくいっとしめした。「おたくらが先日、レスター・ドラモンドを見つけた場所の近くだよ」

スザンヌはぎょっとして首をめぐらした。「なぜ知ってるんですか?」

シャープはさもおかしそうに笑った。「みんなが知っているとも。そもそもこの町のことでわたしが知らないことなど、ほとんどないのだよ。そのくらい、とっくにわかっていてもよさそうなものだ」

「あんた、王様にでもなったつもり?」トニは言った。しかし、シャープが首をめぐらせ、けわしい顔でにらむと、急におじけづいて一歩うしろにさがった。

シャープは全神経をスザンヌに戻した。「それに、ドゥーギー保安官がきみのご友人を第一容疑者とみているのも知っている」そこで彼はほほえんだらしい。闇のなかで歯が不気味に白く輝いた。「プラス面としては、ドラモンド殺害が絶好のタイミングでおこなわれたことだ。そうは思わないか?」

「いったい、なんの話でしょう?」スザンヌは本当にわけがわからず言った。

シャープはとげとげしく答えた。「レスター・ドラモンドはこのままいくと、町と対立するはずだったからだ。まあ、勝ち目はなかったろうが」

「こんな状況に勝ったとか負けたというのはないと思いますけど」スザンヌは感情を抑えて言った。考えてみれば、シャープはドラモンドを刑務所から追放する側にまわった委員のひとりだ。やけにうれしそうなのも道理だ。だったら、なぜわたしはこんな人と話しているんだろう？　なにを言っても無駄な相手に。

シャープはなにか言おうとしたものの、考え直したようだった。そこで敬礼するように指で額に触れた。「失礼するよ、おふた方。墓場の散歩を楽しんでくれたまえ」

「いけすかないやつ」シャープがいなくなると、トニが小声でつぶやいた。

「あんな人と話をしても無駄だわ」スザンヌは言った。「なんの話をしても、あいまいで不愉快なことしか言わないんだもの。いちばんいいのは……無視することね」

トニはふたたび地図に鼻を埋めるようにした。「あんたの言うとおりだよ、スザンヌ。少し戻らなきゃだめみたいだ」

引き返すと、次の銘板はすぐに見つかった。奇しくも、ドラモンドの死体が見つかった場所の近くだった。

「気味の悪い偶然だね」とトニ。「けっきょく振り出しに戻ったって感じ」

「言わないでよ、そんなこと」

トニはおそるおそる数歩進み、指を差した。「ほら。あそこにお墓がある」まわりの地面より土が楕円形に盛りあがっていた。トニは息をのんだ。「いちおう埋めたみたいだね」

「よかったわ」

トニはさらに近寄った。「あそこに誰かを埋葬したのかな?」

スザンヌは、木曜の午後遅くに泥まみれのボブキャット社のトラクターが芝生をのろのろ進んでいたのを思い出した。「まさか、からのはずよ。誰も埋葬されてなんかいないわ」

「でも見てごらんよ。お墓の上にキャンドルが一本立ってる。でも、風で火が消えちゃったみたいだね」トニはあたりを見まわした。「誰が立てたんだろうね。謎の元ミセス・ドラモンドが来たんだと思う?」

「そうかもね」スザンヌはそう答えたものの、なんだかしっくりこなかった。

「だとしても……解せないな」

話をすればするほど、スザンヌは落ち着かなくなった。「もう先に進みましょうよ」しかしトニは墓のそばに根が生えたように突っ立っていた。「スザンヌ、これを見て」と小声で言った。

「どうしたの?」スザンヌはトニがなにをそんなに昂奮しているのかと、少しそばに寄ってみた。クリーム色をした羊皮紙風の封筒が、一角が泥に埋もれた恰好で差さっていた。

「あれ、なんだろう?」トニが声をひそめて訊いた。

スザンヌはまばたきした。「見たところ……」

「手紙かな?」とトニ。

「百五十周年祭に関係のあるものじゃない?」

「そうじゃないと思うよ」トニはすばやくあたりを見まわした。「ちょっと中身を見てみよう。そのへんに誰かいる？　キャンドルライト・ウォークの参加者とか？　誰かこっちを見てる？」

「そんなことをしてもいいの？　私信かもしれないわよ」

しかしトニはすでに手をそろそろとのばし、封筒をつかんでいた。そそくさと上着の内側に突っこむと、スザンヌの手を引っ張った。「さあ、行くよ！　とっとここを離れよう！」

次の銘板があるのは大きな四角い霊廟で、百個もの小さな常灯明に照らされていた。ふたりはそこで封筒をあけた。

「やめなさいよ」スザンヌはささやいた。「どう考えても……プライバシーの侵害じゃないの」

トニはスザンヌをにらんだ。「なんであたしたち、小声でひそひそ話してんだろうね」

スザンヌは大きなため息をひとつついた。「夜の墓地で、他人のことに首を突っこんでいれば、誰だって自然とそうなるものだからよ」

「あたしたちがやってるのも、まさしくそれだね」

「たしかに……とりあえずあけてみて」正直に言えば、スザンヌも激しい罪悪感を覚えつつも、トニと同じで中身を読みたくてうずうずしていた。

トニは封筒を破ってあけ、中身にざっと目をとおした、「あらま！」

「どうしたの？」

「ほら、見てごらんよ」

スザンヌはひっくるようにして手紙を受け取った。一行しか書いていなかった。〝そして彼はひっそりといなくなった〟。末尾には〝G〟の署名。「まあ、気味が悪い」

「だよね？」

「いったい誰が……？」

「〝G〟って誰のことかな」トニは言い、しばらく考えこんだ。「文房具店に勤めるグレタ・ジョーンズ？」

「まさか、そんなはずないでしょ」グレタ・ジョーンズは少なくとも七十五歳にはなっている。七十を超した人がレスター・ドラモンドのようなタイプと男女の関係になるとは思えない。しかも、彼女は紙の束も持ちあげられないというのに。

「じゃあ、グレイス・ハモンド？」とトニ。

「彼女は結婚しているじゃない」

「それでもさ、不倫ってこともあるわけだし」

「考えにくいわ」グレイスと夫のスタンリーはスタンダード・プードルのブリーダーをやっていて、おたがいに相手と、大事な犬に心からの愛情を注いでいるように見える。

「だったら、誰だろう？」トニが言った。

スザンヌはかぶりを振った。「思いつかないわ」

「それに、このひっそりといなくなった、ってなんのことなんだろうね」

「これを書いた人は、悲しみに沈んでいるのよ」

「あるいは、これを書いた人はあいつを殺したせいで悲しんでいるのかも」とトニ。「だったら、そうとう変だよね」

「単に悪い偶然が重なっただけよ、きっと」スザンヌは言った。「ほかのお墓に置くつもりだったのに、暗いせいで道をまちがえたのかもしれないわ」

「その可能性もあるとは思うけど」とトニは言った。「あるいは……あるいはだけど、誰かに見つけてもらうよう置いたとは考えられないかな」

「どういうこと?」

「実は暗号で書かれてるとかさ」

「なんでそんなことをするの?」スザンヌは言った。そんなのはまったく筋がとおらない。

「さあ」とトニ。「違法な取引がおこなわれているのかもしれないよ」

「おもしろい仮説だこと」

「これはドゥーギー保安官に預けたほうがいいんじゃないかな?」

「そうね」スザンヌは言ったが、その前にもう少しこの手紙について検討してみたかった。そしてなによりも、とっととこの場を離れたかった。


残りのキャンドルライト・ウォークは取りやめ、ゆっくりとテントまで戻った。ふたりが墓石のあいだを抜き足差し足で歩いていたあいだに、ボランティアたちが架台と板とで横長のテーブルを設営し、そこでココアとホットサイダーの提供を始めていた。スザンヌとトニはココアが入った紙コップを持って少し離れたところに立ち、ちびちびと飲みながら行き来する人々をながめ、あの手紙はこのなかの誰かが置いたのだろうかと考えていた。

コップの中身が一インチのココアの澱《おり》だけになると、スザンヌは言った。

「そろそろ引きあげようか？」

「あと一カ所だけ」トニは言った。「瞑想庭園に行ってみたいんだ」

「瞑想庭園？」そんなものははじめて聞いた。

トニはくしゃくしゃになった地図をのばし、ポータブルライトのひとつにかざして短い説明文を声に出して読んだ。

「メモリアル墓地の南西の境界、ひっそりとした森を抜ける道を行ったところに、小さな瞑想庭園が設置されています。石、小さな池、およびめずらしい植物をそなえたこの庭園は、心の平安と静謐《せいひつ》を高めるための場所となっております」そこで読むのをやめた。「いい感じだと思わない？」

「森の奥にあるみたいだけど」とスザンヌ。

「でも、落ち着いた感じがするよね？」

「すごく遠いって感じ。今夜ここに来たのは、まわりに人が大勢いるという話だったからよ。要するに、数の力があればこそなの」

「わかってる、わかってるよ。でもさ、死んだ人がいない場所を訪れるのもいいと思うんだ。今夜の締めくくりに最適じゃないかな」

けっきょく、スザンヌは折れた。ふたりは車に乗りこんで、半マイルほど走って墓地を抜け、管理小屋とおぼしき小さな煉瓦造りの建物のわきにとめた。

「うわあ」トニは言った。「まさかここに死体を保管してたりしないよね」

「まずまちがいなく管理小屋よ」スザンヌは言った。

「だといいけど」

「いやな予感が当たったわ」車から降りながらスザンヌは言った。「誰もいないみたい」

「そのほうがいいじゃん」トニが言った。「瞑想庭園なんだからさ、平安と静謐がポイントなんだよ」

「あなたが瞑想にそこまで関心を持っていたとは知らなかったわ」ふたり並んで通路を歩きながら、スザンヌは言った。

「このあいだ古いカンフー映画を観たんだけど、内なる禅ってやつを体験するのも悪くないかなって思ったんだ。ジュニアのそばにいると、脳波によくない影響がある気がしてさ」

スザンヌは声をあげて笑った。「よくわかってるじゃないの」

「ここ、本当にきれいだね」森が深くなってくると、トニが言った。「ほら、シダやギボウシが生えてる。それにほのぼのとした、ちっちゃなガーデンライトもすごくいい」

「ソーラーランプだわ」スザンヌは暗闇に目をすがめながら言った。通路沿いに置かれたソーラーランプはたしかにしゃれている。だがあいにく、このあたりはかなり鬱蒼《うっそう》としているため、小さなランプは充分な量の太陽光を吸収できていないようだ。そのせいでいまは、不気味な感じで光っている。

「通路には木のチップを敷いてるんだね」トニが言った。「いい仕事してる」

スザンヌもまったく同感だった。くねくねしたすてきな小道には、日本のカエデと寒さに強い品種の竹が植わっていて、何カ所かに木のベンチも置かれている。

「それにしても、小さな池はどこにあるんだろう?」トニが首をかしげた。

あんなにいた人たちはどこに行ったのかしら、とスザンヌは胸のうちでつぶやいた。森のなかでふたりきりだと思うと、心がざわざわしてしまう。

トニがまた地図をのぞきこんだ。「このへんのはずなんだけどなあ」

「もうすぐじゃないかしら」

そう言いながらゆるやかなカーブをまわったとき、スザンヌのつま先がなにかに引っかかった。「きゃっ!」思わず声が漏れ、あやうく転びそうになった。

「どうしたの?」隣を歩いていたトニが足をとめ、支えようと腕をのばした。

「靴になにかぶつかったみたい」

「わかった、大きなビニールにつまずいたんだよ」トニは腰をかがめてビニール袋を拾いあげると、くしゃくしゃに丸めて上着のポケットに突っこんだ。「植物を運びこんだときのものだね、きっと」

スザンヌは顔をあげた。そのとき、なにかに反射した光が目に入った。小さな池かしら?あった、あそこだ。前方の小さな楕円形の水はまわりを岩で囲まれ、カバノキの木立に隠れるようにつくられていた。「お目当ての池があったわよ」

「うわあ、すごくすてきだ」トニは駆け寄ると、苔《こけ》むした大きな岩に膝をついた。「金魚はいるかな」

「いたとしても、このへんに棲《す》み着いているアライグマ、キツネ、ウッドチャックの寿司の具になるだけでしょうね」

「だったら、願いの池かもしれないね」トニはジーンズのポケットに手を突っこみ、数枚の一セント硬貨を出した。立ちあがってうしろ向きになると、肩ごしに硬貨を投げた。硬貨が池に落ちる、小さな水音がこだました。

「なにをお願いしたの？」スザンヌは訊いた。

トニは鼻にしわを寄せて、スザンヌを見つめた。「世界平和」

「まあ、それは……」

「冗談だって」トニはけらけら笑った。「本当は新しい冷蔵庫がほしいってお願いしたんだ。いま使ってるのは調子がよくなくてさ。牛乳があっという間に固まって、パンケーキ用のバターみたいになっちゃうんだ」

「投げたコインは一枚じゃなかったでしょ」とスザンヌ。「だったら、もっとお願いしてもいいんじゃない？」

「じゃあ、世界の平和、新しい冷蔵庫、おまけにワンダーブラもお願いしちゃおう」

「そうこなくっちゃ」

瞑想庭園にはいくらか催眠効果があるようだった。肩の力が抜け、すっかり気持ちが落ち着いてきていた。不思議だわ。もっとも、ただ疲れてきただけかもしれないけど。

「このまま道なりに行けば」トニが手をひらひらさせて言った。「もと来たところに戻れそうだよ」

「そう」スザンヌは言い、ふたりはいくらか細くなった通路をさらに進んだ。「思うんだけど、この庭園はとても考えてつくられているわね。日中は、この堂々としたオークやマツから太陽の光がうっすらと射しこむから、大聖堂にいる気分になれそう」

「しかも、まだできたばかりだからね。園内の植物が充分に育ったら、そのときは……」

「ちょっと待って！」

トニはその場で立ちどまった。「え？」

スザンヌはトニの腕をつかんだ。「なにか聞こえない？　森のなかから」

トニは顔をしかめた。「そんなにびくびくしなさんなって。ほかの人がここを見に来るのも時間の問題だったんだからさ」

「そうね」ふたたび歩き出しながらスザンヌは言った。「ごめん」

「いいって」トニは言った。「べつにあたしたちは……ちょっ！」

男が突然現われ、ふたりの行く手をふさぐように立ちはだかった。迷彩柄の上着を着こみ、十二番径のショットガンをかまえた大男だった。

「嘘でしょ、こんなの」

スザンヌはもっとなにか言おうとしたが、それ以上言葉が出てこなかった。喉の奥がゴビ砂漠並みに渇いていた。

12

「おれの土地でなにをしてる！」

男がふたりに怒鳴った。

スザンヌはまだショックが尾を引いていたが、必死になにか言おうとした。

「あなたの土地？」かぼそいかすれ声しか出なかった。「てっきりここは墓地の敷地かとばかり」

「大きな間違いだ」相手は怖い顔で吐き捨てた。深いしわに埋もれた目が怒りに燃えている。のばしっぱなしの髪はぼさぼさで、ひげは四、五日剃っていないようだ。

「ここは瞑想庭園じゃないの？」トニが口ごもりながら訊いた。

「敷地境界線はあんたらのうしろだ」男はそう言うと、ショットガンの銃床でしめした。

「つまり、あんたらはおれの土地にいるんだよ！」男はひとりで哲学的議論をしているかのように、首をかしげたり、激しく振ったりを繰り返した。「ここは私有地だ。なのに昼も夜もかまわず、ここを歩きまわるやつや、車で通るやつがいるのは、まったくがまんならん！」

スザンヌはなだめるように両手をあげた。

「わかった、わかったわ。来た道を引き返すから。なにも悪さをしたわけじゃないんだし」いつもならこんなにあっさり引き下がらないたちだが、この状況ではこうするのがもっとも賢明だ。

「なにも悪さをしてないだと？」男は首をめぐらせ、聞くに堪えない妙な音をさせたかと思うと、ふたりの足もとに唾を吐いた。「すでにたっぷりと悪さはされたとも」

スザンヌとトニは恐怖で縮みあがり、さらに後退をつづけた。やがて、ラジオシティのロケット・ダンサーのように息の合った動きで独楽のようにくるりとまわり、早足で歩き出した。すっかり動揺し、とにかくこの場を離れることしか考えられなかった。

「あいつ、追ってきてる？」ふたりででこぼこの地面を走りながら、トニが歯をかたかたいわせて訊いた。

スザンヌは思い切って肩ごしにうしろを振り返った。「見えないわ」

「あのおかしなやつはいったい何者？」トニは並んで走るスザンヌの手をつかんだ。「いかれたゾンビみたいに、どこからともなく現われてさ」

「おそらくだけど」スザンヌは少し息を切らして言った。「カール・スチューダーとお近づきになったみたいね」

「誰、そいつ？」ふたりはさらに百フィート走ったところで、速度をゆるめた。トニはぱたりと足をとめ、体をふたつに折った。ぜいぜいとあえぎながら「ああ、もう、煙草をやめなきゃだめだ」

スザンヌも息をととのえようと深呼吸を繰り返した。「なに言ってるの？　あなた、煙草なんか吸わないじゃない」

「じゃあ、苦しいのは他人が吸った煙草のせいか」トニはあえぎながら言った。「だって、肺が他人の古いダッフルバッグみたいににおうんだよ」

「デイル・ハフィントンが忠告してくれたのはあの人のことだったんだわ。ねえ、覚えてる？　息子さんが刑務所に入ってるっていう男の人」

「うんうん、覚えてる」トニは過呼吸を起こしてかけていた。「さっきのがその男？」

「おそらくね。スチューダーさんの土地は墓地と境界を接しているそうだし」

「だからあんなに境界線に執着してたんだ」とトニ。

「おまけに愛想のかけらもなかったし。でも、いちばんあやしいのはなんだかわかる？　もっとも恐ろしいことは？」

「まだあるわけ？」トニはようやく体を起こした。

「デイルから聞いたんだけど、カール・スチューダーはレスター・ドラモンドが大嫌いだったんですって！」

「ねえ、ちょっと」とトニ。「たしかこの町の全員がレスター・ドラモンドを嫌ってたはずだけど」

「でも、この町の全員がドラモンドさんが亡くなった場所の近くに土地を持っているわけじゃないでしょ」

「まさか」トニはやっとのみこめたというように言った。「まさか、ドラモンドがさっきのあたしたちみたいに無断で侵入しちゃって……スチューダーがかんかんに怒ったと思ってる？　それで……ズドン！」そう言っていま一度うしろを振り返った。「だって、銃を持ってたからさ」

「あの人が犯人かどうかはわからない」とスザンヌ。「でもすごく怒りっぽいのはたしかだわ」


二十分後、ふたりは光がきらめき、黄色い煉瓦《れんが》の建物が立ち並ぶキンドレッドの中心部、すなわち安全地帯に戻った。トニはずいぶんと威勢を取り戻して言った。「たいへんだったね。ステートフェアの新しいアトラクションに乗った気分だったよ――ワイルドマウスとお化け屋敷を足して二で割ったみたいでさ」

「ずいぶんひかえめな表現だこと」スザンヌは言った。

車はメイン・ストリートを流れるように走り、カイパー金物店とオルブライト・クリーニング店の前を通りすぎた。

「〈シュミッツ・バー〉に寄って一杯やってく？　元気が出る飲み物をちょっとくらいならつき合うよ」

「すてきの国でスリルをたっぷり味わったから、家に帰ってくつろぐほうがいいわ。ぐっすり眠りたいの。そうそう、忘れないでね、明日は大事な日だってことを。歴史協会主催のお茶会のお手伝いがあるんだから」

「大丈夫、楽勝だってば」

「歴史協会の人たちの前で、そんな言い方はしちゃだめよ」スザンヌは言った。「あの人たちが期待しているのは、ラベンダーやレースや超ぜいたくなおもてなし。最大級の努力をお望みなの」

「その望みをかなえればいいんだよね。いつもやってるとおりに！」

スザンヌはメイプル・ストリートを走ってトニをアパートメントの前で降ろし、自宅に向かった。半分ほど来たところで好奇心がふくれあがり、すやすや眠りたいのをがまんして、ちょっとだけまわり道をしてレスター・ドラモンドの自宅前まで行ってみた。角地に建つその家はとてもすてきな白いケープコッド風の住宅で、そびえ立つようなブルーブラックのマツの木に囲まれていた。

速度を落とすと、一階の窓に明かりが煌々《こうこう》とついているのがわかった。ディアナ・ドラモンドがいるのかしら？　そうにちがいない。だとしたら、なにをしているのだろう？　亡くなった夫を悼《いた》んでいる？　それともべつのこと？

できることなら暗がりに車をとめて道路わきの窓に忍び寄り、すばやくなかをのぞきたかった。しかし、どこからか、だめよという声が聞こえた。すでに、ひと晩には充分すぎるほどの不思議なことや騒動があった。暗闇をこそこそ歩くのはもうたくさんだ。

角を曲がって自宅のある通りに出ると、突然うしろでライトが光った。一瞬、目がくらみ、気がつくと、後続の車がリアバンパーのすぐ近くまで迫っていた。自宅のドライブウェイに入ってガレージのドアの前に車をとめると、息をつめ、あの車に乗っているのは誰だろうと首をかしげた。ルームミラーに目をやったところ、見慣れた青いＢＭＷだと気がついた。

サムだわ！　よかった。

スザンヌは車を飛び降り、彼のもとに駆け寄った。「車が直ったのね。それはそうと、ここでなにをしているの？」

「公務で来たんだ」サムが両腕を大きくひろげると、スザンヌはうれしくなってそこに飛びこんだ。

「どんな公務？」

「ご近所のパトロール」彼の頬にえくぼができた。「きみを見張っていたんだよ」

「だったら、入ってもらったほうがよさそうね」

彼と腕を組んで家に入ると、ようやく一連の出来事から解放されて緊張が解けていくのがわかった。気持ちよく寝ていたところを起こされたバクスターとスクラッフは、眠いながらも大喜びだった。スザンヌとサムは二匹にまとわりつかれながら、廊下を進み、キッチンに入った。

「ニュースがあるの」スザンヌは言うと、バッグをカウンターに無造作に置き、靴を蹴って脱いだ。自宅の心臓部ともいえるキッチンに戻れて、人心地ついた気分だった。ここはもうあの墓地じゃないと思うと、うれしくてしょうがなかった。それに、サムが一緒なのも悪くない。

「ぼくのほうもニュースがあるんだ」サムはスザンヌの上着を脱がせながら言った。「ワインをあけようか？」

「今夜はワインの気分じゃないの」スザンヌは言った。「でも、お茶を淹れるならまかせて」

「お茶か。そのほうがそそられるね。なんのお茶にするのかな？」

スザンヌはキッチンの時計に目をやった。黒猫のフェリックスの形の時計で、しっぽと目がカチコチと動く。フェリックスによれば、いまは十時十五分すぎで、そろそろ寝る時間だ。

「おいしいカモミール・ティーはどう？」

「その黄金の霊薬はどんな魔法の力を秘めているのかな？　おいしいという以外に」

「気持ちをリラックスさせて、心地よい眠気を誘うの」

サムは首を傾け、いびきの音をまねた。「いいね。いただくよ」

スザンヌは流しで手を洗い、今夜の奇妙な出来事をきれいさっぱり洗い流そうとした。それからやかんに水を満たして火にかけた。カモミール・ティーの缶、小ぶりの黄色いティーポット、それに揃いのティーカップを出した。

「ずいぶんとしゃれているんだね」サムはしみじみと言った。

スザンヌは茶葉を量り取りながら、片方の眉をあげた。

「プラスチックのふたがついた紙コップのほうがよかった？」

「いや、こういうのはとてもすてきだなと……家庭的だなという意味で言ったんだ。あらためて言っておくけど、ぼくは独身のひとり住まいだ。だからフォーマルと言っても、ランチョンマットを敷いた上に冷凍ディナーのリーン・キュイジーヌをのせるくらいしか思いつかないんだよ」

スザンヌはこっそりほほえんだ。いつか、それをなんとかしなくちゃね、と思いながら。

お茶が入ると、スザンヌはすべてをシルバーのトレイにのせ、居間に行きましょうとうながした。

「わたしに話したいことがあるんじゃなかった？」スザンヌは横目でちらりとサムを見た。

ふたりでカウチに腰をおろし、スザンヌは彼のカップにお茶を注いだ。

「きみのほうが先だよ」サムは言うと、お茶をひとくち含んでごくりと飲みこみ、どうにか言葉を絞り出した。「おいしい」本当は〝熱い！〟と言いたかったにちがいない。

「今夜、トニとキャンドルライト・ウォークに行ったのは知ってるでしょ」スザンヌは話を始めた。質問したのではなく、事実の確認をしただけだ。

「墓地で開催されたあれだね」とサム。

「ええ、それが、何事もなかったわけじゃなくて」スザンヌは自分のカップにお茶を注ぎながら言った。

サムは目をらんらんと輝かせて身を乗り出した。「なにがあったんだ？　話してくれ」

「それがね」とスザンヌ。「どこから始めればいいのかしら？　まず最初に、例のいけすかないアラン・シャープに声をかけられたんだけど、ドラモンドさんが亡くなって、いかにもうれしそうだった」

「あの愛すべき男か。町の人気者の」

「そのあと」とスザンヌ。「先日ドラモンドさんを発見した墓穴のところに出ちゃって……」

「もう穴は埋めてあったんだろう？」

「ええ、でも、上に手紙が差してあったの」

「手紙だって？　なにが書いてあったんだい？」

スザンヌはお茶を飲もうとしていたが、それをやめてサムを見つめた。

「どうしてわたしたちが中身を読んだと決めつけるの？」

「なにを言ってるんだ。ぼくときみの仲じゃないか」

「そうね」スザンヌは顔がにやけてくるのをどうすることもできなかった。「それでその手紙を取って、読んだの」

「で？」

「短いけどすてきな内容だった。〝そして彼はひっそりといなくなった〟とだけ」

「ロマンチックだね。しかし、どういう意味なんだろう？」

「それがわからなくて。でも、末尾にイニシャルの〝G《ジ》〟と署名してあったの」

「ふうん」

「そのあと、わたしはとっとと退散したかったのに、トニが新しくできた瞑想庭園に行きたいと言い出して」

「トニもまったく気がきかないな」

「そうなのよ。とにかく、少し行きすぎちゃったみたいで、『脱出』っていう映画から抜け出たみたいな、迷彩柄の服とショットガンで決めた頭のおかしなおじさんが現われて、いますぐこの土地から出ていかないなら痛い目に遭わせるぞと脅されたの」

「なんだって！」

「いまの説明でわからないところでもあった？」

「『脱出』だって？」

「ええ」

「ショットガン？」

「おそらく十二番径だったわ」

「やれやれ」サムは額にしわを寄せた。「穏やかじゃないな」

スザンヌは彼に指を向けた。「わたしもまったく同じことを思ったの。奇遇ね、ヘイズレット先生」

「その男は何者なんだい？」

「たぶん、カール・スチューダーという人じゃないかと思う。たしかその人の土地はメモリアル墓地と境界を接しているはずだから」デイル・ハフィントンから聞いたスチューダーの人物像と、彼がドラモンドを死ぬほど憎んでいた話をサムに打ち明けるべきか迷った。けっきょく、話をややこしくするだけだと結論を下した。いや、ややこしくなるのは、彼女の調査かもしれないが。

「ドゥーギー保安官にはすべて話すんだろう？」サムが訊いた。

「わたしの悲惨な物語のどの部分を話せばいいと思う？」

「もちろん全部さ。今夜の体験はどれも常軌を逸しているよ」

「わたしの世界へようこそ」

「スザンヌ」サムは冷静でまじめな医者の声になって言った。「ドゥーギー保安官と膝を交え、いまぼくに話したとおりのことを彼にも話すんだ。それにさっきの手紙も渡さなきゃだめだ――まだ手もとにあるんだろう？」

「ええ」

「だったら、あとは保安官に調べてもらおう。彼の仕事だからね。きみの仕事はいつもの生活をつづけることだ」

「そう思う？」

「あたりまえじゃないか」

スザンヌは両脚を引き寄せるとサムに体をすり寄せ、彼のぬくもりを感じながら、香りを吸いこんだ。デイルから聞いた話を黙っていることがちょっぴりうしろめたかった。スチュードーがドラモンドを憎んでいたという話を。スザンヌはかぶりを振った。だけど、サムに話せば、ややこしくなる。そうなれば、事件に関わらせてもらえなくなる。

「それで、あなたのほうのニュースってなあに？」しばらく抱き合ったのち、スザンヌは訊いた。

「きょうおこなわれた検死解剖に関することなんだ」

「まあ」スザンヌはすぐさま抱擁を解き、慎重に足を床におろした。この話を聞くときは、足を固いところにつけていたほうがよさそうだ。

「これから話すことは絶対に他言は無用だよ。誰にもしゃべっちゃだめだ」

「大事なアリス・ウォーカーズの料理本に誓うってことでいい？」

「かなり深刻な話なんだ」サムは咳払いをした。「きみも知ってのとおり、客員の監察医であるドクター・マール・ゴードンが、きょう病院で検死解剖をおこなった」

「あなたも立ち会ったの？　気持ち悪くなかった？」

「最初の質問の答えはイエスで、あとのほうはノーだ。言っておくけど、ぼくはべつに関わりたいとは思っていなかった。でも、ドクター・ゴードンが暫定的な検査結果を出した時点で保安官に呼び出され、立ち会うよう言われたんだ。立件した場合にセカンド・オピニオンが必要になるかもしれないということで」

「そう」スザンヌは言った。たしかにかなり深刻だ。「ドクター・ゴードンはいったいなにを見つけたの？」

「がまんして聞いてほしい。かなり専門的な話になるからね」

「ええ」

「点状出血とはなにか、わかるかい？」サムは訊いた。

「はっきりとはわからないわ。それって、誰もが知っていることなの？」

「知らなくてもぜんぜんかまわない。とにかく、こういうことなんだ。ドクター・ゴードンは被害者の目の奥に、微少な出血があるのを発見した」

「ドラモンドさんは目を殴られてもいたということ？」

「そういうわけじゃない。点状出血は、首から吊されたり、窒息した場合に現われる」

スザンヌはサムに鋭い視線を向けた。「ゆうべの話では、ドラモンドさんは頭蓋内圧が上昇したために深刻な呼吸障害を起こしたということだったわ。それが今度は……テーザー銃で襲われ、窒息させられたですって？　首に痕がついていたの？　喉を殴られたの？」

「そうじゃないんだ。首を絞められたことを示唆するものはひとつもなかった。頭蓋骨骨折も、あざも、索状痕もまったくない。しかもドラモンド氏の舌骨、というのは喉のところにある骨なんだけど、まったく損傷していなかった」

「わからないわ」スザンヌは言った。「つまり、ドラモンドさんは首を絞められたわけじゃないのね？　だったら、どうして、さっき言ってた……」そう言って目の前で手をひらひらさせた。「目に出血なんかしていたの？」

「いちばん考えられるのは、鼻と口をふさがれた可能性だね」

「顔に枕を押しつけるとかそういうふうに？」

「うん、そういうふうにだ。ドラモンド氏が強力なテーザー銃で動けなくされていたら、犯人にいいようにされただろう」

「じゃあ、ドラモンドさんは最初にテーザー銃で動けなくされ――」こんな話をなんでもないように話しているなんて信じられない。「――気を失ったところを、鼻と口をふさがれたわけ？」

「その可能性を示唆していると思う」

「びっくりだわ」スザンヌはこのあらたな情報を自分なりに理解しようとした。「これで殺人プラスアルファになったわけね！」

サムは彼女の手をつかんだ。「ごめんよ。夜遅いし、気持ちのいい話じゃないのはわかってる。夢に見たいような話じゃなかったよね」

スザンヌも同感だった。この二日間というもの、墓地と墓穴、掘り返した穴と抜けるように白い骨ばかりが夢に繰り返し現われている。

「じゃあ、話題を変えましょう」

「マス釣りの話がいいな」サムが唐突に言い、スザンヌは思わず忍び笑いを洩らした。「いや、冗談で言ったんじゃない。きみに借りた本を読んだんだ。それこそなめるようにね。以来、キャスティングの練習に励んでいるんだよ」

「よっぽど、マス釣りをやってみたいのね」

マス釣りはスザンヌと亡き夫ウォルターの共通の趣味だった。それが先だって、サムにマス釣りの話をしたところ、彼は一も二もなく飛びついた。そういうわけで、はやく釣りデビューしてカワマスかなにかを釣りあげたくてうずうずしているようだ。

「あと数日でカゲロウの卵がかえるらしい」サムは言った。「〈スポーツ・シャック〉のバート・フィンチの話では」

「カゲロウがどんな姿をしているか知ってるの？」

「知らないけど、ぼくはとても勘が鋭いからね。本で見分けがつけば、アウトドアでもちゃんと見つけられるよ」

「そう……わかったわ。来週行きましょう。胴長を探しておくわ」

サムは彼女を引き寄せ、うなじにそっとキスをした。「ぼくの罠の仕掛け方はうまかった？」

「ええ、上手だったわ、ヘイズレット先生。ものすごく」

13

ペトラは大きな腰に両手をあてると、いつもは穏やかな顔をしかめ、厨房の真ん中にでんと立って、食材がちらばった調理台をとっくりとながめた。

「パンはこれで充分かしら?」

しかし、スザンヌとトニが答えを言うよりはやく、自分でこう答えた。

「ううん。注文した数が充分じゃないわ。これじゃ、足りなくなっちゃう」

「大丈夫よ」スザンヌは声をかけた。「ビル・プロブストがきのう、焼きたてのパンを十二斤も届けてくれたのよ。それだけあれば、おなかをすかせたリトルリーグの子どもたちが六チーム来たって大丈夫。大人の女性のお茶会くらい、なんてことないわ」

日曜の午前十時のカックルベリー・クラブでは、三人の仲間が厨房をせわしなく動きまわり、お茶会の準備に余念がなかった。あらかじめ用意したスコーン、ティーサンドイッチ、キッシュ、ケーキだけの簡単メニューでいいはずだった。しかし最近はなんでもかんでも考えすぎるきらいがある。簡単でシンプルであるべきものが……シンプルとはほど遠かったりする。

「エッグツイスト、サワードウ、ライ麦パン、はちみつパンはある」ペトラはパンの山に目をこらしながら言った。「でも、シナモンパンがないわ。チキンサラダのサンドイッチをつくるのに必要なのよ。スパイスが入っていたほうが、パンチがきくんだもの」

「そのパンならたしか、保冷庫にまだあるはずだよ」デザート皿の山をあぶなっかしく抱えたトニが言った。「見てみようか?」

「わたしがやる」キットが手をあげた。三人の要望にこたえ、キット・カスリックがテーブル・セッティング、料理の準備、給仕、その他、きょうの会を円滑に進めるのに必要な仕事をするために来てくれていた。

「ありがとう、キット」ペトラは声をかけた。「てきぱきと動く人がいて助かるわ」

「ノミの市の犬みたいに神経質になってるね」トニがペトラに声をかけた。「どうしたのさ?いつもならあんたはめちゃくちゃ冷静で落ち着いてて、そわそわするのはあたしのほうなのに」

「どうしてかしら」ペトラは言った。「ただ、ちょっと気が……動転しちゃって」

「なにがあったの?」スザンヌは目を細め、大事な親友を見つめた。ペトラには昨夜の墓地での出来事は話していない。だから、それが心に引っかかっているのでないのはたしかだ。

「ひとつにはね」ペトラはためらいがちに言った。「十分ほど前に電話があって……」

「つづけて」スザンヌのアンテナがたちまちぴんと立った。

「ミッシーからだったの」

「うん」ようやく本題に入りそうだ。

「きょうのお茶会には来られないって」

スザンヌは怪訝な表情でペトラを見やった。「え？　ちょっと待って……どうしてミッシーは来ないの？　この前話したときは、とても楽しみにしている様子だったのに」

ペトラは浮かない顔でうつむいた。「もう、そうじゃないみたい。どこに行っても、みんなから変な目で見られるって言うの。疑うような目をされるんですって。ずいぶんこたえているみたいよ」

「つまり、ドゥーギー保安官がミッシーから話を聞いたことを、町じゅうの人が知ってるの？」そんなこと、とてもじゃないけど信じられない。

ペトラは波形の歯をしたパン切りナイフを手にすると、塊のままのパンの耳を落としはじめた。パンはきれいにまっすぐ切れた。「そんなところじゃないかしら」

「でも、みんなどこで聞きつけたのかしらね。保安官じゃないのはたしかだわ。表沙汰にしないよう気を配っているもの」

「ジョージ・ドレイパーの仕業という説にいくら賭ける？」トニが言った。「保安官もあいつにはほのめかしたと思うよ。だとしたら、ジョージがおしゃべり好きなのはよく知ってるよね。葬儀界のおしゃべり人形、チャティー・キャシーっていうくらいだもん。地味な黒い葬儀業者のスーツの背中についてるひもを引くと、死とはとても安らかなものでとかなんとかひとしきりしゃべった舌の根も乾かぬうちに、町のゴシップに花を咲かせるんだ。二重人格かと思っちゃうよ」

「まったく、あの上品ぶったむっつりスケベが！」スザンヌはむすっとして言った。ほんの数カ月前、ドレイパーは銀行の頭取だった人物の妻、クラウディア・ビューサッカーと親密な関係にあった。しかし、お高くとまって鼻持ちならないクラウディアは、スキャンダルに巻きこまれるのを避けてとっとと町から出ていったのだった。

「とにかく」ペトラはせっせとパンをスライスしながら言った。「ミッシーは自分が好ましからざる人物と思われているのを肌で感じるんですって」

「この店ではそんなことないのに」スザンヌは言った。「わたしが味方なのは知っているはずなのに」

「だよね」とトニ。

「シナモンパンがあったわ」キットが言った。

「問題がひとつ解決したね」トニは指を鳴らした。

キットは二斤のパンを寄せ木のカウンターにぽんと置くと、突然、前のめりに体を折った。

「ハニー、どうしたの？」スザンヌは驚いて声をかけた。腕をのばしてキットの体を支えたところ、顔色が少し悪いようだ。うっすらとかいた汗で額が湿っていた。

キットは困惑したような、少し悔しそうな顔をして、腕で下腹を押さえていた。

「信じてもらえないと思うけど。あたし自身も信じられないんだけど……」

「なんなの？」ペトラが心配そうな顔で訊いた。「なにかにやられたのなら……」

「病気じゃないの。そういうつもりで言ってくれたのなら」キットは言った。「人に移るようなものじゃないわ」

「だったら、なんなの？」スザンヌは言うと、流しに手をのばし、冷たいおしぼりをつくってあげようと水を出した。

「わたし、妊娠したみたい！」キットは思い切ったように打ち明けた。

スザンヌは水をとめ、キットを見やった。「妊娠したかもしれないと思ってるだけ？　それとも本当に妊娠しているの？」

「実は……」キットはごくりと唾をのみこみ、手の甲で額の汗をぬぐった。「家庭用の妊娠検査薬で調べたら、結果は陽性だった。小さな青い矢印が出たから」

「だったら、まず確実に妊娠しているわね」とスザンヌ。「あれはかなり正確だもの」あ、ひとこと余計だったかしら。

しかしトニだけはキットの電撃発言に正反対の反応をしめした。「すごいじゃん！」とはしゃいだ声をあげた。「よかったね！　で、幸運な赤ちゃんのパパは誰？　もしかして……？」そこでスザンヌとペトラが怖い顔をしているのに恐れをなし、あわてて口を閉じた。

「ごめん」トニは早口でもごもご言った。「いけないよね……プライバシーを探るようなことを言っちゃ」

「大丈夫よ」とキット。

「大丈夫なのは本当かしら？」ペトラがややちがった立場から尋ねた。信仰心に篤い彼女としては、結婚してから家族をつくるべきと固く信じている。

キットは弱々しくほほえんだ。「万事うまくいくと思う。だって婚約しているも同然だから」そう言って左手を差し出し、指をひらひら動かした。薬指で揺れているのは黒い石がついた大ぶりのシルバーのリングで、輪にテープが巻いてあった。「ね？　リッキーが婚約指輪がわりに卒業記念リングをくれたの」

「リッキー・ウィルコックス？」トニが訊いた。「いい子だよね」

「卒業記念リングが婚約指輪になるの？」ペトラは感心しないというように言った。

「なるに決まってるじゃん！」トニが言った。「キットが婚約してるも同然の証《あかし》なんだよ。未婚の母にはならないって証なんだ」

「いまどき、未婚の母なんて言葉は使わないと思うわよ」とスザンヌ。

「ベイビー・ママならどう？」とトニ。「『ジェリー・スプリンガー・ショー』でよく言ってるよね」

「まあ、赤ちゃんが生まれるまでに結婚できない可能性もあるにはあるけど」キットは言った。「リッキーが所属する州兵の部隊に、最近召集がかかったから」

「え、そんな」スザンヌはうろたえたように言った。「なんてこと、キット！」

キットは自分でもどうしていいかわからないという顔をした。

「リッキーはアフガニスタンに派遣されるんじゃないかと思うの」

「いますぐ結婚すればいいのに」トニが言った。「教会を予約して、挙げるんだよ……ええと……表現をど忘れしちゃった」

「できちゃった結婚」ペトラが言った。

「即席結婚式だ」とトニ。「手間がかかんないやつ。わかるよね……」

「わかると思う」とキット。

「そうじゃなければさ、大急ぎでラス・ヴェガスまで行って、ジュニアとあたしみたいにキューピッド・ウェディング・チャペルに駆けこめばいい。ロックンロールのキングみずから式を執りおこなってくれるからさ――や、本人じゃなく、ハンサムなそっくりさんかもしれないけど」

「そうした結果、あなたたちの結婚生活がとても順調なことは、みんな知ってのとおりよね」

「まったくだ――でも、あのときのことを思うと、いまもしびれるような気持ちになるんだってば！」


キットの体調はその後よくなった。そして十二時十五分前、歴史協会の理事長であるヘイヴィス・ニュートンが正面の入り口からあわただしく入ってきた。黒いスカートに黒と白の千鳥格子柄のジャケット、髪をきちんとお団子にまとめ、ハイヒールでちょこまかと歩いてくる。いつものデニムのスカートにざっくりしたセーターという恰好とは打って変わり、お茶会のためにすっかりめかしこんでいた。

じっくり見てもらった。

「あら、ヘイヴィス」スザンヌはやさしく声をかけ、出迎えに向かった。「準備万端ととのったわよ」そう言って一歩うしろにさがり、おめかしした新しいカックルベリー・クラブを使ったの？　ものすごく豪華な感じだわ。まるで本物のティーショップみたい！」

「まあ、びっくり！」ヘイヴィスは店内をきょろきょろ見まわした。「いったいどんな魔法を使ったの？　ものすごく豪華な感じだわ。まるで本物のティーショップみたい！」

スザンヌはにっこりとした。ええ、そうでしょうとも、と胸のうちでつぶやいた。テーブルには白いリネンのテーブルクロスをかけ、椅子の背には糊《のり》のきいたシルクを蝶ネクタイ風に結び、各テーブルには色とりどりの春の花でつくった大きなブーケを飾ってある。イギリスのコッツウォルズにあるすてきなティールームが、魔法の力でのどかなキンドレッドに運ばれてきたかのようだった。

ヘイヴィスは一歩テーブルのそばに寄った。「ガラスの食器、磁器……なにもかもきらきら輝いてる！」その声からは昂奮が伝わってきた。

スザンヌは店にある最上級の磁器を選び抜き、銀器はぴかぴかになるまで磨きあげ、品のいいカップとソーサーを出してきていた。さらにはクリーム入れと砂糖入れを並べ、小さなキャンドルの炎が揺らめくガラスのティーウォーマーも用意した。おかげでとても雰囲気よく仕上がったし、おまけに――ずうずうしいかもしれないけど――ちょっぴりゴージャスな感じにもなった。

両開きドアからいきおいよく飛びこんできたトニが、ヘイヴィスの唖然とした顔に気がついた。「おや、あたしたちの仕事ぶり、気に入ってくれたみたいだね」

「気に入ったなんてものじゃありませんよ」ヘイヴィスは言った。「こんなすばらしいお茶会の場を用意してもらえるなんて」

「食べ物もたっぷりあるんだよ。おかげでペトラはもうノックアウト寸前でへろへろだけど」

「もし迷惑じゃなければ……」ヘイヴィスはトートバッグに手を入れた。「席札をつくって持ってきたんです。それでね……わたしのほうで置かせてもらっていいかしら？」

「好きにしてもらってかまわないわ」スザンヌは言った。席札を置くのはいいアイデアだと思う。ヘイヴィスは友だち同士ですわれるように、また内気でおとなしい新人さんはおしゃべり好きで愛想のいいボランティアの隣にすわってもらって、協会のことやきょうのお茶会についていろいろ話してもらえるようにと工夫をこらしているようだ。

ヘイヴィスは席次表と照らし合わせながら、テーブルのまわりをゆっくり歩き、席札を正確に置いていった。それが終わると、店内を見わたし、満足したようにうなずいた。きょうのお茶会は百五十周年祭と並んで、彼女が協会のあらたなトップとして采配する最初の大イベントであり、スザンヌをはじめとするカックルベリー・クラブの面々が要望をしっかり形にしてくれたことに喜んでいた。

時計が十二時ちょうどを知らせ、それが合図だったのか、正面のドアが大きくあいて、五、六人の女性がカフェになだれこんできた。それからはひっきりなしに歴史協会のボランティアやゲストが到着し、にこやかにあいさつし合い、美しく飾られたテーブルに感激し、なんだかんだでようやく席につく、の繰り返しだった。席に落ち着く際には、バッグとコートを置く音がした。

「お茶を注ぎはじめたほうがいいかな？」トニがスザンヌに訊いた。ふたりは厨房の近くで肩を寄せ合うようにして様子を見ていた。

「そうね、始めましょう」まだ四つの席が埋まっていないが、その人たちもおいおい現われるだろう。そうであってほしい。

トニが片側のテーブルからお茶を出しはじめ、スザンヌは反対側から取りかかった。ロリー・ヘロンにお茶を注いでいると、入り口のドアが大きくあいて、あらたにふたりのお客がすたすたと入ってきた。

スザンヌは顔に笑みを浮かべ、あらたなお客に声をかけようと振り返った。

「いらっしゃいませ。ちょうどいま……」

急に言葉を切ったのは、カーメン・コープランドのやけに取り澄ました顔が目に入ったからだった。すらりと背が高く、黒い髪をねじって頭のてっぺんでまとめたカーメンは、いかにもファッションリーダーらしく、バターのようにやわらかいスエードのチュニック、黒いスリムパンツ、そしてとてつもなくかかとが高いハイヒールで決め、ピクニック用のクーラーボックスほどの大きさをした真っ赤なブランドもののバッグを持っていた。

スザンヌが二の句が継げずにいると、カーメンはいつもの落ち着き払ったぶっきらぼうな口調で、高らかに告げた。

「スザンヌ、ディアナ・ドラモンドさんを紹介するわね」

店内はピンが落ちる音さえ聞こえそうだった。全女性の顔が一斉に新来の客に向けられた。それらの顔にあらゆる感情が浮かんでいた——好奇心、懸念、当惑、ショック。しかし、その瞬間はたちまち消え去った。お客はカーメンとディアナをじろじろ見るのに飽き、にぎやかな会話にそそくさと戻った。

しかし、スザンヌだけはまだ呆然としていた。

「おふたりが知り合いとは知らなかったわ」そう口走ってから、すぐに後悔した。なんてばかなことを言ったのかしら。なんでそんなことが言えるの？　なぜ、なによりも先にディアナ・ドラモンドに心からのお悔やみを言わなかったの？

「ディアナはうちのお店のお得意さんなの」カーメンは言った。「会ったのは数週間前だけど、もうすっかり大親友よ。あなたが言うところの唯一無二の親友《BFF》ね」

スザンヌはカーメンの言葉にうなずいたが、すぐに目をディアナに向けた。ひとまわり小さいカーメンと言ってよかった。黒い髪、きらきら光る瞳、品のいい黒いシースドレス、光沢のあるエナメルのハイヒール、それに服にぴったりのきらびやかなアクセサリー。

「心からお悔やみを言わせてください」スザンヌはディアナに言った。「それから、あの……さっき言ったことはごめんなさい。あなたがつらい思いをしたばかりなのを、いの一番に考えるべきだったのに」

ディアナは尋常とは思えないほどえんえんとスザンヌを見つめ、上から下までながめわたした。それから口をひらいた。「あなたがスザンヌさんなの？」

「ええ。スザンンヌ・デイツです」スザンヌはありったけの思いやりをこめて言った。「ようやくお会いできました」

「レスターを見つけた方ね」ディアナは突然、おかしなほどかしこまって言った。彼女の目は一種の内なる光でめらめらと燃え、身振りや表情が一瞬にしてぎくしゃくとした堅苦しいものに変わった。

「ええ、そうです」スザンヌは言った。「あのとき、トニとわたしは……」

ディアナは爪にマニキュアを塗った手をあげた。

「けっこうです。いきさつはよく聞いていますから」彼女ははっきりとした、有無を言わさぬ口調で言った。「あらためてくわしい話をしていただくにはおよびません」

「いやなことを思い出させるつもりは……」スザンヌはそこで言葉を切り、相手を見つめた。ディアナは店内をきょろきょろ見まわしていて、スザンヌのことなど見ていなかった。大事なことで頭がいっぱいだから、もう話は終わりだといわんばかりだ。

ディアナはじれったそうに人差し指を振りかざした。「あそこがわたしたちの席？」

「そうよ」カーメンはディアナの興味の対象が変わったのを察知し、うなずいた。「スザンヌ、よければ席につきたいんだけど」

「ええ、どうぞ」スザンヌは身長が六インチに縮んでやけになったように言った。「こちらです」軽く食いしばった歯のあいだから、どうにか言葉を絞り出した。

カーメンとディアナが席につくと、スザンヌはカウンターに急ぎ、お茶の入ったポットを手にした。

「ねえ」トニが声をかけた。「いったいあっちでなにがあったのさ?」

「どういうこと?」スザンヌはさっきのやりとりを必死に振り払い、いつもの冷静沈着な自分を取り戻そうとしながら言った。

「あんたとディアナ・ドラモンドってば、威嚇《いかく》し合うウォンバットみたく、いまにもけんかをおっぱじめそうに見えたよ」

「そんなにはっきりわかった? 彼女がわたしを嫌っていることが?」

トニは口をゆがめてにやりとして。「うん……まあね」

全員がそれぞれの席につくと、ヘイヴィスがすかさず立ちあがってほほえみ、その場にいる全員の注意を集めようと両腕を大きく広げた。しだいにおしゃべりがやみ、ヘイヴィスは短いあいさつを始めた。歴史協会の理事長の任をつとめることをうれしく思い、百五十周年祭で疲れをものともせずに働いてくれたボランティアをねぎらい、お茶会への歓迎の言葉を述べた。スピーチがおこなわれるあいだ、スザンヌはテーブルからテーブルへと動きまわり、ティーカップにおかわりを注いだ。

「さて、ここで」ヘイヴィスは締めくくりにかかった。「本日の会を取り仕切ってくれたスザンヌ・デイツさんから、ひとこといただきます」

スザンヌは目をぱちくりさせ、いきおいよく背筋をのばした。「わたし？」と口の動きでヘイヴィスに問いかけると、相手は力強く首を縦に振った。まさかスピーチを頼まれるとは思ってもいなかった。それも、こんな急に。

「がんばりなよ」トニが小さくつぶやき、スザンヌからティーポットを受け取った。

スザンヌは急ぎ足でカフェの入り口近くまで行き、ちょっと間を置いて息をととのえ、気持ちを落ち着けた。それから、期待の目を向けている全女性に向かってほほえんだ。

「カックルベリー・クラブへようこそ。ローガン郡歴史協会後援によるお茶と昼食の会を開催できますこと、たいへんうれしく思います。みなさま、本日のおいしいお料理を楽しみにしてくださっていることと思いますので、簡単にメニューをご紹介しますね。トニとわたしとでさきほどお注ぎしたお茶は、インド南部でつくられている紅茶のブルーマウンテンとも呼ばれるニルギリです。口あたりがよくまろやかで、くせがなく、おいしく飲んでいただけるお茶となっています。お好みで牛乳を少しくわえたり、レモンを浮かべるのもいいでしょう。このあとお食事に合わせて、茉莉花茶《ジャスミン》とオレンジブロッサム・ティーもお出しします」

そこで少し間を置き、じっと見つめている聴衆にあらためてほほえんだ。

「当店でお茶を召しあがったことがある方は、最初にスコーンが出るのをご存じでしょう。さて、本日はクリーム・スコーンとブルーベリー・スコーンからお選びいただけます。いずれにもペトラが手作りしたクロテッド・クリームをおつけします」

そこまで言うと、またひと息ついた。

「二品めは、甘くないもの各種を三段のトレイにきれいに盛りつけてお出しします。ティーサンドイッチはキュウリとクリームチーズ、チキンサラダ、ピメント入りのゴートチーズの三種類。ミニサイズのチーズキッシュもご用意しています。締めくくりのデザートは、クリームチーズのアイシングをかけた絶品ニンジンケーキとなっています」するとあちこちで感嘆の声があがった。スザンヌが厨房のドアのほうに目をやると——タイミングよく——スコーンをうずたかく積みあげた大きなシルバーのトレイを手に、トニとキットが現われた。

「どうぞお召しあがりください！」

控えめな拍手を聞きながら、スザンヌは急ぎ足で厨房に引っこんだ。

「よかったわよ！」ペトラが声をかけた。「いまのところどんな感じ？　華々しくスタートを切れた？」

「まあね」スザンヌは大きくため息をついた。「悪くなかったわ」

ペトラはスザンヌを振り返った。「悪くなかった、だけ？　まだほかにも……」

「ディアナ・ドラモンドがカーメンと現われたの。こんな形で出会うとは意外だったわ」

「でも、時間の問題だったんじゃないかしら」ペトラはスライスしたシナモンブレッドにチキンサラダを塗り広げながら言った。

「どういう意味？　いずれ出会うはずだったと言いたいの？」

「素直に認めなさいな。こんな小さな町なのよ。しかもあなたは目立つ存在だし」

「そんなことないわよ」スザンヌは言い返した。本当にそう?

ペトラは顔をあげ、片方の眉を吊りあげた。

「わかった、わかった」スザンヌはペトラの言いたいことを察し、少しだけ折れた。「たしかに今度の捜査にちょっとだけ首を突っこんでいる。でも、それはわたしがドラモンドさんの死体を見つけたからにすぎないわ」

「だったら、別れた奥さんがあなたに苦手意識を持ってもしかたないでしょうね」

「苦手意識を持っているようにはぜんぜん見えなかったけど」スザンヌは言った。「それどころか、お高くとまっていて、自分のほうが上って感じだった」

「なるほど、だから機嫌をそこねてるのね」ペトラは手際よくサンドイッチを四等分し、トレイにのせた。「でもよく考えてみて、スザンヌ。彼女のほうが本当に上なの?」

「そんなことはないと思うけど、そう感じたの」

「これで、ドゥーギー保安官が彼女の態度を少しおかしいと思った理由がわかったわ。彼女自身がおかしいからよ」

「鋭いわね」

「となれば」とペトラはさらに言った。「ディアナ・ドラモンドは保安官の容疑者リストに入っているはず」

「それはつまり……?」スザンヌは口ごもった。「殺人事件の容疑者ということ?」

ペトラはうなずいた。「警察はまずいちばんに配偶者を疑うものでしょ。それが捜査の基本中の基本なんじゃない？」

「今回は元配偶者だけどね」

「とにかく」ペトラはエプロンについたパン屑《くず》を払い落とした。「彼女には近づかないことね」

「そうする」

しかし、近づかないという選択肢は論外だった——殺人事件を解決しようとするならば。

14

ペトラのアドバイスが正午を知らせるチャイムのように耳に鳴り響いていたが、スザンヌは食事の進捗状況を確認しようと、混雑したカフェに舞い戻った。するとたちまち、やさしい言葉とたくさんの賛辞に迎えられた。

みずからも超一流のパン職人であるディーディー・マイヤーはクリーム・スコーンがおいしいと繰り返し褒めちぎった。おまけに、一ダース買って帰りたいとまで言ってくれた。《ビューグル》紙の編集長ローラ・ベンチリーはペトラお手製のクロテッド・クリームがいたくお気に召し、できるだけはやく新聞にのせたいからレシピを教えてと何度も頭をさげた。

スザンヌがテーブルのあいだを縫うように進み、そこかしこで足をとめてあいさつをしていると、ポーラ・パターソンが手をのばしてきた。

「ちょうどあなたと話をしたいと思っていたの」ポーラはラジオでおなじみのハスキーな声で言った。無造作なブロンドのロングヘアに大きな目、声も外見も個性的だ。

「今度の火曜の朝、わたしの番組、『友人と隣人』にゲスト出演してもらえないかと思って」

「そ……それはちょっと」スザンヌはしどろもどろになった。

ポーラはにやにやした。「まさか、もうラジオでしゃべるのはこりごりだなんて言わないわよね？」

「そういうわけじゃないけど」ううん、もうこりごり。こりごりに決まっているでしょ。自分の声が毎日のように電波に乗って、何百という家に送られる生活をしているわけじゃないもの。

「というのもね」ポーラはさらりと話をつづけた。「何カ月か前にピンチヒッターでやってもらったのがとてもよかったからなの」

「とんでもない」スザンヌは言った。「お粗末すぎて恥ずかしいわ。押さなきゃいけないボタンはいっぱいあるし、ヘッドセットは着けなきゃいけないしで」しかも、放送中はしゃべらなくちゃいけないし。もともとおしゃべりなたちじゃないのに。口にモーターでもついてるみたいに、ぺらぺらしゃべれるＤＪとはちがうのよ。

「でも、今度のはそんなに面倒じゃないから」ポーラは言った。「あなたはゲストとして出るだけ。なんの制約もないし、ボタンも押さなくていい」

「それで、わたしとあなたとで……どんな話をするわけ？」

「おたくのハート＆クラフト展への関心を高めるというのはどうかしら。とてもりっぱな活動だから、もっと宣伝してもいいと思うの。いかが？」

「願ってもないわ」

スザンヌもＰＲとマーケティングが大事なのは充分すぎるほどわかっている。カックルべリー・クラブのような小さな事業やハート&クラフト展のようなイベントにとってはとくにそうだ。

「売りに出される美術品をいくつか紹介したり、オークションのしくみを説明してくれればいいの」ポーラが言った。「さて……これで決まりっと。火曜日の午前九時にBスタジオよ。待ってるわ」

「う、うん」


トニとふたりでティーサンドイッチとミニサイズのキッシュを盛り合わせた三段のトレイを運んだときにはじめて、スザンヌはカーラ・ライカーもお茶会に来ていることを知った。

「こんにちは！」カーラのつんつんに立った黒髪は、スザンヌに声をかけようと椅子にすわったまま向きを変えてもそよとも動かなかった。「またお会いしたわね」

「カーラ！」スザンヌは声をあげた。「ここで会えるとは思ってなかったわ」

「クロストレーニング用シューズにライクラのスポーツウェアでないとわからないでしょ？」彼女はおかしそうに笑った。「実を言うと、ここにいる同じ職場の変わり者の講師たちに連れてこられたの」彼女はまわりでにこにこしている女性たちを手でしめした。

「来てくれてうれしいわ」スザンヌは言った。「みなさんも」

「月曜日、わたしのクラスに来る予定に変わりはない？」

「なんのクラス？」テーブルをまわりこんで、熱々の茉莉花茶を注ぎながらトニが言った。

「カーラは女性向けの護身術を教えているの」スザンヌは説明した。「ハード・ボディ・ジムで」

トニの目がピンボールマシンのようにきらきら輝いた。「本当？　うわあ、かっこいい！」

「ということは、あなたも興味があるのね？」カーラは満足そうに言った。

「蹴ったり、殴ったり、とにかくあたしの内なる攻撃性を解放してくれるものなら、なんだって興味あるよ」とトニ。

「禅の教えをきわめると言っていたのはどうなったのかしらね？」スザンヌはからかうように訊いた。

「護身術のほうがあたしらしい気がするな」とトニ。

「よかった！」ライカーは言った。「じゃあ、おふたりとも待ってるわ！」

カーメンとディアナ・ドラモンドが現われたときのちょっとした騒動をべつにすれば、お茶会は大成功と言ってよかった。ヘイヴィスはうれしそうにテーブルからテーブルへと飛びまわり、満腹のゲストやボランティアと楽しそうに談笑していた。トニとキットがてきぱきと手際よく皿を片づけ、新しいカップとソーサーを運んでいる。スザンヌは仲裁に入らなくてはならない事態を想定していたものの、けっきょくその必要はなさそうだった。

ニンジンのケーキをようやく配り終え、全員が椅子にゆったりともたれてオレンジブロッサム・ティーを味わうのを確認してから、スザンヌは〈ブック・ヌック〉に引っこんだ。というのも、何人かのお客がふらりと入ってきて、本を一、二冊買わないともかぎらないからだ。場合によっては三冊か四冊かもしれないし。

　カウンターの上を片づけると、カーメンのロマンス小説を五冊ほど、背の文字がはっきり見えるように積みあげた。これを見たらカーメンも悪い気はしないだろうし、お客のなかには本にサインしてほしいと思う人もいるだろう。スザンヌはまた、お茶に関する本数冊と料理の本も一緒に並べた。

　ひと仕事終え、ペトラの様子を見ようと厨房に戻ろうとしたところへ、カーメンがのんびりと入ってきた。

「あら、スザンヌ。わたしの本をよく見えるところに置いてくれたのね」彼女は機嫌よく言った。

「お客様のなかにはサイン本を買いたい方もいらっしゃると思ったの。よかったら、何冊かサインしてもらえる？」

「よかったら、ですって？　なにを言ってるのよ、わたしの生きがいなんだから。在庫全部にサインしたっていいくらい」

「さすがね」スザンヌは言うと、棚からカーメンの本をすべて引き抜き、カウンターに置いた。そのあいだにもカーメンは黒いモンブランの万年筆のキャップをはずし、仰々しい飾り文字でせっせとサインをしていった。

「すてきな字を書くのね」スザンヌはカーメンの肩ごしにのぞきこんで言った。「作家の多くはサインを書きはじめたはいいものの、すぐに飽きて、正常でない心電図みたいに平坦な字を書くようになるらしいけど」

「わたしはそうじゃない」カーメンは言った。「とてもじゃないけど、自分の名前を書き殴る気にはなれないわ」彼女はあいた戸口からスザンヌのオフィスをのぞきこんだ。「ところで、スザンヌ、あそこに絵が二枚置いてあるわよね。ひょっとしてジェイク・ガンツの作品じゃない？」

「ええ、そうよ」スザンヌは答えた。「きのう、本人が持ちこんだの。彼の絵にくわしいみたいね」

「あたりまえじゃない」とカーメン。「オフィスにジェイクの絵を二枚飾ってるんだから。先月の《ミッドウェスト・アート・シーン》誌に彼についての小さな囲み記事がのったのは知ってる？　それによれば、彼は新進気鋭のアウトサイダー・アーティストで、注目株なんですってよ」

「あなたはそういう絵をコレクションしているの？　アウトサイダー・アートを？」スザンヌは訊いた。

カーメンは動かしたかどうかわからない程度に肩をすくめた。「数ある絵画や写真のなかでもとくにね」

「たしかに、ジェイクの作品は万人受けはしないでしょうね」スザンヌは言った。「でも、自由奔放な作風はとてもすばらしいと思う。派手な色と大胆な筆づかいからは激しい感情が伝わってくるわ」

「そうなのよ」カーメンは突然、こびへつらうような、やたらと愛想のいい声に変わった。

「それでね」と急いで先をつづける。「いまこの場で小切手を切ってあの二枚を買い取れば、あなたの時間と手間が少しは省けるんじゃないかと思うの」

「いいわ、と言いたいところだけど」スザンヌは慎重に言った。「あの絵はすでにオークションにエントリーしてしまったの。つまり、誰もが値をつけられるよう、うちの店の壁に飾らなくてはならないのよ」

カーメンの目が細くなった。「つまり、出直して値をつけろと言いたいの？」

「ええ、そういうこと。オークションは数日後に始まるわ」

「でも、わたしは明日から一週間の予定でニューヨークに出かけなきゃいけないのよ」カーメンは不満げに鼻を鳴らした。「ねえ、なんとか前向きに取引できない？　いまここに小切手帳を持ってきてるの。ほんの数分で片づくわ」

「こうしましょう。あなたがいくらまで出せるか教えてくれれば、わたしがかわりに入札しておく」

「それじゃ、ぼったくりじゃないの」カーメンは抗議した。

「いいこと、カーメン。わたしたちはフードバンクのためにいくばくかのお金を集めようとしているだけ。あなたならわかってくれるでしょ」

「わたしには不公平としか思えないわ」カーメンはまだあきらめるつもりはないらしい。

「不公平というのは」この話を持ち出すつもりはなかったが、いましかないと思った。「あなたがミッシーをくびにしたことをいうのよ」

「それはうちの店の問題でしょ。ここで議論するようなことじゃないわ。首を突っこむのはやめてもらいたいものね」

「ミッシーはわたしの友だちなのよ」スザンヌはひるむことなくつづけた。「その彼女がひどい扱いを受けたとなれば許せないわ」

「ちょっと、勘弁してよ！　殺人の容疑をかけられてる人にわたしのブティックをまかせるわけにはいかないじゃないの。とんでもない話だわ。お得意さんは来なくなっちゃうし、わたしの信用にもかかわるのよ！」

それを聞いて、スザンヌは八割方切れかけた。「そんなこと言って、ここにはディアナ・ドラモンドを連れてきたくせに！」

「彼女は殺人事件の容疑者じゃないわよ！」カーメンは大声で言い返した。

「それはどうかしら」とスザンヌ。

カーメンはその場に突っ立ったまま、怒りに身を震わせた。「あなたって人はどうしていつもわたしに突っかかるの、スザンヌ？　話をするたび、最後は口論になるのはどうしてよ？」

そう言われて、スザンヌはその場に凍りついた。カーメンの言うとおりだ。ふたりはなにかといえばすぐ言い合いになる。スザンヌもそれがいいこととは思っていない。本来、自分はわめきちらしたり、説教をしたりするタイプではない――必ずしも。なのにカーメンがそばにいるときだけは、歯止めがきかなくなる。カーメンのせいで……スイッチが入ってしまうらしい。

「停戦しましょう」スザンヌは言った。「おたがい、肩の力を抜いて、ね？」

カーメンはまだ怖い顔でにらんでいた。「絵については同意する。でも、ミッシーの件は断固として譲らない」

まだ自分の意見を通したい気持ちはあったものの、スザンヌは怒りの矛先をゆるめ、愛想のいい、なだめるような口調で話そうとつとめた。「あなただってわかってるでしょ、カーメン、ミッシーが人殺しなんかじゃないって。心のやさしいちゃんとした人なのに、無関係なトラブルにたまたま巻きこまれただけなのよ」カーメンに対しては、恐ろしい犬を相手にするときと同じ態度で接するべきなのかもしれない。怖がっているところを見せず、けっしてあとずさりせず、冷静さを失わないのがいちばんだ。

カーメンはむっとして言った。「そんなこと、知るもんですか」

「いいえ、わかってるはずよ」スザンヌはカーメンを説得しにかかった。「心の奥底をのぞきこめば、ミッシーがとても善良な人だと気づくはず。彼女はあなたとあなたのブティックのために、さんざんつくしてきたのよ。あなたのために、一生懸命働いてきたのよ。そう考えたら、自分のしたことが性急すぎたとわかるはず。きっと、ものすごく不安だったのよね――その気持ちはよくわかる。でも、カーメン、あなたのしたことはまちがっている。ミッシーは店をくびになるようなことはしてないんだもの」

カーメンはむっとするかわりに、スザンヌにぞっとするような笑みを向けた。

「さすがスザンヌね」とほとんど吐き捨てるように言った。「あいもかわらず、負け犬の肩なんか持っちゃって」

「ひとりくらいそういう人がいたっていいでしょ！」スザンヌは語気鋭く言い返した。


カーメンがぷりぷりして〈ブック・ヌック〉を出ていくのと入れ替わりに、数人の女性が飛びこんできた。

「ねえねえ」カーラ・ライカーが店内をきょろきょろ見まわしながら、声をかけてきた。「大丈夫？　なにがあったか知らないけど、例の作家先生と派手にやり合ってたみたいじゃない」

スザンヌはなんでもないというように手を振った。「あの人のことでいちいちいらいらしちゃだめよね」

カーラはにやりとした。「ほら、やっぱり護身術のクラスを受けるべきよ」

「カーメンはただ……」スザンヌは震えながら息を吸いこんだ。「非常識が服を着て歩いているようなものだから」

「わかる」カーラはあいづちを打った。「カーメン女王がうちのジムに来るときは、彼女が使うマシンのハンドルやらシートやらをあらかじめ拭いておかなきゃいけないの。あの人、他人の汗が死ぬほどきらいみたい」

「それはみんな同じだと思うけど」スザンヌが言うと、ふたりはどちらからともなく忍び笑いを洩らした。

「ところで」とカーラ。「レスター・ドラモンドの話を聞いてまわってるんだって？」

スザンヌは相手を見つめた。「ブーツ・ワグナーから聞いたの？」

「くわしいことは教えてくれなかったけど。でも、地元のゴシップ好きから、あなたがあの事件をくわしく調べてると聞いたわよ」

「友人の容疑を晴らしたいの」

「悪いことじゃないわ」とカーラ。「わたしもミッシーとは知り合いだけど、すばらしい女性だと思うな」

「あなたはジムにいる時間が長いわよね。ドラモンドさんと激しく口論したことはある？いちおう聞いておきたくて」

「わたし自身は経験ないな」とカーラ。「でも、うちのスタッフのほとんどはやり合ってるはず。ぶっちゃけた話、ブーツがドラモンドさんを亡き者にしたいと思ってもおかしくないし。あの男、しょっちゅう面倒を起こしてたからね」

「わたしが話を聞いたとき、ワグナーさんはドラモンドさんについてこれといったことは言ってなかったけど」

「だってブーツはいい人だもの。海兵隊並みの倫理観の持ち主でね。〝常に忠誠心を《センパーファイ》〟とかってやつ。でも、心のなかでは、ドラモンドをすごく軽蔑してた」彼女は振り向くと、トニが白いベーカリーバッグをぶらぶらさせて入ってくるのを見て頬をゆるめた。「わたしのおみやげ？」

「残ったブルーベリー・スコーン四個をキープしておいてあげたよ」トニが言った。「でも、誰にも言っちゃだめだからね！」

「うれしい。炭水化物はめったに食べないけど、このすてきなお菓子だけは絶対に例外にする。それを消費するために腹筋運動を何億兆回もするはめになったっていい」

トニがスザンヌの腕を突いた。「彼女にレスター・ドラモンドのことを訊いてみた？」

カーラがかわりに答えた。「ええ、訊かれた。あいつにはジムの関係者全員がうんざりしていたというのが、わたしの個人的な見解ね」

「町じゅうの人が同じ気持ちだったと思うよ」トニは言った。「みんなの人気者ってわけじゃなかったからね」彼女はそこでスザンヌに目を向けた。「検死結果についてはなにか聞いてる？」

「ううん、とくには」スザンヌは答え、藪から棒にそんな話を持ち出さないでよ、と心のなかでつぶやいた。

「あたしたち、ツイてるよね」トニはゆっくりとウィンクした。「スザンヌに最新情報をゲットできる直通ルートがあって」

スザンヌの胃が小さく宙返りをすると同時にカーラが言った。「ああ、ヘイズレット先生のことでしょ？　あの方も事件に関わってるのね」

「検死でね」トニは、〝検死〟という言葉が不気味でおぞましい響きを帯びるよう、押し殺した声を出した。「むずかしい分析をいろいろとやって、誰がドラモンドを殺したか突きとめるんだよ」

「まあ……そう」カーラはトニの芝居じみたおおげさな言い方に啞然としていた。

しかしスザンヌは、サムはもう客員の監察医に引き継いだと訂正するつもりはなかった。とても楽しいはずのお茶会の場で、ドラモンドの解剖の話が出ただけでも充分いまわしいのだから。

トニの話はまだ終わらなかった。「ああいう人たちってさ、人の肝臓とか腎臓とか脳をものすごく薄く切って、顕微鏡で調べるんだって。知ってた？」

「あなた、ドラマの『ＣＳＩ：科学捜査班』の大ファンでしょ」カーラは少しあきれたように言った。

「ちがうんだな、それが」とトニ。「昔の『ドクター刑事クインシー』で見たんだと思うよ」

「そっちはどんな惨状なの？」ペトラが訊いた。お茶会はつつがなく終了し、ゲストは全員、砂糖と炭水化物の相乗効果によるふわふわした気分で帰っていった。スザンヌ、トニ、キットは厨房に集まり、残り物のサンドイッチとケーキをつまんでいた。

「カフェは散らかり放題？」ペトラはもう一度訊いた。彼女は神経質と言えるほどの片づけ魔だ。きれいで、きちんと整理してあって、手入れが行き届いている状態を好む。

ペトラの不安な気持ちに同調するように、トニは思いきり顔をしかめた。

「昔のウッドストックのコンサートの映画を覚えてる？　コンサートが終わって観客がいなくなったあとの会場は、ごみやがらくたが散乱して、まるで竜巻に襲われでもしたみたいなありさまだったじゃん？」

「まあ、いやだ」ペトラは言った。「いくらなんでもそんなにひどくはないでしょうに」

「あたしはもっとひどいと思うな」とトニ。

「そんなにひどくないですよ」とキット。

「だったらさ」とトニは言った。「あたしが片づけるから、あんた手伝って」

「具合が悪くなければよ」ペトラが言った。「キット、具合はどう？　よくなった？」

「大丈夫」キットは答えた。「いただいたキッシュを食べたら、ずいぶん落ち着いたみたい」

「卵にはそういう効果があるの」ペトラはうなずいた。「いわば万能薬ね」

「それで、どんな攻撃計画でいく？」トニが訊いた。

「ペトラはこのまま厨房で自分の領地を片づける」スザンヌは言った。「わたしたら三人はカフェに取りかかりましょう。汚れたお皿をさげ、テーブルクロスを集め、キャンドルだのなんだのを片づけ、その他必要なことをすべてやるの」

「了解」トニはドアを押しあけた。「さあ、やるよ、キット・カット」

「あの子のことはどうするつもり？」厨房にスザンヌとふたりきりになるのを待ってペトラ

が訊いた。

「キットのこと？」

「そうよ、ほかに誰がいるの？」

「さあ」スザンヌが立ちあがると、壁の電話が鳴りはじめた。「そうねえ……ベイビーシャワーでもひらく？」そう言いながら受話器を取った。「もしもし」

「スザンヌ」

「サム！」彼の声だとわかったとたん、いまのいままで、彼を思い出しもしなかったことを申し訳なく思った。まあ、実際にはけさ、行ってきますのキスをして以来だけど。

「やあ」彼は言った。「まだしばらく病院を出られないんだ」

「わかった」スザンヌは言った。今夜は一緒にハンバーガーを食べにいく予定だが、しかたない。まったく医師の生活は――奥深い。

「九時頃まではいなくちゃならないみたいでね。またあとで電話する。それでいいかな？」

「もちろんよ。かまわないわ」スザンヌは少し言いよどんだ。「すべて問題ないのよね？」

「うん」とサム。「あとで必ず電話するよ」

「ねえ、スザンヌ」

トニはカフェのテーブルの下にほうきを差し入れ、落ちたパン屑を掃き寄せようとしながら言った。

「ひとつ頼みがあるんだ」

「どんなこと？」スザンヌはカウンターのなかで、灰色のプラスチックの洗い桶にティーポットを回収しているところだった。

「今夜、一緒にレースに行ってくれないかな」

スザンヌはぽかんとした顔で振り返った。「なんのレース？」ひょっとしてなにか忘れていただろうか？　百五十周年祭を記念した十キロマラソンでもあったかしら？

トニは鼻にしわを寄せた。「だからさ……ジュニアが出るレース。ゴールデン・スプリングズ・スピードウェイでデモリション・ダービーがあるんだ」

「ジュニアったら、本当に今夜のレースに出るの？　驚いた」

「まったくだよ」トニは小さな声で言った。

「どうしてわたしにも行ってほしいの？」おそらく、一緒にジュニアの安全を祈るためか――さもなくば、レースをやめるよう説得するためかのどちらかだろう。

トニは肩をすくめた。「精神的な支え、といったところかな」

「わたしがついていったら、ジュニアはいやがらない？」そしてふたりでお祈りの言葉をつぶやくわけ？　あるいはレースをやめるよう説得する？

「まさか、きっと喜ぶよ。あんたにはトラッカーキャップをかぶせて、ピットクルーのひとりだってことにする」

「ジュニアにピットクルーなんているの？」

「あんたの目の前にいるのがそうだよ」

ふたりのやりとりを聞いていたキットが口をはさんだ。「行ったほうがいいわ、スザンヌ。ああいうレースはすごく楽しいから」

「そうなの？」スザンヌは言ったが、心の奥底では、きっとさんざんな目に遭うんじゃないかと思っていた。怒った蜂のようにぶんぶんとコースをまわる車、転倒、衝突、サイレン、赤信号……負傷。

「行こうよ、スザンヌ」トニが言った。「ほかになにかやることでもあるの？」

どうしても誰かと行きたがっているトニの気持ちを察し、スザンヌはけっきょく折れた。

「わかった、そこまで言うならしょうがないわ」

けれども内心ではこう考えていた。ええ、わたしだってほかにやることくらいあるのよ。それもたくさん。読書、テレビ、それにキッチンの床磨き！

四十分後、カフェがいつものお客を迎える状態にまで戻ると、キットを家に帰した。ペトラとトニが〈ニッティング・ネスト〉を歩きまわっては、入荷したばかりのアルパカ毛糸を褒めちぎり、スザンヌは厨房で残り物のティーサンドイッチとニンジンのケーキを持ち帰り用に包んでいた。

この一部を今夜のデモリション・ダービーに持っていこう。しかし、ピット——この言い方で合ってる？——がピクニック向きののんびりした場所かどうかはわからない。

裏口を三回ノックする音がして、スザンヌは物思いから覚めた。

誰だろう？　スザンヌは裏口に急ぎ、網戸ごしに見えるぼんやりとした人影に目をこらした。

ドゥーギー保安官だった。

「どうかした？」スザンヌは訊きながらドアをあけ、彼をなかに入れた。なにかあったのだろうか？　検死に立ち会って、あらたに重要なことがわかったとか？

「あんたに知らせておこうと思ってな」保安官はぶっきらぼうに言った。灰色の目はスザンヌの目を避けるように厨房をめまぐるしく動き、唇を真一文字に引き結んでいる。

「なんなの、いったい？」

ビッグニュースでもあるの？　カックルベリー・クラブでやかんがしゅんしゅんいっているあいだに、保安官はようやく犯人を捕まえたのかしら？　やっと悪夢が終わったの？　でも、ちがう。そういうことなら、彼の顔に大きな安堵の表情が浮かんでいてもいいはず。もっと鼻高々でもおかしくない。

「わざわざ言いに来たのは、おれたちが友だちだからだ」保安官は言った。「そして、あんたらふたりが友だちだからだ」

スザンヌの頭のなかで警報ベルが高らかに鳴り響いた。「いったいなんの話？」

保安官は肉づきのいい手で口もとをぬぐい、せつなそうな目をスザンヌに据えた。

「ミッシーのアパートメントにテーザー銃が隠してあるのが見つかった」

その言葉は、よく比喩で使われるように、大量の煉瓦をぶつけられたようにスザンヌを打ちのめした。世界の軸が大きく傾いたかのように、頭がくらりとなった。それから砂利が詰まったような声で、どうにか言葉を吐き出した。

「なんですって？」

15

「同じことを二度も言わせるな、スザンヌ。さっき言うだけでもつらかったんだ」

「保安官、嘘でしょ！　絶対に信じないから！」スザンヌは保安官の染みだらけの顔を見つめ、そのときはじめて、彼も最悪な気分でいることが表情からわかった。

「嘘じゃない」彼は言った。「本当にあったんだよ。簞笥《たんす》のいちばん上の抽斗《ひきだし》に。この目ではっきりと見た」

「ミッシーのアパートメントを嗅ぎまわるなんてどういうつもり？　しかも簞笥だなんて。それってちょっと――なんて言うか――手順を逸脱しているんじゃない？　プライバシーの侵害でしょ」

「嗅ぎまわったんじゃない、捜索したんだ」保安官は指摘した。「しかもすべて手順どおりにな。カールソン判事が署名した捜索令状も用意した。決められたとおり、なにひとつ洩れのないよう執行されている」

「そもそも、なぜ判事のところまで行って捜索令状を取ったの？」

「相当な理由があったからだ」保安官は、当然とばかりに答えた。

スザンヌは納得できなかった。「相当な理由なんかひとつもないくせに！」

「いいや、あるとも」保安官は声を荒らげまいとしながら言った。「あんたとトニ以外にも目撃者がふたりいてな、木曜の朝、あの墓地からミッシーが車で出ていくところを見たと、聖書の山にかけて誓うと言うんだ。それらの証言によって、彼女があの場にいたことに疑問の余地はない。おれにも、ほかの連中にもそれで充分だったんだよ」

「ほかの目撃者って誰なの？」

保安官は足を踏み換えた。「おれの一存でくわしい話をするわけには……」

「いまさらなによ」スザンヌは言った。「そんなたわごとが通用すると思ってるの？　テーザー銃が見つかったことを告げにわざわざここまで来たのなら、目撃者が誰かくらい話したってかまわないでしょ」

「そうだな」保安官はのろのろと言った。会話の進み方をおもしろく思っていないのはあきらかだった。「ひとりはミセス・ハバール、もうひとりはアラン・シャープだ」

「ミセス・ハバールですって！」スザンヌは素っ頓狂な声を出した。「あの人は八十四歳で、コーラの瓶の底みたいな眼鏡をかけてるし、とても信頼できる目撃者とは言えないと思うけど」スザンヌは体の奥から怒りがふつふつとわきあがってくるのを感じた。怒りはいずれ破裂し、そこかしこから洩れ出てくるにちがいない。

「そうは言うが」と保安官。「ミセス・ハバールはトマト畑の手入れをしているときに、ミッシーの車に気がついたと言っている」

「申し訳ないけど、ミセス・ハバールはフォルクスワーゲンのビートルもロールス・ロイスのファントムも区別がつかないわよ」すでに頭から湯気が出はじめていた。「そもそも、なぜミセス・ハバールが目撃者になったわけ？　まずそれが知りたいわね」

「地道で賢明なる捜査が実を結んだだけだ」

「というと？」

保安官は自分のブーツをじっと見つめた。「部下を総動員してモナク・ロード沿いの住民から話を聞いたんだ」

「じゃあ、アラン・シャープの鋭い観察眼がレーダーに引っかかったのはどういういきさつだったの？」

「事件が起こったとき、現場近くにいたとわかったからさ」

「それはまたずいぶんと都合がいいこと」

保安官は両手をあげた。「べつに裏なんかないぞ。アラン・シャープとモブリー町長はサニーサイド・デイケア・センター近くの土地を視察中だったんだ。どうやらシャープはそのあたりの開発に乗り出すつもりらしい。安っぽいタウンハウスでも建設するんだろうよ、おそらくな」

「で、シャープさんはミッシーが車で走り去るのをたまたま見かけたわけね」

「そうだ。あの朝、ミッシーが車で走り去るのを見かけたとはっきり言っているし、モブリー町長もその証言を裏づけている」

「証言を裏づけているんじゃなく、ぐるになってるだけじゃない！」スザンヌは大声を出した。「モブリー町長があくどい人間なのはあなただってよく知ってるはずでしょ。シャープさんだって五十歩百歩だわ。あんな人たちの言葉を真に受けるなんて、あんまりだわ！　疑いもせずに頭から信じこむなんて！」

　保安官は、わずかしかない忍耐をかき集めようとしたが、刻一刻と自信を失っていくようだった。「アラン・シャープがそんなことで嘘をつく理由がわからんな」

「わかってるはずよ。シャープさんはドラモンドさんをこころよく思ってなかったもの。あの人はドラモンドさんをくびにするのに一票を投じたひとりだったのよ、忘れたの？」スザンヌは言葉を切り、ちりぢりになった考えをまとめようとした。「ねえ、わたしの言うことをよく聞いて。昨夜、トニとわたしは墓地の通路でシャープさんと出くわしたの。ドラモンドさんのことをべらべらとしゃべりまくっていたわ。彼がいかにひどい人物だったかとか。そんなことをえんえんと。ひょっとしたら、シャープさんこそ犯人かもよ」

「そんなことはないだろう」保安官は言ったが、すでに気持ちが揺らぎはじめているようだ。

「ばか言わないでよ、保安官。モブリー町長が再選された去年の十一月、町長がシャープさんとふたりで投票箱に不正をしたのは、あなただって知ってるでしょ。あんな恥知らずな戦術が平気でとれるんだもの、あなたに圧力をかけて令状を取らせるくらい平気に決まってるわ！」

　保安官の顔が唐辛子のように真っ赤になった。

絶対そうよ、とスザンヌは心のなかでつぶやいた。保安官の顔にはっきりそう書いてあるもの。

「もう、おれにはどうすることもできないんだ」保安官はあきらめたように言った。「おれたちは踏みこみ、捜索をし、テーザー銃を発見した」そう言うと、すっかりしょげた様子でくるりと背を向け、外に出た。

「それで、このあとはどうするの？」スザンヌは彼の背中に大声で尋ねた。「彼女を逮捕するの？」

「すでに逮捕はした」保安官は答えた。「明日の朝いちばんに罪状認否の手続きがおこなわれる」

「じゃあ、わたしが保釈金をおさめに行く」

「用心しろよ、スザンヌ」保安官は警告した。「この件については、どっちの側につくか、慎重にしたほうがいい」

しかしスザンヌはすでにつく側を決めていた。そして、彼の目の前でドアを乱暴に閉めた。

スザンヌがトニとペトラに経過を話しはじめて三分ほどたったころ、電話が鳴った。ペトラが出て、しばらくじっと耳を傾け、それから黙ってスザンヌに受話器を差し出した。

「スザンヌ！」ミッシーの押し殺したようなくぐもった声が耳に飛びこんだ。「わ……わたし……」

それだけ言うのがせいいっぱいだった。それ以上はすすり泣きにのみこまれた。

「わかった、わかったから」スザンヌは受話器に向かってあやすように語りかけた。本当は大声で叫びたいくらい頭にきていたが、ミッシーのためになんとかこらえた。「さっきドゥーギー保安官が立ち寄って、あなたに署まで同行願ったと言っていたわ」どうしても〝逮捕〟という言葉を口に出すことはできなかった。

「あなたの助けが必要なの！」ミッシーは泣きながら訴えた。うろたえ、思いつめているのが声から伝わってくる。「明日、保釈金を払わなきゃいけないの。どうしても払わないと。たいへんなことを頼んでいるのはわかってるけど、こうするしかないのよ、スザンヌ。頼まれて……もらえる？」

「あたりまえじゃないの」スザンヌはためらうことなく答えた。「わかってるくせに。だけど、ええと、具体的になにをすればいいの？　誰と話せばいいのかしら？」どのように手続きするか、さっぱりわからない。これまで、誰かの代理で保釈金を払ったことはない。そもそも、知り合いで逮捕された人などひとりもいない。まあ、ジュニアはべつだけど。

「あした、罪状認否の手続きがあるんですって」ミッシーはつっかえつっかえ言った。「保釈金を払うのはそのときよ」

「弁護士は？」スザンヌは訊いた。「もう誰かついているの？」

「ええ」ミッシーは答えた。「ジェサップのハリー・ジャンコヴィッチに連絡したわ。だから彼も来る。必要になるかもしれないから、あなたにハリーの電話番号を教えておくわね。

自宅に電話してもらってもかまわないって言ってたわ。彼に訊けばどうすればいいか、全部教えてくれるはずよ」彼女はそこで盛大に洟をすすった。

「そう、わかった。そのハリーって人に電話してみる。明日は必ずそっちに行くから」

「約束してくれる？」ミッシーの声はか細く、しゃがれていた。

「信じてもらって大丈夫よ」スザンヌは言った。

本当は、なぜテーザー銃など持っていたのかと問いつめたいところだった——まだ、その事実が信じられなかった。しかし、とりあえずそれはおいておこう。一度にひとつずつ、だ。

足を交互に前に出して、一歩ずつ進むしかない。

「さて、どうするの？」スザンヌが電話を切ると、ペトラが訊いた。ミッシーと話しているあいだ、ペトラとトニはスザンヌのそばを動かなかった。

「やれることはなにもないわ」スザンヌは言った。「明日の朝、法執行センターに行くまではね」

「ミッシーはきょうのお茶会に来なくてよかったかもしれないね」トニが言った。「ご婦人方が大勢いるところへ、ドゥーギー保安官が『スター・ウォーズ』のストーム・トルーパーみたく飛びこんでくるところを想像してごらんよ」

「そんなこと考えなくていいの」スザンヌは言った。「わたしたちはとにかく前向きでいなくちゃ」

「そして祈りましょう」とペトラ。「主に助けを求めるために」

「神様にあたしたちの声が聞こえると思う？」トニが訊いた。

ペトラは表情をやわらげた。

「ハニー、主はいつだってわたしたちの祈りを聞き届けてくださるわ。この世のなかでそれだけは不安に思う必要はないの」

腕と脚は鉛のように重く、頭は一日経過したオートミールのようにぐしゃぐしゃな状態で、スザンヌは自分の車に向かってのそのそ歩いていった。車に乗りこむと、隣のシートにバッグを投げ、ハンドルを強く握って歯を食いしばり、もやもやした状態を吹き飛ばして、脳をフル回転させようとした。ミッシーがテーザー銃を持っていたのにはしかるべき理由があるはずだ。なければおかしい！　普通の女性なら、そんな物騒なものを下着と同じ抽斗に隠したりはしない。

たとえ、護身のために買ったのだとしても、ドラモンドさんが死んだら、すぐに捨てるものじゃないの？　こんなことになった場合に困るから。スザンヌならそうする。もちろん、この仮説はあくまでミッシーは無実であるという前提にもとづいている。

そうでなかった場合は？　彼女の犯行だとしたら？

そんな可能性は考えたくなかった。脳も検討を拒否している。そうよ、この事件には絶対に裏がある。頭のいい犯人がミッシーをはめたのかもしれない。だけど、いったい誰が、そしてなんの目的で？

スザンヌは答えを求めてあれこれ考えた。彼女と保安官が見逃した重要な手がかりがあるのだろうか？　あるはずだ。スザンヌは集中し、想像力を働かせて考えたが、漫画でいうところの頭上の吹き出しには、なんの冴えた考えも現われない。目もくらむような閃光がひらめいて、事件に関するあらたな知見をあたえてくれることはなかった。とりあえず、いまのところは。

スザンヌはうつろな気持ちと若干の無力感をおぼえながら、車のギアを入れた。しかし、カックルベリー・クラブの前にまわって大通りに出るのではなく、ふと思いついて、納屋の前を通り、敷地の奥の林に入っていった。車はやがて農場へとつづく未舗装の道に出た。

農場は、亡き夫ウォルターが投資目的で購入し、いまは彼女のものになっている。それをリード・デュカヴニーという農家に貸しているのだが、彼はその豊かな土地で大豆やジュビリーコーンを大量に育てている。

小さな丘のてっぺんにのぼると、色褪せた赤い寄せ棟屋根の納屋、三棟の小さな建物、そしてリードと妻が暮らすアメリカンゴシック様式のファームハウスがよく見える。いま、この古い農場には、畜牛も、豚も、鶏も、あるいは乳牛もいない。スザンヌの愛する馬、モカ・ジェント、それにグロメットという名のラバがいるだけだ。

たしかにカックルベリー・クラブの仕事は忙しい――しかもいまは殺人事件の謎に取り組んでいる――けれど、この子たちのことは絶対に忘れたりしない。そのくらいかけがえのない存在なのだ。

モカとグロメットのことを考えると気持ちが慰められるし、呼吸がゆっくりになって、はやる気持ちがいくらかなりとも落ち着いてくる。

スザンヌは納屋の横に車をとめ、空に目をやった。見わたすかぎりの野原にむしむしとした霞が立ちこめ、気温は三十度近くまであがっていた。しかし空気はぴりぴりしていて、南から大きな嵐が到来してもおかしくない状態だ。嵐雲はカンザス州全体を覆い、メキシコ湾上空で吸収した湿った空気を猛々しいものに変えようとしていた。あるいは、害のない程度の雨を降らせ、田畑に待望の湿り気をあたえようというのかもしれない。

納屋のドアを横にあけ、新鮮な干し草、オイルドレザー、そして馬のにおいがたっぷり混じった香りを吸いこんだ。なにもつながれていない支柱が並んでいるところをゆっくり移動し、納屋の奥、大きな畜房ふたつがあるほうに向かった。

先にスザンヌが来るのに気づいたのはモカだった。おそらくにおいでわかったのだろう。あるいは、霊能力のある馬なのかもしれない。いずれにせよ、モカは低く、歓迎するようにいななき、つづいてひづめを鳴らした。

「こんばんは」スザンヌはあふれんばかりの笑顔になって、声をかけた。「元気だった、モカ?」

モカは胸をゲートに押しつけ、なでなさいと言わんばかりに頭を差し出した。がっしりとしたクォーターホースという品種の馬で、毛の色は赤みがかった栗色。すっと通った鼻筋には白いぶちが散っている。もう五年のつき合いになるこの馬を、スザンヌは心から大切に思っていた。

耳のうしろをかいてやってから、手を頬まで滑らせ、そのまま鼻の側面をなぞって、顎の下の硬いひげが生えたあたりまで手を這わせた。モカはお礼がわりに、盛大に鼻を鳴らした。

ラバのグロメットもゲートから頭をのぞかせていた。つやつやとした黒い毛並みで、体は大きく、高さは十七ハンド（ハンドは馬の体高を計る単位。一ハンドは四インチ、すなわち十センチ強）ほどもある。その彼が何度も首を振り、大きな耳を前に倒し、さわってもらいたそうにしている。一年ほど前に保安官事務所のオークションで手に入れたが、それを後悔したことは一度もない。

「いま、きみのほうに行こうと思ってたところ」そう言って彼の好きな手つきで鼻をなでてやる。グロメットは足が少し遅すぎるし、よたよたしていて、乗るには適さないが、モカのいいルームメイトだ。二頭は同じ厩舎《きゅうしゃ》に住む仲間として仲良くやっているし、デュカヴニーがしっかり世話をしてくれるのでスザンヌは助かっている。

金属の容器のふたをあけ、オーツ麦をひとすくい取って、グロメットに食べさせてやった。モカが自分はもらえないと思ったのか、心配そうにいなないた。

「大丈夫よ」となだめるように声をかける。グロメットが食べ終えると、ふたたびひしゃくをオーツ麦に差し入れ、今度はモカに食べさせた。彼はくちゃくちゃ噛んだり、ときどきよだれを垂らしたりしてたいらげたが、その間ずっとスザンヌを見つめていた。食べ終えると、おかわりをねだるように、ひしゃくを軽く押した。

「だめ、いけません。だいいち、あと一週間もすれば牧草地でたっぷり過ごせるようになるんだから。体重を数ポンドほど落としたっていいくらいよ」

　それでもモカはスザンヌをじっと見つめるばかりだ。まるで〝お願い。ぼくはいまのままで完璧じゃないか〟と訴えるように。

「今度の夏はバレルレース（一定の場所に置いた樽をまわってタイムを競うレース）に出るんでしょう？」スザンヌはやさしく訊いた。

　モカはじりじりとうしろにさがった。

「こらこら、なんの話かわかってるくせに。ふたりで本格的なエクササイズを始めなきゃ。約束よ」

　スザンヌはゲートのかんぬきをはずし、モカの馬房にするりと入った。馬の肩に両腕をまわし、もじゃもじゃしたたてがみに顔を埋めた。強い馬のにおいを吸いこみながら、大きな馬、頼りになる馬と心のなかでつぶやいた。世界がおかしくなってきているいま、愛する動物がそばにいる喜びはなにものにも代えがたい。

　しかも、相手もこっちを愛してくれている。無条件で。


　およそ二十分後、自宅に戻ったときには、肩の力が抜けて、すっかりリラックスしていた。まわり道がきいたようだ。バスルームであわただしく化粧を直し、デモリション・ダービーにはなにを着ていこうかと考えた。ああいう場所にも、ふさわしい服装というのがあるのだろうか？

けっきょく、なんでも適当に着ればいいということにした。つまり、濃紺のTシャツ、ブルージーンズ、黒い革のショートブーツだ。

下におりてバクスターとスクラッフに餌をやってから、十分ほど裏庭を駆けまわらせたのち、おやつのジャーキーで釣って家に入れた。前日の雨で二匹とも足が泥だらけになったので、ボウルに湯を張り、床に膝をついて正座した。

「日本流にお茶をたてるみたいな恰好ね」スザンヌはバクスターに言った。「でも、あなたの足を一本一本、こすり洗いしなきゃいけないの。きみもよ、スクラッフくん」

八時になると、スザンヌは家のなかの明かりをすべて消し、玄関に立って財布の中身を確認した。二十ドル札が二枚――これで足りるはず。ドアのわきにある細い窓からなんとはなしに外をうかがったところ、一台の車がゆっくりと縁石に近づいてくるのが見えた。

トニの車かしら？

窓のむこうの暗闇をのぞきこみ、誰だろうと目をこらした。しかし暗すぎて、はっきりとはわからない。車はエンジンの音をさせ、ライトを消した状態でとまっている。スザンヌは心臓が胸のなかで暴れ出したのを感じながら、道端でアイドリングしている車をじっと見つめた。車はそれから三十秒ほどとまっていたが、いきなり走り出した。

なるほどね、とスザンヌは心のなかでつぶやいた。トニじゃないのはあきらかだわ。だったら、誰？　住所をまちがえたとか？　それともあの車に乗っていた人は、最近のおかしな出来事になんらかの形で関与しているの？

それとも——ゴクリ——ストーカーだったりして。むやみに早合点しちゃいけないことくらいわかっているが、どうしようもなかった。

すっかり怯えたスザンヌは、さっきの車が本当にいなくなったか首をのばして確認した。それから、おそるおそる外に出ると、トニがはやくこないかと思いながら玄関ステップで待った。

トニの車が視界に入ってくるより先に音が聞こえた——中世の拷問器具を思わせる、ガラガラという騒々しい音。つづいて、猫のおしっこのような黄色をした不格好な代物が縁石に近づき、ぶるっと震えてから停止した。スザンヌは玄関のドアに向き直るとしっかり鍵をかけ、転げるようにしてトニの車に駆け寄った。

「いつも乗ってる車じゃないのね」きしんだ音をさせながら助手席側のドアをあけ、どうにかこうにか乗りこむとスザンヌは開口一番、そう言った。

「うん、ジュニアがさ」トニは手をひらひらさせ、大きな笑みを浮かべた。その大きさたるや、頭にクリップでとめた赤みがかったブロンドのつけ毛にも匹敵するほどだった。「あいつってば人の車から部品だのパーツだのを盗んで使ってるんだよ」

「で、あなたの車がその犠牲になったの？」

「二、三日って話だからさ」

「それで、かわりにこの車をあてがわれたってわけ？」トニのほうが絶対に損だ。

「でもさ」とトニ。「こんなオンボロでも動くだけましだよ」

「ところでなんていう車種なの？」はっきりとは覚えていないが、スザンヌがハイスクールに通っていた頃、こういうタイプの車がはやっていた気がする。

「八一年型プリマス・フューリー」

「デトロイトでは、もうこういうのは製造してないんでしょ？」

「うん。そういうとこがジュニアには魅力なんだよ」

「正確なところ、ジュニアは車を何台持ってるの？」スザンヌはシートベルトはどこかと探しながら訊いた。大昔の車なので、シートベルトは腰を固定する古いタイプのものだった。

「少なくみても十二台はあるかな」トニは言い、車は甲高い音をさせながら縁石を離れた。

「でも、全部は登録してないと思うよ」そう言いながらセカンドにギアを入れようとしたものの、うまくいかなかった。車は息も絶え絶えといった音をさせていたが、トニはどうにかエンジンの回転数をあげ、ギアをサードに入れた。

「まるでフランケン・カーね」スザンヌは言った。「いろんなパーツを寄せ集めて走るようにしてあるから」

「うまいこと言うね」トニはぷっと噴き出した。

「レースは何時に始まるの？」スザンヌは訊いた。「というか、ジュニアのデモリション・ダービーが始まるのは何時頃？」

トニは顔をしかめた。「たしか、破壊寸前レースが始まるのは八時半頃じゃないかな、でも、ついさっきジュニアから少し遅れそうだって電話があったんだ。パンクしちゃったんだってさ」

「レースに出る車のタイヤが？」スザンヌは訊いた。これはもっけの幸いかもしれない。一時的にせよ、危険が回避できるわけだから。

「車のじゃないよ。家のタイヤ」

スザンヌはむちうちになりそうなほどすばやく頭を横に振り向けた。「どういうこと？」

「そうか、あんたは知らなかったんだね」トニはくすくす笑いながら、ルームミラーでうしろを確認した。「ジュニアってば二週間前、中古のダブルワイドのトレーラーハウスを買ったんだ」

「まさか！　じゃあ、いまはそこで暮らしているの？」ジュニアがトニと住んでいないのは知っている。一年以上前にトニが追い出したからだ。

「そういうこと」トニは言いながら、速度を落とすことなく角を曲がった。青い排気ガスがテールパイプからもうもうと排出され、ジェームズ・ボンドばりの煙幕を張った。

「じゃあ、ジュニアはエセックス・モーターパークのもっとも新しい住人なのね」スザンヌは役割を終えた橋とボウリング好きな住民に溶けこんだジュニアを想像しようとした。「ジュニアにはぜいたくすぎるんじゃない？　あのへんの家はどこもプールまであるって聞いたわよ」

トニは鼻を鳴らした。「そんなわけないじゃん。あいつのトレーラーはリヴィア・ロードに違法駐車してあるんだ。町のごみ捨て場のちょっと先に」

「そうなの、だったら——」

スザンヌは適当な言葉を探した。

「——ぴったりじゃない」

16

二十分後、車はゴールデン・スプリングズ・スピードウェイの駐車場に到着した。まわりにとまっているのは飾りたてたピックアップ・トラックに改造車、それに往年のマッスルカーばかり。けたたましいエンジン音や観客の歓声が聞こえてくるから、もうレースは始まっているようだ。

この人たちはみんなメカマニアなんだわ。まわりにいる人たちをきょろきょろ見ながらスザンヌは思った。じゃあ、わたしはいったいなに？　紡ぐ前に染めた毛糸みたいに骨の髄まで染みこんだ……ええと……本マニア？　卵マニア？　もうちょっと控えめで、メカマニアに匹敵する言い方はないものかしら。

「さあ、着いた」トニはあいた場所に車をとめると大声で言った。「すごいね、そこらじゅうデニムの正装のオンパレード！」

「デニムの……なに？」

「やだなあ、デニムのジャケットとジーンズのことだよ」

「なるほど」スザンヌは車を降りた。たちまち、自分の着ているものがフォーマルすぎる気がしてきた。「それで、目指す方向は……どっち?」

「こっちだよ」トニはスザンヌの腕を引っ張った。「今夜は特別観覧席ってわけにはいかないんだ。ジュニアにつき合ってピット裏にいなきゃいけないからさ」

裏のだだっ広い草地に行ってみると、ちょうどジュニアの車が入ってくるところだった。ポンコツのピックアップ・トラックを運転し、牽引している木のトレーラーにはデモリション・ダービー用の車がのっていた。

ジュニアはふたりの姿を認めて、にやりと笑った。「来てくれてよかったよ、おふたりさん。手を借りたいと思ってたんだ」

「なにをしたらいいの?」スザンヌは訊いた。裏にまわってくる途中で、前向きに行こうと決めていた。ここにはトニに頼まれて手伝いに来たのだし、その役目はちゃんと果たそう。批判も中傷もなし。永遠の親友のひとりと楽しい時間を過ごせばいい。場所は少々ワイルドだけど。

「スザンヌ、そこにあるエンジンオイルとブレーキオイルの缶を取ってくれ」ジュニアが言った。彼は型崩れしたジーンズと穴のあいたベンゾイル社のロゴ入りTシャツ姿だった。「それからトニ、そこのケーブルを持ってきてくれるか。おっと、それにレンチとソケットのセットも頼む」

ふたりが道具を集めているあいだに、ジュニアは自分の車をトレーラーからバックでおろした。「狭いけど乗ってくか?」彼は声をかけた。「ふたりともやせてるから、うしろのウィンドウから乗りこめるだろ」

「遠慮しておく」スザンヌは言った。「あとをついてくわ」

「迷子になるなよ!」

どうやれば迷子になれるっていうの? はあはあいいながら追っていくと、ジュニアの車はしだいにやかましさを増していった。最初はブルブルとうなる程度の音だったのが、しだいに大きくなって、耳をつんざき骨を震わせる貨物列車並みの轟音へと変化した。

「いつもこんなに大きな音をさせているの?」スザンヌは口の動きでトニに尋ねた。こんなところにいたら鼓膜が破けてしまいそうだ。

トニはうなずいた。「いまはちょうど、ストックカーのレース中だからね。みんなエンジンをパワーアップさせてるから、むちゃくちゃうるさいんだ。ファンのなかには耳栓をする人もいるんだってさ。ロック・コンサートでもそういう人いるよね」

デモリション・ダービーに出場する十台以上の車の横に並ぶピットガレージに入ったとたん、スザンヌは不思議にも夜のレースの迫力に引きこまれていくのを感じた。派手な塗装の上からステッカーを貼って、極彩色のインコのようにけばけばしい車が、外側の高くなったアスファルトのコースを爆走していく。喝采の声があがる。昂奮した観客はいつ終わるとも知れぬウェーブを繰り返し、スピーカーがなにかがなりたてているが、なにを言っているのかさっぱりわからないし、ほとんど誰も聞いていない。カーニバルと派手なショーと演劇がひとつになったみたいな光景だった。

「どう？」トニが目をきらきらさせて尋ねた。

「すごいのひとことよ」スザンヌは答えた。「まさに……壮観って感じ」

「おい！」ジュニアが大声で呼んだ。「こっちに来てちょっと手伝ってくれよ」

それからは道具を揃えたり、ジュニアの難燃性のジャケットとジャンプスーツを準備したり、観客席から大きな声援が飛び交うなか、二台のストックカーが並んでゴールするのを息を殺して見守ったりして過ごした。

「お、いよいよだ」トニが言った。「いまチェッカーフラッグが振られたよね。つまり、いよいよ次はあたしたちのレースってわけ」彼女は雪嵐に襲われたチワワのように、体を震わせていた。

「まだ時間はあるって」ジュニアが言った。「先に表彰式があるからな」彼は油で汚れた指でメインスタンドの前の小さなステージをしめした。「ほら、見ろよ。今夜はタイヤ・ガールも来てるぜ！」

埃っぽいコースの向こうに目をこらすと、ぴちぴちの白いタンクトップに、ありえないほど短い革のスカート、白いゴーゴー・ブーツの女性がふたり見え、スザンヌはあれがきっとタイヤ・ガールだろうと見当をつけた。

「本格的だろ」ジュニアはラッチをはずし、ボンネットをあけながら言った。「この手のレースに企業がタイヤ・ガールをよこす場合、それなりの賞金が出るんだよ」

ジュニアはトニからエンジンオイルを渡され、流しこんだ。オイルはいくらでも入っていく。「どこか洩れてるみたいだな」ジュニアは言った。「それと、トニ、レンチを取ってくれ。ここのガスケットのねじを締めたい」

トニは道具を取って、差し出した。

「そいつはスパナ。おれが言ったのはレンチだって」

「ええと……」トニは工具箱をがちゃがちゃ引っかきまわした。「持ってきてないみたいだよ」

「大事なレンチセットを忘れたってか？」ジュニアはくしゃくしゃの黒髪を指で梳き、大きく息を吐き出した。「くっそ、てことは、車の荷台に置きっぱなしかよ。駐車場まで戻らなきゃならないじゃんか」

「わたしがひとっ走り取ってくる」スザンヌは買って出た。「まかせて」

「レンチセットだけでいいからな」

「ありがとね、スザンヌ」そう声をかけたトニに、ジュニアが絶縁テープをちぎってよこせと言うように、指をくるくるまわす仕種をした。

スザンヌは居並ぶ出走車をよけながら、関係者用駐車場まで戻った。すでに陽はすっかり落ち、もくもくとした灰色の雲が低く垂れこめ、重苦しい雰囲気を醸している。まったく、いつになったら淡い紫の夕暮れが見られるようになるのかしら。そう心のなかでつぶやいたものの、そんなことはあとまわしだ。ジュニアの工具を持って戻るために急がなくては。

車まで戻ってみると、ジュニアが言っていたとおりの場所にレンチセットは見つかった。

トラックの荷台にぽつんと置いてあった。スザンヌはつま先をタイヤのホイールに突っこみ、ボルトに足をかけた。それから体を押しあげ、レンチセットをつかもうと身を乗り出した。

工具が入っているプラスチックの箱に指が触れた瞬間、ガチャンという鋭い金属音が耳に届いた。工具箱を手にして、急いで下におりてあたりを見まわした。闇に目をこらす。その結果……なにも見当たらない。

たしかに音が聞こえたのに。

スザンヌは枯れ草のなかに立ち、くぐもって聞こえる歓声やエンジンの轟音を単なる雑音だと思おうとした。周辺の枯れ草や駐車中のトラックに神経を集中させ、どんな小さな音も聞き逃すまいと耳をそばだてた。

そのとき突然、携帯電話が鳴り出して沈黙が破られ、スザンヌは心臓がとまりそうなほど驚いた。

ポケットを探って電話を出すと、通話ボタンを押してうわずった声で応答した。

「もしもし?」

サムからだった。

「やあ。声が変だよ」

「いま、トニとジュニアと一緒にカーレースに来てるの」

「カーレース?」

「あとで説明する。どうかしたの?」

「スザンヌ……ちょっとおかしなことがあって、きみに話しておきたいんだ」

たちまちスザンヌの全身に緊張が走った。「サム、どういうこと？　なにがあったの？」

「電話ではちょっと。きみの家に行ったら話す。いいかな？」

「わかった」スザンヌは腕時計に目をやった。「二時間後には家に帰ってるわ。その頃に来て」

「そうするよ」

スザンヌは神経を高ぶらせながらその場に立ちつくした。サムったらどういうつもり？　ドラモンドさんの検死も二日めだけど、それでなにか見つかったとか？　それとはまったく別件かしら？　その場合——どんなこと？

スザンヌはごくりと唾をのみこんで、大きく息を吐き出した。そのとき、ガチャンという音がした。

まただわ！　鉄のバールで車の側面を叩いたような音だ。

ほかにも道具を取りに戻ってきた人がいるのかしら？

スザンヌは肩を怒らせ、顔を上向けてじっとしていた。次の瞬間、どこからともなく風が舞いあがり、細かな土埃が顔に吹きつけた。スザンヌはくしゃみをするまいと鼻をひくつかせ、目をこすった。その間もずっと、耳をそばだてていた。

きっとこっそり道具を取りにきた人がいたんだわ。それとも……ちょっと待って……この一見、人けのない駐車場までわたしをつけてきた人がいたのかも。

でも、どうして？

つらつら考えていると、今夜、自宅の外にとまっていた車のことを思い出した。黒っぽい色で、ライトはつけていなかった。誰だったのだろう？　あの車がここまでつけてきたなんてありうるだろうか。

スザンヌはソケットレンチのセットを胸にしっかり抱えて走り出し、一度もうしろを振り返らなかった。

難燃性のジャケットを着こみ、つま楊枝を口にくわえたジュニアはスザンヌの手からレンチセットを受け取って、作業にかかった。

「なにかあったの？」スザンヌは訊いた。

トニは心配そうな顔をした。「デモリション・ダービーに出場する車はコースに出ろって、ついいましがた呼び出しがあったんだ」

「それで、そのナントカ・ダービーとやらはいつスタートするの？」

トニは腕時計に目を落とした。「うーんと、二分後かな」顔をあげてスザンヌを見やったトニは、親友ががたがた震えているのに気がついた。「ねえ、大丈夫？」

スザンヌはうなずいた。「大丈夫よ」いまは急に不安をおぼえた理由を説明している場合ではない。

「準備完了！」ジュニアは言うと、ヘルメットを乱暴につかんで頭にのせた。

トニはその姿に目をしかめた。「それって規則で決まってるやつ？」

ジュニアはつま楊枝を吐き出し、かぶったヘルメットを指で叩いた。「ハイスクールで使ってたフットボール用さ」

「あきれたね」トニが言う横で、ジュニアは体をくねらせるようにして車に乗りこみ、運転席におさまった。「ちゃんとシートベルトを締めるんだよ！」

「心配すんなって」ジュニアは言い、スターターをまわした。カチッという音につづいて大きくぷすぷすいったかと思うと、すさまじいバックファイアの音が何度となく鳴り響いた。やがて車はエンジンをパタパタいわせながら、コース中央へと出ていった。

「安全運転でね！」スザンヌは声をかけた。ばかね、わたしったら。破壊寸前レースの異名を取るデモリション・ダービーなのよ。安全運転もへったくれもないじゃない。

三十秒後、スターター・ピストルが鳴り響き、熱戦の火蓋が切られた。まるで、キーストン・コップスのどたばた喜劇を観ているようだった。ただしこっちは、ど派手な車つきだ。怒れるカミキリムシのような黄色と黒の車がねらいをさだめるや、白い車にぶつかった。カミキリムシ車はがたがた揺れながら二十フィート後退し、今度は青い車に激突した。まさにしっちゃかめっちゃかの大混乱、部品がびゅんびゅん飛び交っている。なかにはちゃっかり小競り合いを避けて、外周を走りまわっている車もいた。

「ジュニアはあそこを走ってる！」トニが大声をあげた。「なに、のらりくらりやってんだろ、まったく」

「どういうこと？」スザンヌは訊いた。

「衝突を避けて、リタイアせずに最後まで走ろうって魂胆なんだよ、あいつは」

「あら、いいじゃない」

「冗談じゃない、最悪だってば」とトニ。「審判に無気力と見なされたら、失格させられるかもしれないんだよ」

「そうならないよう、祈りましょう」

しかしジュニアもそういつまでも無傷ではいられなかった。両サイドに黄色い炎を描いた赤いシェヴィが、いきなり彼の車を追いまわしはじめた。ジュニアは右に左にハンドルを切ってスピンしたり、進路を変えたりしたものの、強気のシェヴィを振り払うことはできなかった。けっきょく、正面席前の直線コースを猛スピードで走っているところへ、赤のシェヴィが猛然と接近し、横腹から突っこんだ。ジュニアの車は運転席側のドアがアルミ箔のようにくしゃくしゃになり、タイヤが一本、吹っ飛んだ。

「がんばれ、ジュニア。走るんだよ！」トニは大声でわめいた。「とっとと動けってば！」

しかし、どうやっても車はうんともすんともいわなかった。シェヴィの一撃にやられたのだ。エンジンがいかれ、ジュニアはリタイアとなった。

「このあとどうなるの？」スザンヌは訊いた。「あのままジュニアは、最後の一台が動かなくなるまで、つぶれた虫みたいにあそこにいなきゃならないの？」

トニはむっつりしていた。「そういうルールなんだよ。このダービーの場合はさ」

「でも、あれじゃ危なくない？」

「うん、まあ、ほかのドライバーはもうジュニアなんか眼中にないはずだから」

「あなた、ああなればいいと思ってたの？」

トニは顔をしかめた。「エントリーなんかしてほしくなかったんだ。これで入賞の夢が消えちゃって、かわいそうな気もするけどね」彼女はかぶりを振った。

「ここをピットって呼ぶのはそういうわけなんだ。ピットにはどん底って意味もあるからさ」

一時間後、スザンヌが自宅に戻ると、サムがきちんと縁石に寄せてとめた車のなかで待っていた。

「うらやましいね」トニはがらくたの塊のような車のブレーキを強く踏みこんだ。「きっと今夜はすてきな夢が見られるよ！」彼女がそう言って笑うのを聞きながら、スザンヌは車を降りた。

「ありがとう！　また明日」

スザンヌは車を降りたサムに向かって、いちもくさんに駆け寄った。「なにがあったの？」

サムは彼女を抱き寄せ、すばやくキスをした。「家に入ってから話すよ」

スザンヌはもやもやを追い払おうと頭を振った。なにしろ、ミッシーの逮捕、保安官との口論、ジュニアが出場したおかしなレース、駐車場で味わった恐怖のせいで気持ちが張りつめ、頭の働きがすっかり鈍っていた。

「ミッシーのことは聞いた？」キッチンに入り、犬を裏庭に出してやってからスザンヌは訊いた。流しで手を洗い、ぱりっとしたふきんで拭いた。

サムは首を横に振った。「聞いてない。どうかしたの？」

カウンターにすわって赤ワインを飲みながら、スザンヌはこの日一日の悲しい出来事、とくにミッシーにまつわる話をくわしく語った。

「彼女を逮捕しただって？」サムは口笛を吹いた。「驚いたな。まさかそんなことになるとは思ってもいなかったよ」

「わたしはちょっと予期してたかな。頭の隅に押しやろうとはしたけれど」スザンヌは自分を元気づけようとワインをひとくち飲んだ。「明日、保釈金を払いに行ってくる。よせなんて言わないでね。だって、もうそう決めたんだから」

サムは異論はないというように、両手をあげて見せた。「おいおい、べつに反対なんかしないよ」

「立場が逆なら、ミッシーだって即座に同じことをしてくれるはずだもの」

「立場が逆なら」とサム。「ぼくのほうが先に駆けつける」

スザンヌはほほえみを浮かべ、彼の頬に触れた。「ありがとう」みぞおちの不快感が少しだけ引いたような感じがした。「さてと、さっき電話でなにをあんなに大騒ぎしていたの？」

「きょうの昼すぎ、ドクター・ゴードンがドラモンドの検死を終えたんだ」

待っていたものがついにやってきたわ、とスザンヌは心のなかでつぶやいた。

「あててみせる――ようやく死因が判明したのね」

「順番に話すよ」とサム。「ドクター・ゴードンはドラモンドの心臓と肺からも出血しているのに気がついたんだ」

「それってどういうこと？」とスザンヌ。「言っておくけど、わたしは医学校に通ったわけじゃないのよ」

「その手の内出血は普通、ストレス性不整脈が原因なんだ」

スザンヌはサムの顔をのぞきこんだ。「ドラモンドさんは心臓発作を起こしたの？」

サムは説明をつづけた。「それをしめすものはないけど、息が苦しくなり、心臓の鼓動が極端にゆっくりになったか、はやくなったかしたのはたしかだ。つまり、彼の心臓は充分な血液を送り出せない状態だったらしい」

「じゃあ、それが死因？」スザンヌは怪訝な表情で尋ねた。

「すべての検査結果を知っているわけじゃないから、決定的な証拠があるわけじゃない。でも、真の死因についてとても興味深い仮説があるんだよ。かなり信憑性の高い仮説だ」

「教えて」スザンヌは彼のひとことひとことに聞き入っていた。

「ドラモンドはテーザー銃で体の自由をほぼ完全に奪われたのち、鼻と口をビニール袋で覆われたようだ」

スザンヌは思わず手で口を覆った。「やっぱりそうだったのね！」自分の肺が焼けつくような感じさえした。「それで不整脈に？」

「そうらしい」

「保安官はもう知ってるの？　あなたから話した？」

「うん。昼にドクター・ゴードンと保安官と三人で話をした」

「それで保安官は捜索令状を取って、ミッシーのアパートメントに押しかけたわけね」スザンヌは苦々しい思いで言った。

「思うに令状はすでに取ってあったんじゃないかな。執行しなかっただけで。保留にしていたんだと思うよ」

「でも、いまのあなたの話では、ミッシーが犯人ということにはならないわよね」

サムはうなずいた。「うん」

「つまり、保安官は彼女のアパートメントに強引に乗りこんで、テーザー銃を見つけたんだわ。なるほどね」スザンヌはワインをひとくち含み、口のなかで転がしながら考えた。

「ほかにもあるんだ」サムが言った。「検死解剖のことで」

スザンヌの思いは突然、最後にドラモンドに会ったときへと一足飛びに戻った。もちろん、生前の彼にだ。あのときの彼は神経質で怒りっぽく、妙にテンションが高かった。「ドラッグ」という言葉が口を突いて出た。「例のドラッグのことね？」

サムはスザンヌを指差した。「ビンゴ」

「具体的なことはいつ頃わかるの？」

サムは肩をすくめた。「あと数日はかかる。最長で一週間というところかな。州のラボがどの程度混んでいるかによるけど」

スザンヌはサムの顔を食い入るように見つめた。「なにかわかったら、わたしにもすぐ教えてね」

「スイートハート」サムはスザンヌに身をよせながら言った。「ぼくとしては、危ないことはしてほしくないんだけどな」

17

　スザンヌは神経を高ぶらせ、背中をまるめ、マリファナでも巻いているみたいに目をあちこちに走らせながら、法執行センターの両開きドアを押しあけた。この建物にはこれまでに何度となく来ているが、友人のために保釈保証金を支払い、留置場から出すという本来の用事で来るのははじめてだ。

　大理石の床にパンプスの音を小気味よく響かせながら、小走りで進んだ。きょうはいろいろ考えた末、濃紺のスーツに地味な白いブラウスを合わせ、襟元から小ぶりの白いパールのネックレスをのぞかせている。きちんとしたビジネススーツの効果で、仕事ができそうに見え、あわよくば押しが強そうに思ってもらえるといいのだけど。ウォール・ストリートの金融機関から抜け出たみたいに、金融危機以来もっとも大きな契約を取り結んだかのように見えれば成功だ。

　運のいいことに、押しの強いところを見せなくてはならない状況に陥る前に、ミッシーの弁護士ハリー・ジャンコヴィッチが廊下に現われ、声をかけてきた。

「スザンヌさん?」ピンストライプのスーツに身を包み、ぱんぱんに膨れあがったブリーフケースを小脇に抱えたジャンコヴィッチは、そわそわした様子ながらも愛想よく手を差し出した。

スザンヌはその手をしっかりと握った。「ジャンコヴィッチさん、ミッシーの罪状認否はもう終わったのでしょうか？」と単刀直入に訊いた。楽しい場ではないから、無駄な世間話など不要と思ったのだ――それでも、あまり失礼にならないよう用心はした。

ジャンコヴィッチは、そうだと言うようにうなずいた。「ああ、もうすっかり終わりましたよ」彼は背が低くて恰幅がよく、赤ら顔ではあったが、人のよさそうな感じでもあった。

「ずいぶん早かったですね」スザンヌは言った。司法という車輪がこんなにはやくまわるものとは思ってもいなかった。

「わたしが思うに、ドゥーギー保安官がいくつか……まあその……便宜をはかってくれたようです」ジャンコヴィッチは説明した。

スザンヌはあきれたようにかぶりを振った。「ミッシーを逮捕したと思ったら、今度は根回しをして特別待遇が受けられるようにするなんて」さっぱりわけがわからない。もっとも、それを言うなら、今回の出来事そのものがおかしいのだ。「それで……このあとはどうすれば？」

「あとは保釈保証金を払うだけです」

「保釈保証金はいくらに決まったんですか？」

ジャンコヴィッチはスザンヌを近くのオフィスに案内した。「五万ドルです」と歯切れよく答えた。「しかし、実際にはそのうちの十パーセントを支払えばいい」彼は窓口に歩み寄ると、頑丈そうな鉄格子の向こうにいる、いかめしい顔の女性とぼそぼそ言葉を交わした。女性が書類一式を差し出すと、ジャンコヴィッチはざっと目をとおした。「スザンヌさん？」そう声をかけると、スザンヌが隣に立てるようわきにどいた。赤いX印のついた二カ所をしめした。「ここと、ここにサインを」

「あ、いけない」スザンヌは言った。

ジャンコヴィッチはジャケットのポケットに手を入れた。

「書くものが必要ですか？」


二十五分後、手続きを終えたスザンヌとミッシーは法執行センターをあとにした。

ミッシーはうなだれたように肩を落として歩き、どうにか聞こえる声で言った。

「生まれてこの方、こんなに恥ずかしい思いをしたのははじめて」

彼女の目のまわりにくまができ、着ているものがしわでよれよれなのをスザンヌは見てとった。「大変だったわね。まったく保安官ときたら……やりすぎもいいところだわ」

「もうあの人とは絶対に口をきかない」ミッシーの頬を涙が数粒、流れ落ちた。

車のところまで行くと、スザンヌは助手席側のドアをあけてやった。「乗ってから話しましょう」それから急いで運転席側にまわって乗りこんだ。

ミッシーは両手に顔をうずめてすわっていた。「ものすごく怖かったわ、スザンヌ」声がくぐもっていた。「あなたにはわからないでしょうけど」

「そうね」とスザンヌ。「しかもいまのあなたは、ものすごく怯えて、心細くて、傷ついている。だけどどうしても話を聞かせてほしいの」

ミッシーはポケットに手を入れて、ティッシュを一枚出して洟をかんだ。

「なにを知りたいの？」

スザンヌはシートにすわったまま体の向きを変え、ミッシーと向かい合った。

「いくつか質問をするから、できるかぎり正直に答えてね。ドゥーギー保安官が見つけたテーザー銃はあなたのもの？」

「まさか！」ミッシーは大きな声で答えると、顔を覆っていた手をおろし、苦悩に満ちた顔をスザンヌに向けた。「そんなわけないじゃない。わたしをどんな人間だと思ってるの？頭のおかしな危険人物だとでも？」

「だったら、誰のものなの？　だって、魔法のようにどこからともなく現われるものじゃないでしょ」ゆうべひと晩、この明白な事実が頭を離れなかったのだ。「納得のいくように説明してほしいの」

「そんなのわかりきってるじゃない。だって、どこからか持ちこまれたにちがいないもの」

「どうしてそう言い切れるの？」

「わたしが隠したんじゃないからよ」

「本当なのね？　絶対にまちがいない？」

「本当だってば！　あたりまえでしょ！」

スザンヌはぐっと顔を近づけた。「落ち着いて、ミッシー。わたしよ、スザンヌよ。あなたの友だちの。わたしはあなたの味方よ。わたしにだけは本当のことを言って」

ミッシーは失望の色もあらわに言った。「本当のことを言ってるってば！」ふたたび嗚咽《おえつ》が洩れ、熱い涙が頰を伝った。

スザンヌはバッグに手を入れ、ポケットティッシュを出した。それをミッシーに渡した。

「なにひとつ隠さないで。ばかなことやまずいことをしたのなら——それもちゃんと話してちょうだい」

「んもう、スザンヌったら」ミッシーは盛大な音をさせて洟をかんだ。「むちゃくちゃな話に聞こえるだろうし、あなたが疑う気持ちもわかる。でも、あの木曜日、本当に電話があって墓地まで呼び出されたの。そのあと……誰も信じてくれないけど……同じ人物がわたしの家に忍びこんで、テーザー銃を隠したのよ！」

「いまの話が本当だとわかれば、あなたを信じる」スザンヌは言った。保安官はいまも電話の発信元を突きとめようとしているはずだ。それがあきらかになれば、このなんとも奇妙な事件にも決着がつくだろう。

「いま言ったことは全部本当よ」ミッシーは切実な表情で訴えた。「お願いだから、どうか信じて。信じてくれなきゃ困るの！」

「わかった、信じる」スザンヌは言った。訊きたいことはまだあった——が、ミッシーが切実にスザンヌの共感を欲しているのもよくわかる。「玄関のドアにはめったに鍵をかけないと言ってたわね」

「ばかよねえ、わたしって。これからは充分気をつけるわ」ミッシーは大きなため息をついてうなだれた。「お願い、スザンヌ、家まで送ってもらえる？」

ミッシーの自宅までの道中、ふたりとも押し黙っていた。スザンヌは車を走らせながら、ここ四日間の出来事すべてを頭のなかで振り返った。ミッシーをはめたのは誰だろう。うまいことミッシーを犯人に仕立て、みずからの非道な行為に対する罰を逃れようとしているのは何者なのか。いったい全体どうなっているのだろう？

ミッシーの家まであと半ブロックのところで、スザンヌは言った。「お願いだから、ばかなことはしないでね」

「ばかなことってどういう意味？」赤く腫れぼったいミッシーの目からは、まだ涙がとめどなく流れていた。

「町を出て行くとかそういうことよ。おとなしくしていて」スザンヌはミッシーのアパートメントの前に車をとめた。

「わたしがどこに行くっていうの？」

「さあ。でもなんとなく……そうアドバイスするべきだと思ったの」スザンヌはハンドルを軽く叩いた。「ごめん、もっとまともなアドバイスができなくて」

ミッシーは弱々しくほほえむと、身を乗り出してスザンヌに心のこもったハグをした。

「もう充分よくしてもらったわ。保釈金を払いに来てくれたんだもの」

およそ十分後、スザンヌがカックルベリー・クラブの裏口から飛びこんだときには、モーニングタイムのまっただなかだった。ペトラは愛用の鋳鉄のフライパンをゆすって、卵、パプリカ、分厚いカナディアンベーコンを炒めている。トニはカウンターのなかでせっせと働き、並べた皿にイチゴの薄切りと楔形《くさび》に切ったオレンジをのせている。小さな厨房は朝食の準備と焼き菓子のにおいに満ちていた。

「お疲れ」トニはスザンヌに気づいて振り返った。「ミッシーは自由の身に戻った？」

「とりあえずはね」スザンヌは答えた。

「保釈保証金を払ってあげるなんて本当に友だち思いね、あなたは」ペトラも振り返り、エプロンで手を拭きながら言った。「すばらしい友人よ。そんな人はなかなかいないわ」

「あたしたちにも同じことをしてくれるよね？」トニが言った。「ペトラかあたしが逮捕されてブタ箱に入れられたらさ」

スザンヌは眉根を寄せた。「なんの罪かによるわ」

「えー！」とトニ。

「冗談はともかく」とペトラ。「ミッシーの様子はどうだった？」

「プライドをずたずたにされていたわ。でも、それをべつにすれば、大丈夫と言っていいと思う」

「裁判で有罪を宣告されなければね」とペトラ。

「そんなことには絶対にさせないわ」とスザンヌ。

「ところでさ、ミッシーは事件についてなにか言ってた？」根っからの知りたがりのトニが尋ねた。「テーザー銃が自宅にあった件をどう考えてるって？」

「本人ははめられたと思ってるみたい」スザンヌは言った。「ううん、そうじゃない。はめられたに決まっていると言ってたわ」

「前にも同じことを言ってたよね」とトニ。「あの朝は墓地に呼び出されたんだって言ったときにも」

「ええ、それで今度は、何者かが自宅に忍びこんで、テーザー銃を隠したと考えているようよ。いわばとどめの一発として」

ペトラがパンケーキを二枚、皿にのせた。「事実だと思う？」

「わたしはミッシーを信じる」

「たしかに、彼女は人殺しには見えないもんね」とトニ。

ペトラは唇を尖らせた。「人殺しに見える人なんてこの町にいる？」

「さあ」スザンヌは言った。「とにかく、真相を突きとめるまで調査しつづけるわ。保安官がなんと言おうとね。まだ答えの出ていない疑問が多すぎるもの」そこで少しためらった。「それにわたしの問題にもなったわけだし」

「よく言った！」とトニ。

「ところで目の前のことに話題を変えるけど」とペトラ。「けさは新メニューを出すから、おふたりさんにもよく聞いてもらいたいの」

「どんな料理？」スザンヌは訊いた。これまでペトラが思いついた卵の朝食メニューは山ほどあり、あらたな料理を考案したとはにわかに信じがたい。

「はい、ここでドラムロール！」とトニ。

「カックルベリー・サンセットよ。目玉焼きをほくほくのベイクドポテトにのせて、溶かしたチェダーチーズをたっぷりかけるの」

「うひゃあ、カロリーがむちゃくちゃ高そうだ！　カックルベリーのデブ製造メニューって感じだね」

「なに言ってるの」ペトラが言い返す。「朝ごはんなのよ、誰がカロリーだの炭水化物だの、脂肪の量だのを気にするの？」

「でも、ズボンがだんだんきつくなって穿き心地が悪くなってるって、自分で言ってたじゃん」

ペトラは腰に片手を置いた。「それはね、わたしのオンボロ衣料乾燥機のせいで、ズボンが全部縮んじゃっただけよ」

トニはペトラをじろりとにらんだ。「チョコレートの量を減らそうと思ったことはある？」

ペトラは顎を引き締めた。「ううん、とくには」

「あんたはチョコレートをいっぱい食べるよね」

「まじめな話、チョコチップ入りパンケーキと生チョコレートケーキとピーナッツバター・ファッジのカロリーは、桁《けた》外れに高いわけではないわよ」

「そのとおり！」スザンヌとトニが声を揃えた。ふたりとも微妙な話題のやめどきを心得ているのだ。少なくとも、これ以上触れてはいけないというポイントはわかっている。

「とにかく」ペトラは言った。「溶かしたチーズがかかってると売れ行きがいいの」

「それは言えてる」とトニ。「古くなった靴とか……タイヤとか……そういうものにも溶かしたチーズをのっけるといいかもね」

「死んだ鯉でも？」とペトラ。

トニはうなずいた。「いいと思うよ」

「キャブレーターも？」ペトラは噴き出した。

トニは笑いを噛み殺した。「ゴールデン・スプリングズ・スピードウェイで売ったら、きっと大人気だろうね」

それを聞いたとたん、スザンヌの頭に嫌な記憶が次々と押し寄せた。駐車場までレンチを取りに戻ったときに怖い思いをしたことは、トニには話していない。たぶん、なんでもなかったのだろう。ただ、想像をたくましくしすぎただけだ。でも、ひょっとしたらひょっとするかもしれない。もしかして……。スザンヌが真相に——ドラモンドかミッシーに関する真相に近づきすぎるのを懸念した者の仕業かも？

そんな考えを頭の奥にしまいこみ、スザンヌはトニがいるカフェに出ていった。ふたりはくるくるとモーニングタイムのバレエを舞いながら、お客を出迎え、注文を取り、新メニューのカックルベリー・サンセットを勧め、お皿を持って行ったり来たりを繰り返した。

モーニングタイムが終わって、店内がふたたびきちんと片づいた頃、パット・シェプリーがささやかな物販コーナーに置いてもらおうと、ポテトロールが入った袋をいくつか持って立ち寄った。さらに、ペトラの生染め毛糸を愛好する編み物仲間ふたりが、ハート&クラフト展に出品するスカーフとショールを五点ほど持ちこんだ。

「どれもすてきね」スザンヌはそのうちのひとりサーシャに言うと、やわらかくて豪華なクリーム色のショールを手に取った。「せっかくつくったものを手放すなんて信じられない」

三人は〈ニッティング・ネスト〉に場所を移し、持ちこまれた作品をあらためていた。

「あら、べつに新しいのを編めばいいことだもの」サーシャの義理の姉のアンドレアが言った。「このくらいのものなら、ちゃちゃっと編めちゃうのよ。ライフタイム・テレビでおセンチな映画を観ながらね」

「おふたりの作品はハート&クラフト展にぴったりだわ。ありがとう」

「ねえ、いまの言葉は本当?」サーシャが訊いた。「凝りすぎじゃないかと不安だったの」

「凝りすぎだなんてとんでもない」スザンヌは言った。「出展作品のバランスがいい感じになってきたわ。絵と彫刻がいくつか、それに工芸品とすてきな手芸品もある」

「思うんだけど」サーシャがしきりに店内を見まわしながら言った。「せっかく来たんだから、生地と毛糸をながめて心を癒やしていかない？」

「大賛成」アンドレアが応じた。「なにしろお医者様から言われてるんだもの、もっと繊維をとりなさいって！」

十一時をまわった頃、スザンヌはランチのメニューをめぐってペトラと話し合っていた。

「カックルベリー・サンセットもメニューに入れたらいいと思うの。栄養を考えてサマーソ

ーセージを何切れかくわえたらどうかしら」ペトラが言った。

「いいんじゃない？」とスザンヌ。「値段を二、三ドル上乗せすればいいわ」

「三ドルかな」とペトラ。

「で、ほかには？」

「チキンとワッフル。それにライ麦パンを使ったエッグサラダのサンドイッチ、フルーツサ

ラダ、カレー風味のニンジンスープ。それから、トニがいま厨房で例のダンプ・ケーキをつ

くってる」

「パイナップルの厚切りが入っている、あれ？」

「しかも、エンゼルケーキ用のミックス粉なんか使ってるの。箱入りのケーキミックスはど

うにも好きになれないわ」

「ちょっと！」トニが仕切り窓から声をかけた。「あたしのダンプ・ケーキをばかにしない

でくれる？　世の中の人みんながお菓子づくりの名人ってわけじゃないんだからね。あたし

たちみたいなのは、あっちこっちで手を抜かなきゃなんないんだってば」

「あなたがつくったケーキにバニラアイスをのせて、エンゼルアイスクリームドリームとか、そんな名前をつけたらどう？」

「なに言ってんのさ。ダンプ・ケーキじゃ、お上品じゃないって言いたいの？」

「めっそうもない！」スザンヌとペトラの声が混じり合った。


その日、ランチタイムに一番乗りしたのはデイル・ハフィントンだった。

「もうすっかり常連さんね」スザンヌは声をかけた。

「まあね、勤務がとても不規則なせいだよ」

「じゃあこれから食べるのは朝食？　それとももっとがっつりしたもののほうがいい？」

デイルは肩をすくめた。「お茶とスコーンだけにしておく」彼は自分の下腹をぽんぽんと叩いた。「ダイエット中なんだ」

「なるほどね」そのときドアがあき、お客がぽつりぽつりと入りはじめた。

スザンヌはあわただしく注文を取り、コーヒーを注ぎ、特別メニューのお勧めに励んだ。そうこうするうち、なんと、ランチタイムのもっとも忙しい時間帯を見計らったかのように、ジェイク・ガンツがまたも絵を抱えてのんびりと現われた。

「トニ？」スザンヌはデイルのティーカップにお茶を注ぎながら、ジェイクのほうに頭を傾けた。「受付をしてあげてくれる？」

だ」

「ほいきた」トニは急ぎ足で近づいていった。

デイルはスコーンの最後のひとかけらをもぐもぐやりながら、ジェイクのほうに目を向けた。「あいつなら知ってる」とスザンヌに言った。「しばらくうちの刑務所に入ってたやつだ」

「ジェイク・ガンツね。かなり力のある絵描きさんよ」

スザンヌは冷静に、と自分に言い聞かせた。なにか情報が得られるかもしれない。

「そうなのか？」

「うちのハート&クラフト展に寄付する絵をまた持ってきてくれたみたい。ところで……ジェイクが刑務所に入っていた理由は知ってる？」

デイルは身をぐっと乗り出し、カウンターに両肘をついた。

「ジェイクはあまり利口なほうじゃない。簡単に言うと、やつは湾岸戦争からの帰還兵だが、帰国したあと社会にうまく適応できなかったんだ」

「残念だけど、そういう事例はたくさんあるわね」スザンヌは言った。「でも、どうしてジェイクは刑務所に入ることになったの？」

「それが聞くも涙の物語でね」

「ティッシュなら箱いっぱいあるから大丈夫」

「たしか」とデイルは咳払いしてから話しはじめた。「ある晩、あいつは何人かの男たちと一緒だった――どこかのバーで知り合ったらしいそいつらは、ジェイクに戦争の話をしてくれとせがんだらしい。よくいるだろ、自分じゃ入隊する気もないくせに、夜間哨戒だの弾薬だのAK－47だのの話をひと晩じゅうだって聞いていられるミリタリーおたくさ。とにかく、そのチンピラどもがマルボロを買おうとジェサップの〈クイック・ストップ〉に立ち寄った。煙草の支払いを待つあいだに、連中はレジの金を少しばかり頂戴しようと思いついた。そいつらが現金をわしづかみにし、バドワイザーの十二缶パックをふたつ持って駆け出してきたとき、ジェイクは車の後部座席でぼんやりしてた。早い話が、全員が逮捕され、あそこにいる帰還兵にはジャスパー・クリーク刑務所で懲役八カ月という判決が下された」

「弁護士はつかなかったの？」スザンヌは訊いた。「だって、いまの話からすれば、情状酌量の余地があるみたいじゃない」

デイルは首を傾けた。「おおかた、一年生の公選弁護人だったんだろうな。だいいち、どうしようもない薄のろってだけじゃ、情状酌量はされないのが普通だ」

「ジェイクは薄のろじゃないのかもよ。ただ……心が麻痺しているだけかもしれない」ペトラはヴェトナム帰還兵のための組織でボランティアをしているが、彼らのなかには、五十年以上が経過したいまでも精神的な後遺症に苦しんでいる人がいるという。

トニが大急ぎでカウンターに戻ってきた。「やっておいたよ」とスザンヌに報告した。「ちゃんと受けつけたから大丈夫」

「ありがとう」スザンヌが言ったとき、あらたな来店者がふたり、カウンターに腰を落ち着けた。そのうちのひとりはアラン・シャープ。土曜の夜に遭遇したときに妙に喧嘩腰だった弁護士だ。もっとも、シャープはいつだって喧嘩腰だ。

「いらっしゃい」トニがふたりに声をかけた。シャープはデイルの隣に、もうひとりはカウンターのいちばん端に腰かけていた。トニは両方の前に水とコーヒーを置き、注文を取りにかかった。アラン・シャープの番になると、彼はいつものぶっきらぼうな口調で言った。

「スープだけでけっこう」

「きょうのお勧めメニューは聞かなくていいの？」トニが言った。「エッグサラダのサンドイッチにチキンとワッフルだけど」

「チキンとワッフル？」シャープは言った。「それはまたずいぶんと妙な組み合わせだな」

「南部の料理なんだ。元気が出るひと皿だよ。それにさ、アラン、よその地方の料理について見解をあらたにするのはいいことだし」

「見解などあらたにする気はないね。普通でいいんだ。突飛なものも妙ちくりんなものも願い下げだ」

「ちょっとどういう意味？」トニはシャープににじり寄った。「うちがハラペーニョのフライみたいなジャンクなものを出す店だとでも言いたいわけ？　業務用の店からひと袋五十ポンド入りの冷凍食品を買ってきて出してるとでも？」

「ああ、わかったよ」シャープはわずかにたじろいだ。

「うちは本物のカフェなんだ。地産地消《ロカヴォール》って聞いたことない？」

「頭《ロコ》が変なのはあんただろうが」

お客が次から次へと現われ、きょうのランチタイムの混雑は永遠に終わらないんじゃないかと思えてきた。商売にとってはいいことだが、スザンヌは少し疲れを感じはじめていた。さらに十件ほどの注文を取って仕切り窓からペトラのほうに押しやると、ひとつ大きく息をついた。それから自分のカップにコーヒーを注ぎ、香りを胸いっぱいに吸いこんだ。カフェインを注入しないと。その場でコーヒーを一気に飲み干し、元気を奮い起こそうとした。そのとき、アラン・シャープがデイルに向かってレスター・ドラモンドがどうのこうのと言っているのに気がついた。

なんの話かしら?

スザンヌはシャープの話を聞き取ろうと、ふたりのほうににじり寄った。しかしシャープはさらになにかぼそぼそとつぶやいただけで不気味な笑いを洩らし、それからわざとらしく額をぬぐった。

「そうですね」デイルは愛想よく言った。

そこでシャープは立ちあがり、カウンターに五ドル札を放ると、せかせかと出ていった。デイルに目をやると、ベルトをずりあげていて、こっちも帰ろうとしている。

「ねえ、いったいなんの話だったの？」最近わかってきたのだが、デイルはけっこうなおしゃべり好きだ。

「びっくりするやら、興味深いやら」デイルはにこにこ笑いながらかぶりを振った。

「わかるように話してよ」

「つまりだね」デイルは秘密めかした口調になった。「レスター・ドラモンドは刑務所委員会のメンバーのうちアラン・シャープを含めた三人を相手どり、みずからの解雇をめぐって三百万ドルの訴訟を起こしていたんだ。しかしドラモンドが死に、シャープは窮地を脱した。もう責任は問われない。めでたしめでたしというわけさ」

「あっけない幕切れね」

「まったくうまいこと逃れたもんだ」とデイル。「運のいいやつだな」

「本当ね」スザンヌはそう言いながら、どこか釈然としなかった。数百万ドルもの訴訟を逃れて自由の身となったのなら——しかもそれをあからさまに喜んでいるのなら——アラン・シャープも容疑者と見なしていいのではないだろうか？

18

　ランチタイムが終了し、トニお手製のダンプ・ケーキがきれいにたいらげられると、今度はハート&クラフト展に協力する人たちの番だった。少なくとも十二人ほどの芸術家たちが顔を出し、作品を置いていった。

「すばらしい絵ね」スザンヌはホープ教会で非常勤のオルガン奏者をつとめているアグネス・ベネットに言い、目の前に並んだキャンバスにほれぼれと見入った。「あなたがこれほど腕のいい絵描きだなんて知らなかった」

「そんなんじゃないのよ、本当に」アグネスは言った。「自分では素人に毛の生えた程度だと思ってる。ただ、キャンバスに絵の具を置くのが好きなの」

　素人に毛の生えた程度なんてとんでもなかった。近くのブラフ・クリーク・パークを描いた風景画はシャープでくっきりとした筆づかいと抑えた色調の茶と緑とが相まって、キンドレッドの全住民にとって見慣れた岩やそびえ立つ崖を迫力たっぷりに描いていた。

「これはすぐに飾りましょう」スザンヌは言った。「ほかの作品も一緒に。ティータイムのお客様にとっていい目の保養になるもの」

「それに、どれに値をつけようか考えてもらえるしね」アグネスはにこにこして言った。

「そのとおり」

スザンヌはすぐさまフルモードになって、カフェの壁から絵皿やブリキの看板をはずし、絵、キルト、ニットのショールやスカーフを無我夢中で飾っていった。その下の棚に並んだ大事な陶器のニワトリもいくつかどかし、記念の品を入れる小箱、ビロードのハンドバッグ、ビーズ使いのアクセサリーなどをていねいに陳列した。いずれ、残りのニワトリたちにも場所をあけてもらうことになるだろう。


昼下がり、スザンヌはカックルベリー・クラブが本物の画廊のような風情を帯びたのに満足し、五分間休憩しようと、居心地のいい厨房に入っていった。

「ちょうどよかった！」ペトラが言った。「ラズベリーのスコーンはいかが？　ちょっと焼いてみたの。月曜日のティータイムはいつもより忙しいから」

「いただくわ」スザンヌは言った。

「クロテッド・クリームもたっぷり添える？」

スザンヌは片手をあげた。「クリームはやめておく。スコーンだけで充分」

「あなたが太らないのも当然ね」ペトラは言った。「ちっとも食べないんだもの！」

そのとき突然、スイングドアが騒々しくあいてトニが入ってきた。

「ねえねえ！」とはずんだ声をあげた。「ああやって作品を飾るといい感じだね。ルーヴァーみたいだ」

スザンヌとペトラは顔を見合わせた。

「いまなんて言った？」スザンヌはよく聞き取れずに訊き返した。

「ほら、あそこのことだよ」とトニ。「ルーヴァー。フランスにあるすてきな美術館。パリにあるよね。モナ・リザが住んでるところ」

「ルーヴルでしょ」ペトラは噴き出さないよう苦労しながら言った。

トニはむっとなった。「ルーヴァーとルーヴル、どうちがいがあるのさ？　あたしたちのカフェが突然、美術品でいっぱいになったことに変わりないじゃん！」

「美術品以外のものだっていっぱいあるじゃないの」ペトラはつぶやいた。

トニはペトラに指を突きつけた。「聞こえたわよ、おねえさん。それにふたりしてあたしのフランス語をばかにしてるのも、ちゃあんとわかってるんだから」

「だって、トニ」ペトラは急に申し訳なさそうな顔になった。「あなたが学校でフランス語を勉強してたなんて知らなかったんだもの」

トニは首を片側にかしげ、にやりと笑った。

「ちゃんと勉強したよ。フレンチキスをさ」

ペトラがわけがわからずにいると、トニは意地悪そうな含み笑いを洩らした。

「へへへ、あたしの勝ち！」

「ちょっと、からかったわね！」ペトラが甲高い声をあげると同時に、トニのスレンダーな体はスイングドアをすり抜けていった。

スザンヌがふたりのお客に祁門茶《キーマン》を注いでいると、保安官が足音も荒く入ってきた。顔は赤カブのように真っ赤で、わずかばかりの灰色の髪が風船で頭をこすられたみたいにつんつんに立っている。

「彼女はどこだ？」と大声で怒鳴った。「ここにいるのか？」

「誰のこと？」スザンヌは保安官のほうに目をやった。いったいなにがあったの？　どうしてあんなにカッカしているのかしら？　はたと気づいたとき、保安官が大声で……。

「ミッシーだ！」保安官の口からその名前が猛然と飛び出した。「いなくなっちまったんだよ！　跡形もなく。車はなくなってるし、電話にも出やしない」

スザンヌはティーポットを保温器に置き、保安官をとめようと大急ぎで店内を突っ切った。保安官がさらになにか言うよりはやく、袖をつかんで〈ブック・ヌック〉まで引っ張っていった。彼はスザンヌの倍も大きいから、容易なことではなかった。とにかく、店内にいる詮索好きな目と興味津々の耳から遠ざけたい一心だった。意外にも保安官は意図を察し、おとなしくついてきた。

「ミッシーがいなくなったって本当なの？」

「ああ、本当だとも」保安官は烈火のごとく怒っていて、いつ爆発してもおかしくない状態だった。

ミッシーの失踪が事実なら気がかりだ。ミッシーがなにか隠しているにちがいないと思われてしまうからだ。スザンヌは頭をフル回転させ、この知らせが意味するところをすべて理解しようとつとめた。

「きっと、怖くなったのよ」スザンヌはまともなことを言おうとあせる一方、保安官の怒りを鎮めようとしてそう言った。「それで、どこかに身を隠しているんだわ。友だちの家かどこかに」

「けさ、あんたと法執行センターを出て以降、彼女は誰にも目撃されていない」保安官の声は怒りで震えていた。「おれに言わせれば、それは逃亡なんだよ！」

「ミッシーはそんな人じゃ……」スザンヌは言いかけた。

「あんたの言い訳など聞きたくない」保安官はずんぐりした人差し指を警告するように振った。

「わかった」スザンヌは言った。正直言って、今度のことはものすごくショックだ。ミッシーは遠くに行くなと指示されていたのに、こっそり町を離れるなんて。いったいどういうこと？　もう、つき合いきれない。

「わたしが捜しにいけば、少しは機嫌を直してくれる？」スザンヌはふと思いついて言った。

「どこに行ったか見当をつけて捜してみてもいいわ」

「おれが自分の仕事のやり方もわかってないと言いたいのか？」保安官は疑り深く、むきになっていた。

「そういうんじゃないの」スザンヌは冷静さを失うまいとしながら言った。「あなたの手がふさがってるのはわかっているから、役に立ちたいと思っただけ」

「なら協力してもらうとしよう」保安官は言った。「ただし、警察の仕事の邪魔をするんじゃないぞ」

「邪魔なんかしないわよ」

保安官は警戒するような目をスザンヌに向けた。

「あのね、わたしだってあなたと同じように、事件の解決を望んでいるの」スザンヌは言った。「ミッシーは友だちよ。すべてきれいさっぱり終わりにしたい。大事な友だちがこんなごたごたに巻きこまれているのを、わたしが楽しんでいるとでも言いたいの？　答えはノーよ。だから、ミッシーの居場所を突きとめようと町じゅうを捜しまわってもかまわないでしょ」

「言っておくが、おれの邪魔をするなよ」

「するもんですか」

「あくまでおれの領分だからな」

「それはよくわかってる」

保安官は長々と大きなため息をひとつつくと、ユーティリティベルトをずりあげた。銃、懐中電灯、警棒、それに無線を装着したベルトは、さながら人間スイスアーミーナイフといったところだ。

保安官の癇癪《かんしゃく》がいくらかおさまったのにほっとし、スザンヌは言った。

「ねえ、カフェに戻って、おいしいカモミール・ティーでもいかが？」もっと落ち着いてもらいたいもの。

「コーヒーのほうがいい」荒い足音を響かせスザンヌについていきながら、保安官はつぶやいた。

「じゃあ、コーヒーね」スザンヌがカウンターに案内すると、保安官はいつものスツールにけっこうな巨体を預けた。「スコーンはいかが？」スザンヌは訊いた。

彼は首を横に振った。「ドーナツにしてくれ。おたくで出してるお上品な茶菓子より、そっちのほうがいい」

スザンヌは目をぐるりとまわすところを見られないよう、わずかに顔をそむけた。ガラスのパイ容器のなかから、チョコレートのフロスティングとカラフルなチョコスプレーに覆われた大きなドーナツをひとつ出した。少し迷ったのち、もうひとつ皿にのせた。ドーナツ二個を保安官の前に置き、淹れたてのコーヒーをカップに注いだ。「はい、どうぞ。好物のチヨコスプレーをまぶしたドーナツよ」

「チョコスプレーのドーナツか」保安官はうれしそうに言ってかぶりついた。赤、ピンク、白のチョコスプレーが小さな雪崩《なだれ》を起こしてカーキのシャツに落ちたが、気にする様子もなかった。

「おいしい？」スザンヌは訊いた。

「うまひ」保安官はもぐもぐやりながら答えた。

彼はコーヒーをひとくち飲んだ。一個めのドーナツをたいらげ、二個めに手をのばした彼を見て、スザンヌは食べ物以外の話題を持ち出しても大丈夫そうだと判断した。

「ねえ、保安官。土曜の夜、トニとふたりで墓地のイベントに行ったんだけど」

「ほう」保安官はまだドーナツを食べるほうに一生懸命だった。

「そこで変なものを見つけたの。あなたに見てもらったほうがいいと思って」

保安官は口を動かすのをやめた。「なんの話だ？」

スザンヌはカウンターの奥に手をのばし、埋め戻した墓から持ってきた羊皮紙のような紙を取った。それをカウンターに置き、保安官のほうに滑らせた。

「なんだい、こりゃ？」彼はごくりと唾をのみ、警戒するように尋ねた。

「メモよ。レスター・ドラモンドさんが見つかったお墓に置いてあった」

「なんだと？」保安官はべたべたする指をナプキンでぬぐって唇に押しあて、それからメモを手に取った。眉間にしわを寄せ、そこに書かれたせつない一文を読んだ――〝そして彼はひっそりといなくなった〟

「いったいこれはどういう意味だ？」保安官は言った。

「わたしたちも同じことを考えたわ。だからあなたに見てもらおうと思ったわけ。とんと見当がつかないんだもの」

「墓に置いてあったと言ったな？」

「それもよりによって、ドラモンドさんが亡くなったお墓よ。もう埋め戻されていたけど」

「なるほど。とてつもなく奇妙だな」保安官は表情のない目でスザンヌを見つめた。「誰が置いたかは見てないんだな？」

「ええ」

「現場付近をうろうろしていた人物にも気がつかなかったか？」

「とくには」

「これは預からせてもらっていいな？」

「そうしてもらうつもりだったもの」スザンヌはそう言い、少し考えてからふたたび口をひらいた。「指紋だとか、紙の材質なんかを調べたら、おもしろいんじゃないかと思うの。あるいは、筆跡の専門家に見てもらうのもいいわね」

「そうだな」保安官は言った。「もちろん、なんの事件性もない可能性もある」

「それはわかってる」

「誰が書いたとしてもおかしくない。単なる偶然ってこともありうる」

スザンヌは保安官をじっと見つめた。「そう思う？」

保安官はしばらく考えこんだ。「おそらくは……無関係だろう。ドラモンドは町の人気者ってわけじゃなかった。ここに書かれてる内容は、どっちかと言うと……感傷的だ」

「ほかにも耳に入れておきたい話があるの」スザンヌは言った。

保安官は目をあげた。「興味深い情報をいろいろと隠し持っているようだな」

「そういう言い方もできるわね」スザンヌは店内を見まわし、お客がみな満足し、とくに応対する必要がないのを確認した。それから保安官に視線を戻した。「きょう、アラン・シャープさんがランチタイムに見えたんだけど」

保安官はうなずいた。「それで？」

「デイル・ハフィントンとなにやらしゃべっていて、それがちょっと気になってね」

保安官はなにも言わず、ただ彼女を見つめている。

「デイルに教えてもらったら、ドラモンドさんは刑務所委員会のメンバー三人を相手取って三百万ドルの訴訟を起こしていて、シャープさんは被告のひとりなんですって」

「ドラモンドは解雇は不当だとして訴えたんだな」

「そう」スザンヌは言った。「でも、シャープさんとその他ふたりの委員を相手取った民事訴訟なの。だから、一般には知られていないみたい」

「おれもはじめて聞いたよ」保安官は大きな頭をかきながら言った。

「とにかく」話のつづきを話しはじめたスザンヌのうしろに、さげた皿をのせたトレイを持ったトニが現われた。「シャープさんはすごくほっとしているみたいだった」

「ドラモンドが死んだせいで、訴訟そのものが取り下げになるからだな」

「わたしもそんなふうに思ったわ」

「それで、おれにどうしろって言うんだ？　アラン・シャープをじっくり調べろって？」

スザンヌは保安官の視線をまともに受けとめた。「そうしてもらえると、とてもありがたいわ」

「とてもありがたいよ」トニが同じ科白を繰り返した。

「やってはみる」保安官は言った。「だからと言って、ミッシー・ラングストンが無罪放免になると思ってもらっちゃ困る」

「ミッシーは……」トニが言いかけたが、スザンヌは手を振って制した。

「わかってるわ、保安官」

コーヒーとドーナツの効果で保安官の怒りは一時的に鎮まったが、機嫌の悪さは変わらなかった。携帯電話が鳴ると彼は即座に出て、電話の相手に向かって無愛想に短く応答した。うれしそうな様子はまったくない。通話が終わると、彼はつぶやいた。「まずは、おれのパトロールカーを修理に出さないとな。ブレーキが利きにくいんだよ」

電話を切った保安官にトニがすり寄った。「なんとなく聞こえちゃったんだけどさ……保安官の車、ジュニアに見せたらどうかな？」

保安官は拒もうとするように、大きな手をあげた。「いい歳をして不良少年を気取ってるやつに、うちの公用車をいじらせるわけにはいかん。そもそも、車は郡の所有だから、ちゃんとした修理工場と契約してるんだ」

「そんなあ、いいじゃん」トニは食いさがった。「ジュニアにもチャンスをやってよ。すご腕《ジャック》のメカニックなんだからさ」

「そうかい」保安官はスツールから滑りおりた。「やつの整備士免許は、クラッカー《クラッカー》・ジャック（キャラメルがけしたポップコーンとピーナッツを混ぜたスナック菓子）のおまけってわけか」

「この石頭！」トニは存在感あふれる保安官のうしろ姿に向かって怒鳴った。

「ジュニアはジェサップの専門学校に行ったんじゃなかった？」保安官の背中をじっと見ているトニにスザンヌは声をかけた。以前から思っていたが、車をこよなく愛するジュニアのことだから、学校での成績はよかったはずだ。

「クラスでいちばんだったよ」とトニ。「もっとも、学校に通ったのは裁判所の命令だったんだけどね」

スザンヌは顔をしかめた。「それってつまり……」

「手に職をつけないなら自立支援施設行きだと裁判官に言われたんだってさ」

「ジュニアは自立支援施設にいたの？」

トニは肩をすくめた。「昔の話だよ。困ったことに、なんの薬にもならなかったんだよね」トニの口角があがり、いたずらっぽい笑みが浮かんだ。「なにしろジュニアときたら、生まれてこのかた、まっとうに働いたことがないんだからさ！」

ミッシーが突然いなくなったことをトニとペトラに伝えると、ふたりは腰を抜かすほど驚いた。

「保安官がなにを怒鳴っているのか、気になっていたのよ」ペトラが言った。

「どこにいるんだろうね？」トニが言った。「よその州に逃げたのかな？」

「さあ」スザンヌは少しがっかりしていた。町を出るようなばかなまねはしないでとミッシーに注意したときの言葉が、まだ記憶に生々しく残っている。なのにどうやら――あれからまだ四時間とたっていないのに――ミッシーはそのばかなまねをしでかしたらしい。

「やっぱりミッシーが犯人なのかな?」トニが蚊の鳴くような声を出した。

「そんなわけないでしょ」即座にペトラが言った。「ミッシーはただ怯えているだけよ。そうよね、スザンヌ」

「ええ」

「じゃあ、なにに怯えてるのさ?」トニが訊いた。

「たぶん彼女は……」ペトラはどう答えればいいかわからなくなって、言葉を切った。

「ひょっとしたら、真犯人につけねらわれるのが心配なのかもしれないね」トニが言った。

「通りで追いかけられるとか、あるいは、自宅で待ち伏せされるとかさ」そう言って目を皿のようにまるくした。「そう思わない?」

「正直言って、なにも考えたくないわ」スザンヌは疲労といらいらと困惑を同時に感じていた。

「でも、ミッシーを助けるためには考えなきゃだめ」いつも現実的なペトラが言った。

スザンヌは負けたというように肩をすくめた。「だから、この大きな口をあけて、ミッシーの行方を追って町じゅうを捜しまわっていいか保安官に了承を求めたわよ」

「だったら、なにをぐずぐずしてんのさ」トニは急にうきうきして言った。「車に飛び乗ってあちこち流してまわろうよ」

「それ、本気？」スザンヌはトニの提案に少しうれしくなった。「あったりまえじゃん」トニは腕時計に目をやった。「護身術の講座が始まるまで、一時間半近くもあることだし」

「やだ、すっかり忘れてた」スザンヌは言った。「いまは、とてもじゃないけど行く気になれない。

「ふたりとも、本当にその講座を受けるつもり？」ペトラが訊いた。

「もちろんだよ」トニが答えた。「この内なる攻撃性を解き放ちたくてむずむずしてるんだから」

「それだったら」とペトラ。「すでにちゃんとできていると思うけど」

「でも、本当に蹴ったりはしてないじゃん。殴ったりも」トニはウサギのようにすばやく跳びあがると、脚を突き出し、オーブンの扉を蹴った。「やった！」と勝ち誇った声をあげる。

ペトラは顔をしかめた。「お願いだから、用心してちょうだいね。腰の骨を折ったりしたら大変よ」転んで腰の骨を折るような事態を、ペトラはなによりも恐れている。重要な役割を持つ骨が折れて、何カ月も寝たきりになるのが怖いと、常日頃から言っているのだ。

「腰の骨もどこの骨も折らないわよ」スザンヌは言った。「だいいち、きょうは初日だもの。いわばオリエンテーションというか、入門編になると思うの。輪になってすわり、カーラ・ライカーがあれこれ説明するのをただ聞くだけよ、きっと。襲撃者役の人を蹴ったり、パンチしたり、投げたりはしないわ」

「ガールスカウトの集まりみたいな感じだね」とトニ。「みんなで手をつなぎ、『クンバヤ』を歌うんだ。紙タオルにドリトスを山のように盛って、テレビの前でゴロゴロしてるより何倍もいいよ」

ペトラはまだ納得していなかった。「現実を受け入れなさいよ、ふたりとも。あまり本気になってはだめ。だって、わたしたちは少しずつ老いているんだから。このあいだの晩、テレビのコマーシャルでヘンリー・ウィンクラーがシニア向けのリバースモーゲッジ（自宅を担保に金融機関から借金をし、それを毎月の年金として受け取る仕組み）を宣伝してたんだから」彼女は強調するように木のスプーンで金属のポットを軽く叩いた。「信じられる？　昔『ハッピーデイズ』というドラマでフォンジーを演じていたあの人がよ。クールを気取って女の子をナンパするかわりに、老後の資金保障の話をしてたんだから。まったく、世の中どうなっちゃってるの？」

19

スザンヌとトニは首をのばしてあちこち目をやりながら、キンドレッドの通りという通りを走った。メイン・ストリートまで来ると、スザンヌは黄色煉瓦の建物の前を行き交う人の顔がわかるくらいまで、車の速度を落とした。商品をこれでもかと飾り、色とりどりの半円形の日よけのついた店の窓をひとつひとつのぞきこんだが、ミッシーの姿はどこにもなかった。狭い裏通りにもまわって、くねくねした道も走ったり袋小路に入りこんだりもした。それでも、収穫はなかった。

二十分も走ると、ふたりは少しげっそりしてきた。

「〈ルート66〉にいるかもしれないよ」トニが言った。「髪を整えてもらいにさ」

急いで車をとめ、〈ルート66〉に入っていった。この店はキンドレッドでも一、二を争うヘアサロンで、オーナーのグレッグとブレットというおしゃべり好きのふたりは、町のあらゆる噂に通じている。あざやかな黄色いTシャツとしゃれたブラックジーンズでばっちり決めたブレットが、青い髪のお客に古くさい巨大なドライヤーをかぶせ、奥から駆けてきた。そしていつものハグと音だけのキスでふたりを出迎えた。

しかし、所在不明の友人について尋ねられると、ブレッドの笑顔は渋面に変わった。

「ここ数週間、見かけてないな。最後にカットとブローをして以来だね」

「そういう答えを聞きたかったわけじゃないんだけど」スザンヌは言った。「とにかく、ありがとう。見かけたらわたしに電話してね、お願い」

「彼女、まずいことになってるの？」ブレットは訊いた。

「そうじゃないといいんだけどね」スザンヌはそれ以上、くわしく話したくなかった。

店を出ると、スザンヌとトニはふたたび車に乗りこんだ。「〈アルケミー〉に寄ってるのかも」スザンヌはつぶやいた。

店の前で車をとめ、トニが店に駆けこんだ。彼女は一分後、走って出てきたものの、ミッシーは影も形もなかった。

「店員の子はミッシーはくびになったと何度も何度も言ってたよ」トニは少し息を切らせて言った。「ってことは、ここに隠れてる可能性はゼロだね」

「じゃあ、どこにいるのかしら？」スザンヌは首をかしげた。「跡形もなく消えるはずがないもの。どこかにいるはずよ」

「ひょっとして誰かに――」トニは言いかけ、すぐさま口を閉じた。

「ひょっとして誰かに、のつづきは？」スザンヌはうながした。

「うん、まあ……言わないでおく」

「なんなの？」スザンヌはなおも迫った。

トニはさんざんためらったのち、小声で言った。「言っても飛びかかったりしないでよ。ひょっとして誰かに拉致《らち》されたのかなって」

「ばかなことを言わないの！　そんなこと、考えるだけでもだめよ」

「ごめん、反省してる。ただ……」

「祈るのよ」スザンヌは熱っぽく言った。「なにもかも丸くおさまりますようにと」


ふたりはカトーバ・パークウェイを走りながら、カトーバ川の土手に目をこらし、ピクニック用テントのある公園も捜索し、さらにはカイパー金物店、レクソール薬局、それに〈シユミッツ・バー〉をさっとのぞいた。けっきょく、時間切れとなり、捜索をあきらめてハード・ボディ・ジムに向かった。

「とにかく、できるだけのことはしたわ」スザンヌは言った。ふたりは女性用更衣室で着替えているところだった。スザンヌは落胆し、疲れ果てていて、講座に出る気力がわかなかった。

「最善をつくしたよね」トニが言った。彼女は硬いベンチに腰をおろし、擦りきれたカウボーイブーツを脱いでいるところだった。「やれやれ。でも、この講座に申しこんでいてよかったよ。なんかいい効果がありそうな気がする」

「そう？」スザンヌはペットボトルの水を飲みながら言った。始まる前からタオルを投げ入れたい気分だったから、トニの前向きな姿勢に元気づけられる思いがした。

「うん。ふたりともむしゃくしゃしてるし、気が動転してるけど、その流れを変えるチャンスだと思うんだよね」トニはカウボーイシャツとカウボーイブーツからピンク色のふわふわしたものに着替えていた。スザンヌに見られているのに気づくと「おかしくない？」と訊いた。トニはピンクのベロアのトラックスーツにみすぼらしいスニーカーという恰好だった。

「べつに変じゃないわよ」スザンヌは黒いヨガパンツと灰色のTシャツに着替えていた。

「たかがキンドレッドのハード・ボディ・ジムじゃないの。ニューヨークにあるセレブ向けの〈ソウルサイクル〉じゃないんだから」

トニはくるりと向きを変え、お尻を突き出した。「うしろがこんなんでも？」臀部《でんぶ》にいきおいのある派手な文字で〝プリンセス〟と書いてあった。

「わたしはすてきだと思うわ」

「さすが、親友だけあるね。絶対にあたしを批判しないし、バッシングしないし、変えようともしない。あるがままのあたしを受け入れてくれてさ」

「だって、いまのままのあなたが好きなんだもの」

「永遠の大親友だね」トニは言うと、小指を立てた。「ずっと親友でいるって小指に誓おう」

「いつまでも親友よ」スザンヌは大事な友だちと小指をからめ合わせた。

更衣室を出て、広々としたワークアウトルームに入ると、円形に並べられた折りたたみ椅子に何人かの女性がわくわくしながらすわっていた。大半は知り合いだったから、昂奮と不安の入り交じった声でおしゃべりを楽しんだ。

「すごく楽しくなりそうだね」トニが小声でスザンヌに言った。「欲求不満を発散させるのが待ちきれないよ」

「ミッシーの行方がわからないのはべつにして」スザンヌも声をひそめた。「ほかには誰にいらだってるの？」

「ジュニアだよ」とトニ。「ほかに誰がいるっていうのさ。あのばかたれときたら、車を返せって言ってるのに、まだ返してくれないんだ。おかげであたしは、セメントミキサーみたいにガタガタ揺れるポンコツ車に乗ってる始末さ」

「壊れたレコードみたいに同じことを言って悪いけど、車のことなんかたいした問題じゃないわ。ジュニアとの面倒な関係からくる症状のひとつにすぎないもの。そう言えばここ何カ月か、今度こそ本気で離婚届を出すって言ってたんじゃ……」

「わかってる、わかってるってば。でも結婚生活に終止符を打つのはものすごく大変なんだよ」

現実的な答えだこと、とスザンヌは心のなかでつぶやいた。

「あたしってさ、目の前にあるものにしがみつくところがあるんだよね」トニは打ち明けた。「それにジュニアは外見とはちがって、本当はやさしいやつなんだ。ばかなことをしでかすこともあるけど、悪気はないんだ」

「彼があなたの預金を勝手におろして、アレチネズミの繁殖を手がけようとしたときのことはどうなの？」

「あれは構想そのものがだめだったよね」トニは素直に認めた。

「ギンスの包丁を訪問販売しようとしたのはどう？」

「わかった。やっと記憶がよみがえってきたよ。おかげで気合いが入ってきた。いまなら素足で板を割れる気がする」

「あのね」とスザンヌ。「護身は肉体を守るだけじゃだめなの。感情も守らなきゃ」

トニの目が涙でうるんだ。「わかってるよ。痛いほどね」


講座は楽しかった。こんなに楽しい思いをしたのは、サムと過ごす夜をべつにすればひさしぶりだった。カーラ・ライカーは教え方がとても上手で、まずは概要説明から始めた。

「この講座は危険なものではありません」しなやかな体を黒いレオタードに包み、ジェルで髪をつんつんに立たせたカーラは黒い目を輝かせて言った。「女性が反撃のテクニックを身につける場です」

「ヒューヒュー」トニがこぶしを振りあげた。

「でもその前に」とカーラは言った。「標的になりにくくするポイントと、予想される危険を多少なりとも小さくする方法についてお話ししますね。そのあと、襲われた場合の対処について――言葉、メンタル面、必要ならば実力行使も含め、説明します」

二十分の講義につづき、準備運動に移った。受講者の息がいい具合にはずんでくると、カーラは本題に入った。「この講座ではみなさんのコアマッスルと下半身を中心に鍛えていきますね。というのも、力の大半はそこで生まれるからです」

体が温まって準備がととのうと、カーラは基本動作について説明した。背後から首を絞められたり、手首をつかまれたり、うしろから抱きつかれたりした場合、どういなすかを。

「こっちに来て、スザンヌ」カーラが呼んだ。「うしろからゆっくり近づいて、わたしの首に腕をかけてみて。押さえつけるようにして」

言われたとおりにしたところ、カーラの機敏な動きで腕を振りほどかれ、スザンヌは啞然とした。

「じゃあ、もう一回。よく見ていてね」

全員が腕をひっぱたいて腰を突き出す動きを頭に叩きこむと、カーラは次の指示を出した。

「今度はパートナーをつかんで、実際に練習してみましょう！」

スザンヌはトニと組み、トニが襲撃者役になった。

「逃すもんか！」トニはそう大声で言いながら、スザンヌにうしろから飛びかかった。しかし、スザンヌは覚えるのがはやく、トニをゴムマットに転がす技を繰り出した。

「やられた！」トニはふらふらしながら体を起こした。「いい動きだったよ！」

一時間半の講座はあっという間だった。スザンヌとトニはシャワーを浴び、更衣室で手早く着替えをすませ、六時四十五分には雨あがりの夜の町を歩いていた。

「もう少しミッシーを捜す？」トニが訊いた。

「それより、ドラモンドさんのお通夜に寄っていこうと思うの」スザンヌは言った。「場所はドリースデン&ドレイパー葬儀場だそうよ」

「まじめに言ってんの？　ドラモンドのことなんか、なんとも思ってないくせに」トニは白い目でにらんだ。「お通夜の場であれこれ嗅ぎまわり、目星をつけようっていうんだね」

スザンヌは片方の眉をあげた。さすが、トニはよくわかっている。「そう思うなら、あなたも一緒に来たらいいわ」

「この恰好で行けると思う？」トニはまだベロア素材のピンクのトラックスーツを着ていた。

「べつにかまわないいんじゃない」スザンヌは言った。「ときには地元の人に刺激をあたえるのもいいと思うわ。それに、これは願ってもないチャンスなんだし」

ドリースデン&ドレイパー葬儀場は統一感のない古い大きな建物だ。基本的には小塔、フィニアル、欄干で飾りたてたアメリカンゴシック様式だが、ヴィクトリア朝様式の特徴もところどころに見受けられる。道路から奥まったところに建つ羽目板張りの建物は全体が陰気な灰色で、窓やドアは上品な白いトリムで飾られている。いかにも、アダムス・ファミリーが住み着いていそうな建物だ。雨と稲妻とケトルドラムのようにとどろく雷音をくわえれば、まるで『地獄へつゞく部屋』そのものだ。

「ここって、いつ来ても変なにおいがする」玄関を入るなりトニが言った。「むせ返るような花の香りと薬品のにおい、それに……」

「お願いだからそれ以上言わないで」スザンヌは言った。

「ま、いいけどさ」

スザンヌはにおいよりも薄気味の悪いインテリアのほうがよっぽど気になった。フラシ天の灰色と藤色のカーペットやカーテンは、足音を消すと同時に、嘆き悲しむ声をものみこんでいるような気がする。どこを見てもブロケードのカウチがあり、クリネックスの箱を置いた小さなテーブルがあり、いかにもお葬式用の大きなブーケがある。模造のクルミ材の台には、葬儀につきものの記名帳が広げられ、ごていねいにも作り物の羽根ペンまで添えてあった。

「記帳しなきゃいけないんだよね？」トニが言った。

スザンヌはそばに寄って、記入された名前に目をとおした。前のページをめくり、そこもざっと調べた。

「ミスタ・ドラモンドに最後のお別れをなさるのでしたら」そう声をかけてきたのは、やや大きめの黒い三つ揃いに身を包んだ悲しげな目の若い男性だった。「二番の霊安室へどうぞ」

「ここで働いてるの？」トニは尋ねた。「それとも、弔問に来た人？」

「こちらの従業員でございます」男性はトニから目をそらし、これ以上質問しないでもらえるとありがたいというメッセージを発した。

「さあ、行くわよ」スザンヌは声をかけた。「さっさと済ませましょう」自分でもなぜここに来たのかよくわからないが、とにかくドラモンドの通夜に出なくてはいけない気がしたのだ。だから、状況に応じて臨機応変にいくしかない。

しかし、二番の霊安室に入っていくと、トニは膝をがくがくいわせ、スザンヌの肩に倒れかかった。「やだよ、もう」と小声で訴えた。「棺のふたがあいてるじゃんか！」

「落ち着いて」スザンヌは声をかけた。「あのおぞましい墓穴で、もっと悲惨な状態のドラモンドさんを見たじゃないの。それにくらべたら、どうってことないわ」

「でも、あたしは死んだ人があんなふうになってるのがだめなんだって！　おしろいだのなんだので死化粧してあるのがさ」

「年老いたロックスターみたいだものね」スザンヌは軽口を叩いた。

トニは無理に弱々しい笑みを浮かべた。「まったくだ」それでも、まだ根をおろしたように動かず、一歩も前に進もうとしない。

「ほらほら」スザンヌはもう一度うながした。「ちょっとのぞくだけでいいんだから」そこでひと呼吸おいた。「あなたは自分で思っている以上にタフなのよ。大きく息を吸って、さあ、とっとと済ませちゃいましょう」

トニは首を左右に振った。「そうは言ったってさ、棺に寝かされてる人を見るのはやっぱり怖いよ」

「ドラモンドさんはお手玉みたいに横たわっているだけよ」スザンヌは声をひそめた。「ほら、けっこう安らかな顔をしてる。本当よ」

「そんなこと言ったたって」

ようやくふたりは手早く、それでいて礼を失しない程度に対面をした。スザンヌは青白い顔のドラモンドを一瞥《いちべつ》し、トニはひたすら自分の足を見つめていた。

まいったわ、とスザンヌはひとりつぶやいた。あらためてドラモンドの姿を目にしたせいで、悲惨な死の記憶がよみがえったのにくわえ、トニが年端もいかない子どものようになるなんて。スザンヌはトニにべったりくっつかれた恰好で棺の前をしずしず通り、遺族にお悔やみの言葉をかける列に並んだ。

列の先にいる遺族はひとりだけだった。

レスター・ドラモンドの元妻、ディアアナ・ドラモンドが棺から数フィート離れたところに立って、スザンヌとトニを真剣な目で見つめていた。身に着けているのは黒いシルクのストンとしたワンピース——なんだかカクテルドレスみたいだ——とストラップのついた黒いピンヒール。大きなルビーの指輪がきらめいている。およそ通夜にふさわしい装いとは言えなかった。

「あらためてお悔やみを申しあげます」スザンヌはディアアナの手を握った。それからトニをつついたが、トニはあいかわらず自分の靴をじっと見つめるばかりだ。「わたしたちふたりの気持ちです」

「ありがとう」ディアアナ・ドラモンドはほとんど抑揚のない声で言った。

「いつまでもうじうじしてないでよ」充分離れたところまで来ると、スザンヌはトニをたしなめた。

トニはかぶりを振ってスザンヌに目を向けた。「ごめん。緊張して声が出なくなっちゃったんだ。なんとか早く終わりにしたくて」

「だったら、大成功だったわね」とスザンヌは言った。「あなたはよく見てなかったようだから言うけど、ディアナ・ドラモンドは通夜を淡々とこなしているようだったわ」

「あたしだってちゃんと見てたよ。退屈そうな感じだったね。しおらしくしてたけど退屈してた」

「そんなにしおらしくもなかったわよ」そのとき、モブリー町長が入ってくるのが目にとまった。「行くわよ。わが町が誇る町長と話をしなきゃ」

「あのうぬぼれ屋と？　なんだってあんなやつと話をしなきゃなんないのさ？」

「いくつか訊きたいことがあるからよ」

いつものカーキのスラックスにゴルフシャツという恰好のモブリー町長は、室内にいる全員とうれしそうに握手をするのに余念がなかった。太鼓腹で、筋肉はゆっくりとラードに変わりつつある。髪はしだいにさびしくなっていて、見栄を張ってなでつけた髪からピンク色の頭皮が透けていた。

「こんばんは、町長」スザンヌはつかつかと彼の前に歩み出た。

町長はブタのように小さな目で彼女をにらんだ。「スザンヌ！」と感激したような声をあげたが、その目は冷徹で、嫌悪感がにじみ出ていた。「わが町でも屈指の経営者のひとりではないか。いや失礼、女性経営者だったな。キンドレッドにはきみのような事業主がもっと必要だ」

　スザンヌはうるさいわねと言ってやりたかったが、思いとどまってこう言った。

「レスター・ドラモンドさんが刑務所委員会の三人の委員に対して起こした訴訟について、いくつかお訊きしたいんです」

「それにはタイミングも場所も悪い」町長はスザンヌから遠ざかろうとしながら言った。

「いえ、いまここでお願いします」スザンヌは彼の行く手をふさいだ。

「もう終わったことだ。訴訟は取り下げられたのだから」

「まあ。それはたしかですか？」

「まちがいない。元ミセス・ドラモンドもあの残念な出来事をあらためてほじくり返されたくはないそうだ」

「アラン・シャープさんは一時期ひどく案じていたそうですけど」

　町長は怖い顔でにらみつけた。「そりゃそうだろう。だがそれを言うなら、どんな訴訟にもストレスはつきものだ」

　スザンヌは暗灰色の棺に横たわる故ドラモンドのほうをしめした。

「あれにシャープさんが関わっているとはお思いではないですよね？」

　町長は息を大きく吸いこみ、ぎくりとした顔でうしろに一歩さがった。あのつかみどころのないシャープが卑劣な行為におよんだとは、思ってもいない表情だった。

「アランが？」町長はぼそぼそと言った。「あの男が関わっているわけがなかろう。なにしろ、わたしが兄のように信頼しているのだからな。去年は選挙参謀としても働いてくれたのだぞ」

そのうえ、不正投票にも手を貸してくれたしね。そそくさと遠ざかる町長の背中を見つめながら、スザンヌは思った。よくいう尻尾を巻いて退散、てやつね。


興味深いことに、二番の霊安室には次々と人が押し寄せていた。室内はしだいに混み合い、雑音のレベルは着実に上昇しつつあった。

「ずいぶんたくさんの人がお別れに来るんだね」トニが言った。

「あるいは、単なる好奇心で来ただけかもよ」スザンヌは言った。

「あたしたちと同じ？」

「そういうこと」

「ねえ、見てごらん」トニは言った。「あそこにブーツ・ワグナーとカーラ・ライカーがいる。さっき見かけたときとは着てるものがちがうね。やっぱりあたしも、もうちょっと人前に出ても恥ずかしくない服に着替えればよかった」

「その恰好だっておかしくないわよ」スザンヌは言った。「それに、どうせすぐ失礼するつもりなんだし」

「ドゥーギー保安官も来てる」トニが言った。

保安官もふたりに気づき、人混みを肘で押しのけながら近づいてきた。「彼女を見つけたか？」と開口一番に言った。ミッシーのことを訊いているのはあきらかだ。

「いまのところはまだ」スザンヌは答えた。「残念ながら」

「でも、まだ希望は捨ててないよ」とトニ。

「ちょっと訊きたいことがあるんだけど、保安官」スザンヌは言った。

保安官は口をへの字に曲げた。「なんだ？」

「例のテーザー銃にはミッシーの指紋がついていたの？」

「いや。しかし、それだけではなんの意味もない。きれいにぬぐったのかもしれないんだからな」

「なのに処分する手間は惜しんだわけ？　そんなの変よ」

会話の方向に気まずいものを感じたのか、保安官はトニに視線を移して顔をしかめた。

「なんてものを着てるんだ？　パジャマか？」

「エクササイズ用のウェアだよ」トニはこわばった声で答えた。

「ほう」保安官はベルトをずりあげ、大勢の弔問客をじっと見つめた。「なんにせよ、ささやかな通夜にずいぶんと集まったものだな」

「ドラモンドさんはあまり好かれていなかったはずなのに、急に人気者になったみたいね」スザンヌは言った。

「ここにいる連中の大半は、不謹慎な好奇心を抱いている。いわば野次馬だな。スリルを味わいたいだけだ」

「もうディアナにはお悔やみを言ったの？」

保安官はすばやくスザンヌに目を向けた。「いや、どうしてだ？」

「彼女からもっとなにか感触を得られたかなと思っただけ」

「彼女がこのあともキンドレッドにとどまるつもりかどうか知ってる？」

「とどまるつもりらしい。知り合いがひとりもいないのに、妙な話ではあるがな」保安官はそう言うと、しばらく考えこんだ。「そもそも、ドラモンドとの関係も少々引っかかるところがある」

「ふたりは束縛し合わないオープン《オープン》な結婚をしていたのかも」スザンヌはひとりつぶやいた。

「そしていまあるのは、ふたのひらいた棺」トニが言った。

スザンヌとトニはさらに数分ほどとどまり、法執行センターの通信係のモリー・グラボウスキーと立ち話をした。モリーは娘のブライダルシャワーを計画中で、スザンヌたちにケータリングを頼めるか尋ねた。やがてケーキのデコレーションやメニューの話になり、ふと気づくと、二番の霊安室にはほとんど人がいなくなっていた。

「まあ、もう帰らなくちゃ」モリーはあたりを見まわした。

「わたしたちもよ」スザンヌは言った。「予定よりずいぶん長居しちゃった」

「見積もりが出たら電話してね」モリーは言うと、ふたりを置いてドアに向かって駆けていった。

スザンヌとトニは、最後まで残っていた弔問客のあとについて葬儀場の控えの間に入った。「メモリアルカード（葬儀のあとに配られる故人の名前、生年月日および没年月日のほか、記念の言葉を記したカード）をもらっていこうっと」トニは金属製のラックからカードを一枚取った。「もらってどうするわけでも……」

「おみやげにするの？」スザンヌは眉をあげた。

「そんなふうに言われるとなんだか気味が悪いね。やっぱり……もとに戻すよ」

ドアから外に出ると、たちまち冷たい雨に見舞われた。

「ずっと同じ天気がつづいてるね」トニが言った。

「まったくだわ」とスザンヌ。

「なにか植物でも植えようかと思って……」トニはそこで口をつぐみ、スザンヌの袖を引っ張った。「ちょっとちょっと、あれをごらんよ！」

スザンヌが雨の向こうに目をこらすと、ディアナ・ドラモンドがブーツ・ワグナーの赤い小型車に乗りこむところが見えた。ブーツはディアナが助手席におさまるのを待ってドアを慎重に閉め、反対側にまわった。

「どういうことだろ、あれは？」トニは首をひねった。

「さあ。でも、あの人を見ると、落ち着かない気分になるのはどうしてかしらね」

「彼女がダンナを殺したからじゃない？　だって、見てごらんよ。ホテルのバーにでも行くような恰好でちゃらちゃらしちゃってさ」トニは口をあけて人差し指を持っていき、なかに突っこむまねをした。「ゲーってって感じ」

「あのふたり、どこに行くんだと思う？」スザンヌは首をかしげた。

「飲みに行くとか？　それともドラモンドの家に行くのかな」

「マザーグースでクモがハエを部屋に誘うみたいに？」スザンヌは言った。

トニはにたりと笑った。「あとをつけて、どこに行くかたしかめようか？」

スザンヌはしばらく考えこんだ。ディアナ・ドラモンドがいつの間にかブーツ・ワグナーと親しくなっているのが解せなかった。そもそも、そういうことなのだろうか？　もしかしたらブーツはただ親身になってやっているだけかもしれない。あるいは、ディアナはブーツに色目を使っているのかもしれない。保安官に対してしたように。ディアナ・ドラモンドはそういうタイプの女性なのだろう。思わせぶりな女なのだ。

「で？」トニがうながした。「返事を待ってるんだけど」

「わかった」スザンヌは好奇心のスイッチが入るのを感じた。「でも、家の前を車で通るだけにしましょう。危ないことはなし」以前、トニに説き伏せられて秘密のミッションをやらされた——あのときはとんでもない目に遭った。

20

数分後、ふたりはスザンヌの車にふたたび乗りこみ、町の北部にあるレスター・ドラモンドの家を目指した。偵察という任務に向けて、タイヤを鳴らしながら手入れの行き届いた通りを飛ばした。その任務はどうひいきめに見ても、超がつくほどの大災厄をもたらしかねないとスザンヌはわかっていた。

なんでこんな無謀な考えに同意しちゃったんだろう？　いったい自分をなんだと思ってるの？　新世紀の少女探偵ナンシー・ドルー？　トリクシー・ベルデン？　すでに問題をいろいろ抱えて大変なんじゃなかった？

最後の質問の答えはイエスしかありえない。それでも、好奇心にがっちりとらえられていた。だからどうしても気になるのだ――ディアナ・ドラモンドは元夫の家にいるのだろうか？　ブーツ・ワグナーも一緒だろうか？　ふたりはいったいなにをしているんだろう？

トニが右に左に首をのばして油断なく目を配るかたわら、ふたりを乗せた車は家が立ち並ぶ区画を次から次へと通りすぎた。円柱のついた堂々たるジョージ王朝様式の家もあれば、もっと古い純然たるアメリカンゴシック様式のものもあり、なかには小さくてかわいらしいクイーン・アン様式も若干ではあるが見受けられる。

ようやく、前方の角にドラモンドの自宅が見えてきた。今夜は雨が強いせいか、ケープコッド風の家は暗く不吉な感じに見え、それにくわえて周囲の濃い藍色のマツがあやしい森の雰囲気を醸し出していた。

「ここだ」トニが小声で言った。「車をとめて」

スザンヌがそろそろと縁石に寄せてとめると、ヘッドライトが家を照らし出した。ふたりはしばらく動かず、ドラモンドの家をながめていた。玄関はオークの一枚板で、上のほうに小さなのぞき窓がついている。そのわき、銅の郵便受けの上に大きなDの文字が飾ってあった。

ドラモンドのDね、とスザンヌは思った。でなければ、死者《デイシースト》の意味かもしれない。あるいはたしかに死んでいる《デッド》の意味か。思わず背中がぞくりとした。ここまで来てみたものの、なにをすればいいのかわからない。

「ふうん……」トニが言った。「墓場みたいに真っ暗だね」

「明かりがひとつもついてないわ。つまり、誰もいないってことよ」正直なところ、スザンヌは少しほっとしていた。

「そうらしいね」

ふたりはさらに三十秒ほど、真っ暗な家と人けのない通りを車のなかからながめていた。まさに虫一匹動いていなかった。

「あのふたりはどこかに飲みに行ったのかもしれないね」トニが言った。

「ちょっとおしゃべりしているだけかもよ」

スザンヌが車のギアを入れて発進しようとすると、トニが制した。「ちょい待ち」

「どうして？　どうかした？」

トニはいきなり助手席のドアをあけ放って飛び降りた。「ちょっと見てくる」

「なにをするつもり？」雨がいきおいよく吹きこみ、スザンヌはひそめた声で尋ねた。

トニはにやりと笑うと、上体をそらした。「あんたも来るよね？」

スザンヌの心臓が唐突に宙返りをした。

「ちょっとだけ調べてみようよ。窓からなかをのぞけば、なんか見えるかもしれないし」

「トニ、そんなことをしちゃだめよ。人に見られたらどうするの」

「そのときは、気の毒なディアアナ・ドラモンドを死ぬほど心配してるお隣さんのふりをすればいい。だって、離婚したとはいえ、レスターの死はディアアナにとってすごいショックなはずだもん」

スザンヌは目をぱちくりさせた。「大胆なことを言うのね、まったく。あなたときたら天才的な嘘つきだわ」

「テレビをたくさん観てるせいだね、きっと。どう振る舞って、どんなことを言えばいいかというだましのテクニックが身につくんだよ。ソファについた染みみたいにすわってるだけで、自然に覚えちゃうんだからすごいよね」

スザンヌは不安な表情を浮かべた。「トニ、カックルベリー・クラブでは嘘をついたり、演技したりしないでよ」

トニはびっくりした顔になった。「そんなことしないってば！　絶対に！」そしてつけくわえた。「あんたも来るなら、スザンヌ、急いだほうがいいよ」

スザンヌは正気の沙汰じゃないと思いながらも、トニと一緒に濡れた芝の上を急いだ。玄関ポーチまであと数フィートのところまで来ると、家をまわりこんで物陰に身をひそめた。

暗闇にまぎれ、濡れた茂みに身を隠してひと息ついた。

「このあとどうするつもり？」スザンヌは小声で訊いた。

トニはそれに答えるかわりにスザンヌの手を握り、側面の窓へと引っ張った。

「ちょっとなかをのぞいてみよう」

ふたりは窓の下にしゃがみこみ、顔を見合わせた。次の瞬間、穴から顔を出して目を大きくひらいた二匹のホリネズミよろしく、頭をひょいと出して窓からなかをのぞいた。真っ暗で、どこにも人の気配はなかった。

「だから言ったじゃない」スザンヌは言った。「誰もいないって」

「でも、かえってよかったじゃん」トニはずんだ声を出した。彼女は窓の下枠をつかむと、小さくうっという声を洩らし、力をこめて押しあげた。きしむ音がかすかに聞こえ、窓は三インチほど持ちあがった。

「危険すぎるわ」スザンヌは言ったが、トニはもっと力をこめ、さらに十インチ押しあげた。

トニは悪賢そうな表情を浮かべて、スザンヌのほうを向いた。「ぐずぐずしてる暇はないよ。さっさともぐりこもう」

心臓の鼓動がいつになく大きく聞こえる。「それってつまり……なかに入るってこと？」

「あたりまえじゃん。誰もいないし、あたしはこの窓から入れるくらいやせてるもん」トニはいったん言葉を切った。「あんたも充分やせてるし」

「無理よ！」

「無理じゃないって。片脚を窓台にかけて……」

「保安官が通りかかって見つかっちゃうかもしれないでしょ」スザンヌは声が大きくならないよう最大限の努力をして言った。「でなければ、彼の部下に。ドリスコルか誰かに。この家は監視されているかもしれないんだから」

「そのときは、不審な動きがあったから、確認するしかないと思ったとごまかせばいいんだよ」

「でも、わたしたちのやろうとしてることこそ不審そのものでしょ！」

「わかりっこないって。よかれと思っての行動だと思ってもらえるよ。いいから、手を組んで、あたしをちょいと押しあげてくれない？　先に入るからさ」

「不法侵入という言葉なんか目じゃないようね」スザンヌはそう言うと、手を組み合わせた。

「あたしの語彙《ごい》にそんな言葉はないね」とトニ。「ほらほら、さっさとあたしを押しあげてってば！」

スザンヌはため息をつき、トニを押しあげてやった。やせっぽちのトニは〝家宅侵入罪〟と言うよりはやく、窓枠を越えた。

「あんたの番だよ」トニはスザンヌのほうに手を差しのべた。

スザンヌは周囲を見まわし、赤い小さなノーム人形を見つけ、その尖った頭に急いで片足をのせた。ほどなく彼女は窓枠によじのぼり、くぐもったドサッという音が聞こえたかと思うと、ドラモンドの家のなかに入っていた。

ふたりは目を大きくひらき、息をはずませながらあたりを見まわした。

「へええ」トニが言った。「これはまたずいぶんしゃれたお宅だね」

そのとおりだった。ふたりがいるのはドラモンドの家の居間で、チェスターフィールド・ソファ、なにかの動物の革を張った大きな椅子、それに赤い漆を塗った巨大なコーヒーテーブルが目についた。壁にはバロック様式の額に入った油彩画が何点かと、中国のコロマンデル屛風が飾られている。

「財閥《プルートクラット》みたいな暮らしぶりだね」トニは感心したように言った。「あれ、プルートクラットで合ってる？　ロシアの独裁者って感じがすると言いたかったんだ」

「とにかく」とスザンヌ。「ドラモンドさんがお金持ちなのはたしかね」

「刑務所の所長の給料で、こんなものを買えるのかな？」

「買えると思うわ。だって、ジャスパー・クリーク刑務所は営利企業だもの。州の施設じゃなく、民間資本で運営されているのよ」

「とりあえず、利益の一部がどこに使われたかは突きとめたってわけだ」トニは言った。

そして、ディアナ・ドラモンドが嗅ぎまわっていた理由もね、とスザンヌは心のなかでつぶやいた。

トニは壁の絵に手を触れた。「本物の油絵だ。紙に印刷したものじゃないよ」そう言うと、オリエンタルカーペットを忍び足で歩いていき、闇に沈んだダイニングルームに姿を消した。

「どこへ行くの？」スザンヌは訊いた。アドレナリンがみなぎり、神経が異様なほど過敏になっている。しかし、目が暗さに慣れるにしたがい、トニが大きなダイニングテーブルに覆いかぶさるようにしているのが見えた。

「これを見てごらんよ」トニが声をかけた。

「なんなの？」

「銀行の預金残高証明書なんかがある」トニは低く口笛を吹いた。「どうやら、ディアナはドラモンドの私文書を調べてたみたいだね」

スザンヌはバッグに手を入れ、懐中電灯を出した。それをテーブルのほうに向けてスイッチを入れた。

「お、気がきくね」とトニ。「すっかりコソ泥モードじゃん」

「なんの書類？」スザンヌは目をこらしながら訊いた。

トニはダイニングテーブルのほうに手を振った。「自分の目で見てごらんよ」

言われたとおり、見てみた。たしかに何者かが、おそらくはディアナ・ドラモンドがレスター・ドラモンドの私文書とおぼしき書類の山を調べたようだ。テーブルに散らばっているのは銀行の残高証明書、確定拠出年金関係の書類、生命保険の証書、フィデリティとバンガード、ふたつのファンド会社からの運用報告書、各クレジットカードの請求書などなど。固定資産税の受領書まで交ざっている。

「彼女はいったいなにを探してたんだと思う？」トニが訊いた。

スザンヌはしばし考えこんだ。「自分が生命保険の受取人になっているか確認したかったんじゃない？　そうじゃなければ、ドラモンドさんが銀行口座とミューチュアルファンドにいくら預けているか知りたかったとか？」

「なるほど！　本当にそう思う？　それが彼女の動機かな？」

「まあね……」スザンヌは目の前の書類を調べる気にはなれなかった――なにしろこれは、レスター・ドラモンド個人のものなのだ。しかしけっきょく、好奇心と疑念に突き動かされ、書類をよりわけにかかった。

「あんたはこういうのを読み解くの、得意だもんね。だってビジネスの才能に恵まれてるんだからさ」トニはテーブルの上のものをひっかきまわし、一枚の書類を手に取った。「この生命保険の証書も調べる？」

スザンヌが証書を照らそうとしたそのとき、呼び鈴が鳴った――長々としつこく響きわたるその音に、ふたりは死ぬほどびっくりした。

「やばい！」トニは押し殺した声で言った。「誰か来た！　隠れよう！」

ふたりはすぐさま身を低くし、その際、スザンヌは懐中電灯を消した。埃にまみれながら硬材の床にうずくまり、スザンヌは言った。「こんなの正気の沙汰じゃないわ。やっぱり入るべきじゃなかったのよ」

当然のことながら、呼び鈴はふたたび鳴った。

「ああ、もう、うるさいな」トニが小声でぼやいた。

「そんなこと言ってる場合じゃないでしょ」とスザンヌ。「誰が来たのかたしかめなきゃ。だって、鍵を持ってる人かもしれないもの」

「そうか……しょうがないな。ちょっとのぞいてくる」

「だめ！」スザンヌは押し殺した声で呼びとめた。しかし、遅かった。

トニは人間シャクトリムシのごとく、ダイニングルームを這うようにゆっくりゆっくり移動し、居間のじゅうたんの上を進み、正面側の窓に近づいた。それから、玄関からなんの音もしないのを確認すると、ほんの一瞬、頭を突き出した。「あ、まずい」

「誰だった？」スザンヌは床に伏せたまま小声で訊いた。「保安官？　それともほかの人？　誰だかわかった？」

「わかったと思う」とトニ。「〈ピック・クイック・ハンバーガー〉に勤めてるミセス・クリングバーグじゃないかな……あの人、このブロックに住んでるよね？」

「だと思う」とスザンヌ。「問題は、彼女がここになにをしにきたかだわ」

「彼女が手にしてるのは汚い爆弾かテイタートッツのキャセロール料理のどっちかだね」ト

ニは鼻を上向け、くんくんとにおいを嗅いだ。「うん、たぶんテイタートッツだ」

「もういいかげんにして……」スザンヌはつぶやいた。このばかげた探索がとんでもない間違いだというのはわかりきっていた。おかげでいま、暗闇のなかで縮こまり、キャセロール料理を持ってきた近所の女性ごときに冷や汗をかいている始末だ。

永遠とも思える時間ののち、思いやりのあるミセス・クリングバーグは持参した品を手に帰っていった。スザンヌとトニは正面側の窓からそのうしろ姿を見送った。

「助かった」スザンヌは言った。「いますぐここを出ましょう」

「ちょっと待ちなよ。生命保険の証書だけは調べなきゃ。だって、証拠になるかもしれないんだから」

「なんの証拠になるっていうの？」スザンヌはトニの首を絞めてやりたくなった。

「動機とか殺人とか、いろいろあるじゃん！」

すべての脳細胞が頭のなかで騒ぎ出して、やめろと警告してきたが、スザンヌは懐中電灯をつけ、もう一度だけ書類を調べようと足音を忍ばせてテーブルに戻った。半ダースほどの書類に目をとおしてから、彼女は言った。「たしかに、ディアナは保険金の受取人になってる」

「あたしが言ったとおりだ。ほかになにかわかった？」

「私信もたくさんあるわ。カード、メモ、そういったものが」スザンヌはへたな字でディアナの名前が書かれた封筒を手に取り、なかの四角いカードを出した。ドラモンドがしたためた手紙だったが、なんらかの理由で投函しなかったようだ。ざっと読んだところ誕生日のメッセージで、お祝いの言葉が書かれていた。そして最後は、ジョージ・バーンズとグレイシー・アレンが番組の最後で言う有名なギャグ、〝おやすみ、グレイシー〟で締めくっていた（「グレイシー、（みんなに）おやすみを言いなさい」と言うジョージに、グレイシーが「グレイシー、おやすみ」と返す）。

「なんて書いてある？」トニが訊いた。

「たいしたことはなにも」スザンヌはそう答えたが、〝グレイシー〟という言葉が引っかかり、記憶装置を起動させた。別れた奥さんにつけたあだなかしら？　うん、そうかもしれない。それなら、このあいだ墓地で見つけたメモにあった〝G〟の説明がつくんじゃない？　だとしたら……なんてこと！

「スザンヌ、あんたの言うとおりだ」トニが唐突に言った。「ここを出よう。ずいぶん長居しちゃってるし、いつまでも運が味方してくれるわけじゃないからさ」

　ふたりは忍び足で窓まで戻り、先にトニが飛びおりた。「あんたの番だよ。滑りおりれば、途中で受けとめてあげる」

　しかし、ビャクシンの茂みに足が届きかけたところで、携帯電話が振動した。

「ちょっ、まずいよ！」トニがあたりを見まわした。

　スザンヌは振動をとめようと手探りした。「保安官が探りを入れようと電話してきたのかも」あわてふためいた様子でトニにささやいた。「第六感が働いて、わたしたちがいるべきでない場所を嗅ぎまわっているとぴんときたのかもよ」

「保安官はそこまで鋭くないよ」トニは言った。「いいから電話に出なって」

「もしもし？」スザンヌは震える声で応答した。

サムからだった。

「ああ、よかった」スザンヌは大きく胸をなでおろした。「ううん、なんでもないの。ちょっとした勘違い……」最後まで言わずに口をつぐみ、相手の話に耳を傾けた。サムは切羽詰まった声で、〝事故〟だの〝負傷〟だのという言葉を口にしている。

「ちょっと待って。いまのをもう一回言ってくれる？　よく聞こえなかったんだけど……横腹をぶつけられたって言った？」

「事故があったんだ」サムは言った。「保安官が負傷した。それもかなりの重傷だ」

「どうしてそんな？」スザンヌは語気を強めた。

「病院に来てくれないか。そうしたら説明する」

「大変よ！」スザンヌはトニの腕を引っ張り、車へと急がせた。「事故があったんですって！　保安官が重傷なの！」

ふたりはスザンヌの車に乗りこみ、数秒後には猛スピードで病院に向かっていた。

「なにがあったのさ？　どんな話だった？」トニが不安な表情で尋ねた。

「よくわからない」スザンヌは歯をカチカチいわせながら言った。「サムは保安官が事故に遭ったとしか言わなくて」

「ええっ、それは心配だね」

病院に着くとスザンヌは救急治療室にいちばん近い駐車スペースに車をとめた。

「ほら、降りて」トニに声をかけ、自分も飛び降りた。「急いでサムを捜さなくちゃ」

しかしスザンヌとトニは、救急治療室に通じるドアの手前で行く手をはばまれた。病院は厳戒態勢をしいているようだ。

「とまれ、おふたりさん」えび茶色の制服を着たぶっきらぼうな警備員の声が飛んだ。「こっちからは入れない。警察がいろいろやってるんでな」

「そんなの知ってるわよ！」スザンヌは言った。「だから来たんだもの。ドゥーギー保安官が怪我をしたと連絡をもらったの！」

警備員は動じなかった。「悪いが、そう言われてもこっちから入れるわけにはいかないな。正面にまわってくれれば……」

スザンヌが言い返そうとしたそのとき、サムがどこからともなく現われた。ブルージーンズにTシャツの上から白衣をはおっていて、自宅にいるところを呼び出されたのはあきらかだった。

「サム！」スザンヌは呼んだ。「わたしたち、とるものもとりあえず駆けつけてきたのよ！」

サムは警備員を押しのけ、スザンヌを抱きしめた。「よく来てくれた」

「どうなってんの？」トニがふたりのまわりを跳びはねながら訊いた。「保安官は無事？」

サムは抱擁を解いた。「ドゥーギー保安官は肋骨を二本折ったうえ、脳震盪《のうしんとう》を起こした」

こんなのは日常茶飯事だといわんばかりに、冷静で威厳のある声だった。「まもなく頭部のCTスキャンをおこなうことになっている」

「でも、大丈夫なんだよね？」トニが訊いた。

「当面は痛みがあると思う。でも、必ず元気になるよ」

スザンヌはまだショックが抜けきれないながらも、頭をフル回転させて考えていた――誰が？　なぜ？　どうやって？「電話では車が横からぶつかってきたという話だったけど」

「本人が救命士にそう言ったんだ」サムは答えた。「話によると、タイヤ交換かなにかをしている人を手伝おうとして、車を降りるところだったそうだ」

スザンヌはとっさに黄色い車に――ミッシーの車だ――横腹をぶつけられそうになったことを思い出した。同じ車だろうか？　やはりミッシーが犯人で、なんとかして保安官を動けなくしようとしたのだろうか？　すべてはおぞましくゆがんだ形でつながっているのだろうか？

「保安官からは車を運転していた人の特徴を聞き出せた？」スザンヌは訊いた。

サムは首を横に振った。「いや。ドリスコル保安官助手が訊こうとしたが、意識がはっきりしなくてね。明日なら大丈夫。ちゃんと話ができるはずだ」

「わたしたちになにかできることはない？」スザンヌのなかで罪悪感と悲しみと不安が入り乱れていた。

サムは眉根を寄せた。「なによりもまず、用心することだ。いまキンドレッドは深刻な事態に陥っている。このところの出来事は単なる偶然ではありえない。だから、ふたりとも充分に気をつけてほしい」

スザンヌは唾をのみこんだ。わたしたちがさっきまでどこにいてなにをしていたか、サムに知られたらどうなるかしら。いまは打ち明けないほうがいい。絶対に。

「今夜はあんたのうちに泊まろうか？」トニがスザンヌにちらりと目をやった。

「いいアイデアだ」サムが言った。「それに二匹の頼もしい番犬にもそばにいてもらうといい」

「ええ、そうする」

「ほかに、あたしたちにできることはある？」トニが訊いた。

「病院の職員がすべて対処しているから大丈夫だ。でも、よかったら、祈っていてくれないかな。保安官にはいろいろな形の救いの手が必要だからね」

人は誰でもそうだと思うけど、とスザンヌは心のなかでつぶやいた。

21

火曜の朝、ベッドから飛び起きたスザンヌがまっさきに思ったのは、ドゥーギー保安官の容態を確認しなくてはということだった。具合はどうだろうか。夜はちゃんと休めただろうか。そもそも、いったい誰が保安官を撥ねたのだろう。

昨夜はひと晩じゅう何度も寝返りを打ち、保安官がなんの後遺症もなく、早く全快しますようにと祈りつづけた。だから、犬に餌をやり、格別に濃いコーヒーを飲みほし、服を着替えると、トニに行ってきますと告げて、病院に急行した。雨はまだ灰色の空から叩きつけるように降りそそぎ、フロントガラスのワイパーはキイキイやかましい音をさせてはいるものの、豪雨に対抗しきれていなかった。しかも、病院の駐車場に乗り入れたところ、すでにほぼ満車状態だった。

みんなよりによってこんな日に、体調をひどく崩したり、大切な人を見舞っているの？

ぎっしり埋まった駐車場を三周してようやく、違反すれすれの場所にどうにかとめた。レインコートをはおってハリケーン級の風のなかに足を踏み出し、暴れまわるコウモリのように傘をバタバタはためかせながら玄関めざしてダッシュした。

洗濯機でぐるぐるまわされた気分で受付に寄ると、保安官は個室の四三二号室に移ったと教えられた。しかし、受付にいるボランティアからは保安官の容態を聞き出すことはできなかった。目を覚ましたのか、まだ意識が戻らないのかもわからなかった。

スザンヌは不安な思いを抱えてエレベーターで四階にあがった。到着するなり廊下を駆けていき、せわしなく動きまわる看護師、不安そうな面持ちの見舞客、それにスクランブルエッグとトーストらしきにおいをさせている朝食のカートを追い越した。保安官の病室まで来ると、閉じたドアの前でしばしためらい、震えながら素早く深呼吸した。そして小さくノックした。返事がない。ドクターか看護師が回診中なのだろうか。処置の真っ最中とか？　もう一度大きく深呼吸すると、スザンヌは取っ手を握り、ドアを押しあけた。

部屋は薄暗く、保安官はひとり、ベッドにぴくりとも動かずに横たわっていた。ピッピッといいながら光が点滅するモニターに囲まれた彼は血の気がなく、ありえないほど真っ青な顔で毛布にくるまっている。腕からのびた点滴のチューブが透明な液体の入った袋へとつながり、べつのコード——パルス・オキシメーター——だった——が指にとめてある。スザンヌはよちよちと数歩歩いて病室に入った。

眠っているのかしら？　それともまだ意識不明なの？

看護師はいないかとあたりに目をやったが、近くにはいなかった。

となると、突きとめる方法はひとつ。

スザンヌは足音を忍ばせ、保安官の顔をじっと見つめながらベッドに歩み寄った。数秒後、ベッドの金属製の手すりをつかんで小声で呼びかけた。「保安官?」なにか答えが返ってくるものとわずかに身を乗り出したが、なんの反応もなかった。保安官はぴくりとも動かず、呼びかけにも応えなかった。「ドゥーギー保安官」今度はもう少し声を大きくした。「具合はどう?」

今度は保安官のまぶたがほんのちょっとひくひく動いた。

毛布の上に出ていた肉付きのいい指に人差し指で触れた。「スザンヌよ」とやさしく呼びかけた。「具合はどうかと思って寄ってみたの」

保安官の手が小さくぴくりと動いた。彼は長々とうめくような声をあげると、やっとの思いで目をあけた。数秒ほど、スザンヌと目を合わせたものの、すぐにふたたび目を閉じてしまった。

「ねえ」彼女は無理に陽気な声を出したが、本当はわっと泣き出したい気持ちだった。「ずいぶんよくなったみたいじゃない」

保安官はもう一度目をあけようとしたが、睡魔には勝てなかったようだ。唇が動いているが、空気が洩れてくるだけだった。

「なあに?」スザンヌは顔をぐっと近づけた。頼みたいことでもあるのだろうか? それともなにか告げようとしているの?

「それは……」そこまで言って、声は唐突に途切れた。

「それが、どうかした?」スザンヌはうながした。

「つらい……薬《ドラッグ》が」弱々しい声がそう訴えた。

「つらいのはわかるわ。それに薬のせいでうまく話せないのね」スザンヌは彼の手を軽く叩いた。「いまはゆっくり休んで。また様子を見に寄るわ」なにか反応があるかとしばらく待ったが、保安官はすでに深い眠りに落ちたようだった。

スザンヌはベッドから離れ、ティッシュを一枚取った。目もとをぬぐい、くるりと体の向きを変えて病室をあとにした。

廊下はあいかわらずあわただしかった。ランドリーカートがゴロゴロと通っていき、車椅子に乗った患者が検査室へと運ばれ、看護師はてきぱきと指示を飛ばしている。そのとき、混沌としたなかに、ひと筋の明るい光が射した。サムが廊下を足早にやってくるのが見えたのだ。さわやかでぱりっとしていて、いかにも有能そうに見える。悲しみのさなかにあるスザンヌの目に、彼は希望そのもののように映った。

「保安官はなにか言ったかい?」サムは開口一番、そう尋ねた。額にかかったくしゃくしゃの茶色の髪、きらきら輝く目。青い診察着の上から白衣をはおり、クリップボードの束を抱えている。早朝の巡回に向かうところなのだろう。

スザンヌは首を振った。「なんにも。薬のことをもごもご言っただけ」

サムはうなずいた。「うん、まだかなり薬がきいているからね。ゆうべは頭蓋内圧をさげるための薬を何種類かあたえたし、けさは鎮静剤としてバーストを投与した。でも、薬の効き目にあらがおうとしているようだね。そういう患者は多いんだ」

「保安官はどのくらいで完全に意識を取り戻すと思う?」スザンヌは訊いた。「話せるようになるにはどれくらいかかるの?」

「むずかしい質問だな」とサム。「それに、実を言うと、いまはいくらか意識を朦朧《もうろう》とさせておいて、できるだけ安静にしておいたほうがいいんだ」

「じゃあ、昨夜なにがあったか、本人からの説明はまだないのね?」

「うん。当分は無理だと思う」

スザンヌはため息をついた。「保安官の体が心配でたまらないの」

「その気持ちはよくわかるよ、スイートハート。でもドゥーギー保安官はとても丈夫な人だ。呼吸は安定しているし血圧も問題ない。脈拍数と血中酸素飽和度もそこそこだ。大丈夫、きっと全快するよ」

「だったら、なぜいまも寝たきりなの?」スザンヌは洟をすすった。

「頭を打ったし、脳の回復には少し時間がかかるからだ。でも、ちゃんと回復する。保安官は元気になるよ。彼なりのペースでね」

「よかった」スザンヌはいまにも泣きそうだった。

サムはスザンヌの手を取ると、やさしく、しかし有無を言わさずに廊下の先まで引っ張っていった。唐突に足をとめてドアをあけ、小さな薄暗い部屋に引き入れた。スザンヌはきょろきょろと見まわした。タオルや掃除道具がしまってある。くるりと向きを変えると目の前にサムの顔があり、それとわからぬうちに彼のやさしい腕に抱かれていた。

「心配しすぎだよ」サムは言った。

「保安官は本当に元気になる？」

「うん、もちろんだとも。ぼくを信じてくれ、いいね？」

「全面的に信じる。命を懸けてもいいわ」

「うん、それでいい」サムは彼女の額にキスをした。「ぼくも同じようにきみを信じている。よく聞いてくれ――なにか変化があったら、どんなささいな変化だろうと、電話して知らせるよ。いいね？　これで少しは安心してもらえるかな？」

スザンヌはサムを見あげてうなずいた。「とりあえずはね。でも、午後もまたお見舞いに来る気持ちには変わりないけど」

「そのほうがいい。ドゥーギー保安官もきっと喜ぶよ」

「わたしの声が聞こえないんじゃ、喜ぶとは思えないけど」

「そうとは言い切れないよ。心臓発作を起こしたり大きな外傷を負ったりして薬剤による昏睡状態にした患者を何人も知っているけど、やさしい言葉をかけるとか、あるいは大事な人がそばにいるだけでも回復が促進されるんだ」

スザンヌは洟をすすった。「昏睡状態でお見舞いに来た人と話すこともできず、顔を見ることもできなくても？」

「つまり……昏睡状態や薬剤による鎮静状態にあっても、自分を愛し、祈りを捧げ、励ましてくれる人の存在を本能的に察知するらしい。誰かがいるのを感じとれるんだそうだ。びっくりだろう？」

「というより、ずいぶん気持ちが楽になったわ」

サムは身をかがめ、もう一度スザンヌにキスをした。「だったら、元気を出すんだ、いいね？　そうそう、明日の午後、ぼくが休みを取るのは忘れてないよね？」

「マス釣りに行くんでしょ」スザンヌの顔にようやく笑みが浮かんだ。

「そのとおり。二時には帰れるから、そしたらローガン郡の大自然に出発だ。きみとぼくのふたりきりで。教えてもらったせせらぎ《クリーク》で釣りをするのが待ちきれないよ」

「ラッシュ・クリークね。郡のなかでもかなり小高い地域を流れているの」

「本当にニジマスやカワマスが多く棲息しているんだろうね」サムは手首をすばやくひねり、釣り糸を投げこむ仕種をした。「もう竹竿の準備も終えたから、いつでも行けるよ」

「雨が降らないといいけど」スザンヌは言った。

「雨のなかで釣りをしたことはないのかい？」サムはわざとらしく驚いた。「わかってないなあ。雨の日は釣りに最適なんだよ！」


病院から引きあげる途中、スザンヌはドリスコル保安官助手にばったり会った。若くて、ひょろっとした体型、顔はきまじめそうで、制服と制帽姿のドリスコルは、保安官事務所で単調な下っ端仕事をこなしている。

「どうも」ドリスコルはロビーでスザンヌに気づき、声をかけてきた。「保安官のお見舞いですか？」

スザンヌはうなずいた。「病室には入ったけど、保安官はほとんど眠っていたわ。ヘイズレット先生によれば、保安官は当分目を覚まさないよう、薬をたっぷり投与されているんですって」

「そうなんですか」ドリスコルはその話にかぶりを振った。「まいったな。まさかそんな深刻な状態だとは。ぼくたち全員、思いもしなかった」

「職場のほうはどうしているの？」スザンヌは訊いた。ドリスコルはドゥーギー保安官に次ぐナンバーツーの立場なのだろう。しかし、素人であるスザンヌが見ても、ドリスコル保安官助手は怯え、とまどっているようだ。とても威厳があるとは思えない。

「ぶっちゃけた話、不安でたまりませんよ」ドリスコルは素直に認めた。「これまでいつもドゥーギー保安官が先頭に立ってくれるものと思ってましたからね。なにしろ、長くこの仕事をやっている人なんだから。かたや、助手のほとんどはまだまだ経験不足です。ぼくは勤めて二年になるけど、ほかの連中は青二才も同然で」

「つまり、自信がないというわけね。それに経験も」

「そう言えます」

スザンヌは手をのばし、保安官助手の腕に軽く触れた。「心配しなくていいわ。捜査の行方はあなたの肩にかかっているけど、充分な経験を積んでいるじゃない。あなたは頭がいいし目端がきく。ドゥーギー保安官はあなたに全幅の信頼を置いているはずよ」

「ありがとうございます」ドリスコルはスザンヌに帽子を傾けてみせた。「あなたにそう言ってもらえると、格別に心に響きますよ」

「それでいくつか頼みたいことがあるんだけど」

「なんなりと」

「アラン・シャープに目を光らせていてもらえる？」

ドリスコルは目を細めた。「あの下劣な弁護士の？　町長とつるんでいるあいつですか？」

スザンヌは噴き出しそうになるのを必死でこらえた。「ええ、そう。あの人が事件に関わっているような気がしてしょうがないの」

「レスター・ドラモンドの死に？」

「ええ。ドゥーギー保安官からなにか聞いてない？」

ドリスコルは足を踏み換えた。「なんとなく」

「では、保安官もあの人を容疑者と見ているのね？」

「というよりは重要参考人ですかね」

「そう」重要参考人というのは警察独特の言い回しで、要するに容疑者のことだ。「じゃあ、彼もあなたのレーダーに引っかかっているのね。ミッシー・ラングストンはどうなの？」

するとドリスコルは少し困ったような顔をした。「彼女がなにか？」

「まだ行方を追っているんでしょう？」

「最優先でね」ドリスコルの口調が少しとげとげしさを増した。

スザンヌは保安官助手の渋い顔をのぞきこんだ。次の瞬間、彼の顔にわかったぞというような表情が浮かんだ。「やだ、まさか」スザンヌの口から声が洩れた。「ゆうべの保安官の事故はミッシーが仕組んだと思ってるのね？」

ドリスコルはスザンヌから視線をはずさなかった。「可能性はあります」と含みを持たせた答えを返した。

「とんでもない」スザンヌは言った。「そんなことありえないわ」

保安官助手はじりじりとスザンヌとの距離を広げた。

「われわれは仕事をするだけです。必ずや彼女を見つけます」

ミッシーと保安官を案じるのにせいいっぱいで、スザンヌは忙しい朝がまだ半分も終わっていないことにようやく気がついた。降りしきる雨にもめげず、車で町の東部を目指した。WLGN局はてっぺんに電波塔のあるシンダーブロック造りの簡素な建物のなかにあった。

コートについた雨粒を払いながら受付デスクをそそくさと通り過ぎ、まっすぐBスタジオに向かった。なかに駆けこもうとしたそのとき、ポーラ・パターソンが廊下をはさんだ向かいのオフィスから現われた。

「よかった！」ポーラは満面に笑みを浮かべて言った。「来ないんじゃないかと心配してたのよ。怖じ気づいたか、気が変わったんじゃないかとね」

「さきに病院へお見舞いに寄らなくてはならなくて」スザンヌは説明した。

ポーラは顔をくもらせた。「まあ。どなたが……？」

「聞いてないの？」

ポーラは首を横に振った。「聞いてないわ。なにがあったの？　収録で缶詰になってたから、ニュースデスクに寄る暇もなくて」

「昨夜、ドゥーギー保安官がひき逃げに遭ったの」

「なんてこと」ポーラは気遣わしげな顔になった。「保安官は怪我をしたの？　無事なの？」

「入院しているわ」スザンヌはできるかぎり冷静に言った。「まだ意識不明の状態がつづいてる。でも、薬でわざとそうしているせいなんですって」

「気の毒に」

「そういうわけだから、車に撥ねられ、運転していた人はそのまま走り去ったという事実はあるものの、さっきの質問に答えるなら、保安官はおそらく元気になるわ」スザンヌは明るく振る舞ったものの、心はうつろだった。「少なくとも、ヘイズレット先生はそう見ている」

「あなたのヘイズレット先生でしょ」ポーラはほほえんだ。「すてきな先生よね」

同感、とスザンヌは心のなかでつぶやいた。

「さて」ポーラは声の調子を変えて言った。「ミニ・インタビューを受ける準備はいい？」

「準備万端、ばっちりよ、と言えればいいんだけど」スザンヌは言った。つまり、とてもばっちりとは言えない状態だった。

しかし、それくらいでは有能でいつも陽気なポーラを押しとどめるのは無理だった。彼女は薄暗い照明とバッフル壁と光がちかちかしている大きな操作卓がある小さなスタジオへとスザンヌをせき立てた。すわり心地のいい椅子にふたり並んでおさまると、ポーラはスザンヌの頭にヘッドホンを装着した。音響担当のひとり、ワイリー・フォン・バンクがすぐさま現われ、スザンヌのマイクを調整し、声のレベルチェックをおこなった。それが終わると、スザンヌは落ち着かない気持ちで脚を組み、間が抜けた声に聞こえなければいいけれどと案じていた。

「このあと六十秒のコマーシャルが三つ流れるわ」ポーラは自分の椅子に腰を落ち着け、マイクを手前に寄せながら説明した。「そうしたら、バンパーのあとにわたしが前振りをやって、あなたに振る」

「バンパーって？」スザンヌはぽかんとして訊いた。

「わたしの番組の最初と最後にかかるテーマ音楽のこと」

「なるほど。わかったわ」

数分後、ポーラの番組『友人と隣人』のテーマ音楽――サルサのエッセンスをたっぷりくわえたカントリーウェスタン調の曲――が流れた。ポーラはスタジオミキサーの上で指を躍らせ、ボタンを押し、ダイヤルをまわした。最後の音が鳴ると同時に、彼女は快活な甲高い声で言った。「ローガン郡のみなさん、おっはようございまーす！　火曜の朝の『友人と隣人』の始まりです。おしゃべりはわたくしポーラ・パターソン。きょうも楽しい内容でお届けします」

あと数秒で生放送に出演するという思いにスザンヌは身を硬くし、心臓をどきどきさせながら姿勢を正した。

「まだ外に出ていないみなさん、きょうのお天気は土砂降りですよ」ポーラはシルクのようになめらかな口調でしゃべった。「気温は十度前後と冷え冷えとしていますね」ポーラは言葉を切り、スザンナをちらりと見やった。「でも、大事な友人や隣人のためにひと肌脱ぐとなれば、どんなお天気もわたしたちの地元愛に水を差すことはできません。リスナーのみなさんはもうご存じですね。今週末、ハート&クラフト展がわが町のカックルベリー・カフェで開催されることはすでにお知らせしたとおりです。この展示会の収益は半分が地元のフードバンクに寄付されることが決まっています。そして本日は運よく、そのカックルベリー・カフェを経営しているスザンヌ・デイツさんがスタジオにお越しくださっています。スザンヌ、ようこそ！」ポーラはスザンヌに合図した。

「ありがとう、ポーラ」スザンヌは合図を受けて言った。「きょうはよろしくお願いします」

「さっそくだけどスザンヌ、ハート&クラフト展とはどんなものなの？」

スザンヌは心臓が飛び出そうになりながらも歯切れよく話すよう心がけ、絵画、刺繍、工芸について説明し、そこにポーラがときおり口をはさんで、うながすようになにか言い、話をスムーズに進行させてくれた。

「そして収益の半分は作者に還元されるんだったわね？」ポーラは言った。「残りの半分は……」

「フードバンクに寄付されます」スザンヌは答えた「フードバンクは秋と冬にだけ食糧を備蓄すればよいとお考えのリスナーも多いことでしょう。しかし残念なことに、わが郡では――ほかの多くの地域でも事情は同じですが――飢餓は年間をとおしての問題なのです」

「まったくですね」ポーラはそれでいいと言うようにスザンヌにうなずいた。「そこでこの番組をお聴きのみなさま、今週の木曜から土曜にはぜひともカックルベリー・クラブに足をお運びくださいね。すばらしい美術品および工芸品の数々をじっくりとながめ、気前のいい額を入札してください」

「わたしたちも心からそう願っています」スザンヌは言った。

「さて、リスナーのなかから何人かの方と電話でお話ししてみましょう」ポーラは言った。「みなさんの反応が楽しみです」

数秒とたたぬうちに、電話の三つのランプが一斉に灯った。

ポーラは一番のボタンを押した。「おはようございます。お話しください」

「スザンヌにぜひお礼が言いたくて」女性の声が言った。「同じ地域に住む人が協力を申し出てくれたのをとてもうれしく思います」

フードバンクの女性の言葉にスザンヌは思わずにっこりとなった。

「協力してくれる画家や工芸家のみなさんにこそ感謝してください。今回の企画が可能になったのも、その方たちのおかげなんですから」

ポーラはべつのボタンを押した。「さあ、今度はあなたの番ですよ。どうぞ!」

今度は男性の声だった。

「ちょっと教えてほしいんだが、スザンヌ、おたくではキャラメルパンを出してるかな？ペカンをまぶしたやつだけど」

「当店の人気メニューのひとつですよ」スザンヌは答えた。「毎朝、二回は焼いています」

「お電話ありがとうございました」ポーラは男性に言った。「さて、次はどんな質問やコメントが飛び出すでしょうか」そう言ってべつのボタンを押した。

「いろいろお世話になったスザンヌに、ひとことお礼が言いたいんです」小さな声が言った。

スザンヌはやけに聞き覚えのある声だと驚きながら応じた。「どういたしましまして」ミッシーの声かしら？　彼女なの？　どう考えてもミッシーの声だ。

「どうもありがとうございました」ポーラが次の電話に切り替えようと、割って入った。

「もうひとつ言わせてください」女性は言った。「あの……どうか心配しないで」

ポーラはさっぱりわけがわからないと言うようにかぶりを振り、快活な声で先をつづけた。

「さてここで、チャーマーズ肥料店からのお知らせです」

彼女がボタンを押すと、録音されたコマーシャルがふたりのヘッドホンのなかに鳴り響いた。

「気味が悪かったわね」ポーラはコマーシャルが流れるなかでつぶやいた。「ああいうの、よくあるのよ」

「気にしてないわ」

スザンヌは言ったが、このときには確信していた。あの謎めいた電話は行方不明のミッシーからだ！

22

きょうのカックルベリー・クラブはよりどりみどりの火曜日と称し、店の名物料理が勢揃いする人気のある日だ。スザンヌが裏口から厨房に足を踏み入れたときには、ペトラが定位置であるコンロの前に立って、黒い鋳鉄のフライパンで鶏胸肉とライスソーセージをジュージューと焼きつつ、ポテトケーキに添えるチキングレービーの鍋をかきまわしていた。

「ここは本当にいいにおい」スザンヌは料理に目をやった。「それに目にもおいしいし」とたんに、まだ朝食を食べていなかったことを思い出した。そんな時間はなかったからだ。

「ちゃんとラジオをつけといたからね！」トニが少し離れたところから大いばりで言った。

「あんたのインタビュー、全部聴いたよ！」

ペトラが振り返ってスザンヌにほほえみかけた。「とてもよかったわ」

「そう？　ちょっとおかしくなかった？」あとの質問は、もちろん、番組の最後に取りあげた電話の件だ。

ペトラはコンロに向き直った。「とくになんとも思わなかったけど」そう言って十本ほどのソーセージを皿に移した。「保安官の容態はどうだった？」

「ちょっとぐったりしていたわね。でも、思った以上に元気だった」と嘘をついた。

「保安官が元気だって?」トニが言った。「それ本当? 病院で寝てるのに?」

「話はしたの?」ペトラはディッシュタオルを取って、落ち着きなくねじった。「なにがあったのか話してくれた? 事故のことよ、もちろん」

「そういうわけじゃないの」スザンヌはあいまいに返事をした。「まだ少しぼうっとしていたから」

「じゃあ、捜査を引き継いでほしいとは言われなかったんだね?」とトニ。「あとを頼むとかなんとか」

スザンヌは呆気に取られた。「まさか、そんなわけないでしょ!」

「でも手がかりくらいは教えてくれたんじゃない?」ペトラが訊いた。

「ううん、とくには」とスザンヌ。

「なあんだ」トニがしょげた声を出した。

「でも、ドリスコル保安官助手と話したけど、彼がちゃんと引き継いでいるようだったわ」

それはささやかで罪のない嘘だったが、そう言ったほうがみんな安心できると思ったからだ。なにも保安官の容態についておぞましい事実を明かすこともない。

「エディ・ドリスコルのこと?」ペトラが訊いた。「あなたが言っているのは彼のことなの? 六年生を受け持っていたときにクラスにいた気がするわ。文の構造を理解するのに苦労していたのを覚えている」

「あたしもだよ」とトニ。「名詞、動詞、形容詞、副詞。どれもごっちゃになってばかり。懸垂分詞なんてなにをかいわんやだよ」そう言いながら、白い皿を六枚、寄せ木のカウンターに並べ、ペトラが料理を盛りつけるのを待った。

「まだ朝ごはんを出しているの？」スザンヌは訊いた。もう十時をすぎている。

「遅く来たお客様が何人かいるのよ」ペトラが言った。「お天気が悪いせいだと思うわ。そうそう、トニもあなたもゆうべの護身術の講座を楽しんだんですってね」

「全部話してあげたんだ」トニがスザンヌに言った。「ねえねえ」と声をかけ、ペトラのエプロンのひもをつかんだ。「声を出すと、殴ったり投げたりする力が三十パーセントアップするって知ってた？」

「知らなかったわ」ペトラはかぶりを振った。「こんな歳になるまで、そんなどうでもいい情報を知らなかったとはね」

トニの話はつづいた。「それから、敵の生まれつきの弱点をねらう方法も教わったんだ。足で蹴ったり、指を突き立てたりすればいいんだって。目、喉、鼻、脛《すね》、それに——」

ペトラが片手をあげて制した。「そこまでにしておいて。あとは言わなくてもわかるから」

「そりゃそうだ」

ふと気がつくと、雨の降る降らないは関係なく、そろそろランチタイム用に店をおめかしする時間だった。

最後の朝食客が帰ると、スザンヌとトニはくるくるとまわる修行僧のように店内をあわただしく動きまわり、汚れた皿を片づけ、テーブルを拭き、椅子をテーブルの下におさめ、落ちたパンくずを掃き寄せた。つづいてあらたにナイフとフォーク、ナプキン、グラスを並べ、コーヒーを新しく淹れ直した。

「ジェリードーナツが一個あまってる」トニが言った。

「あなたの名前が書いてあるはずよ」スザンヌは言った。

トニはガラスのパイケースに手を入れて、ドーナツをつまんだ。「本当だ」

「スザンヌ」ペトラが仕切り窓から声をかけた。「メニューを書く時間よ」

「わかった」スザンヌは黄色いチョークを手にし、待ちかまえるように立った。

「チキンの衣揚げにズッキーニとコーンのつけ合わせ」ペトラは言った。「チェダーチーズとブロッコリーのキッシュ、カレー風味のチキンサラダと七穀入りパン」

「それに、いまオーブンでふつふついっているパイもでしょ？」スザンヌはひと切れのパイの絵を描いた。

「具はブルーベリーよ。バニラアイスクリームを添えて出すわ」

「急がなきゃだめだよ」トニが窓の外をのぞきながら言った。「最初のお客さんがもう来てる」

しかしお客に料理を出し、多くのこまごました用事をこなしながらも、ミッシーを案ずる気持ちは消えなかった。ラジオ局に電話してきたとき、彼女はどこにいたのだろう？　いったいどこに隠れているのか。ラジオを聴いていたのなら、近くにいるのではないだろうか。こっそり自宅に戻った？　それともどこかほかに隠れ場所を見つけた？

「スザンヌ、ねえったら」トニの声がした。ふたりはカウンターにいて、トニはチキンサラダのサンドイッチを盛りつけた皿を手にしていた。「お客がデザートを食べてるすきに、あんたもなにかおなかに入れたほうがいいよ」

「ありがとう。ちょっとおなかがすいてたの」スザンヌはサンドイッチをひとくち食べ、もぐもぐと口を動かした。「うん、おいしい」

「あいつめ」トニが言った。

スザンヌは食べるのをやめた。「どうかした？」

入り口のドアが乱暴にあき、ジュニアが入ってきた。

「大丈夫よ」スザンヌは言った。「残っているお客様は少ないし」

「でもさ」トニが不愉快な顔をしているのも気にせず、破けたジーンズに薄汚れたTシャツ姿のジュニアは車のバッテリーらしきものを抱え、つかつかと店の奥へと歩いてくる。

「そんなものを持ってきちゃだめだってば」トニが言った。

「だめなのかよ」ジュニアは持っていた物体を見えるようにかかげ、得意げに笑った。まるで新しい子犬を見せびらかすように。

「車のバッテリーを手に入れたのはわかったわ」スザンヌは言った。「で？」

ジュニアはちょっとだけタップダンスを踊ると、手のなかのものを持ったまま、体を折って声を出さずに笑った。「やったぜ！　思ったとおりだ！　ふたりともだまされた！」

「なにひとりで言ってんの？」トニはそうとういらいらして言った。

「いいからこのバッテリーをよく見ろ」ジュニアはカウンターに歩み寄って、高くかかげた。

「ふうん」とトニ。「それのどこがすごいのさ？」

「いいから見てなって」ジュニアは車のバッテリーの形をした金属の筐体《きょうたい》をはぎとった。なかにはバドワイザーの六缶パックが入っていた。「なあ、ちょっとしたもんだろ？」

「ううん」トニはじっと見つめたまま言った。「べつに」

「べつにじゃないだろ」

「要するになんなの？」スザンヌは言った。

「要するにだな」ジュニアはいらだたしそうな声を出した。「この便利なバッテリー風の入れ物を買えば、自分で買った六缶パックをどこでも好きなところに持ちこんで、おいしい酒が飲めるって寸法だ。レストラン、映画、コンサート、なんでもありだ」

「地元のシネコンに車のバッテリーを持ちこむなんて変だと思わないの？」

ジュニアは顔をしかめた。「既存の枠組みで考えてちゃだめなんだ、スザンヌ。おれたちはいまや、グローバルな市場でしのぎを削ってるんだ。不可能なんてものはないんだよ」

「ばかばかしい」トニが言った。「絵空事もいいとこだよ」

ジュニアは一蹴するように手を振った。「ったく、おまえら女はもののよさがわかってないな。この大発明でおれのところには百万ドルが入ってくるってのによ」

「そりゃよかった」とトニ。「百万入ったら、半分を離婚の慰謝料としてあたしにちょうだい」

ジュニアはゆっくりと首を振った。「離婚はなしだ」

「どうして？」スザンヌが言った。

ジュニアはせつなそうなまなざしでトニを見つめた。「おれたちはいまも愛し合ってるからさ。そうだろ、ベイビー？　陸橋におまえの名前をスプレーで書いたのにはちゃんと理由があるんだよ」

トニはこぶしを握り、「ジュニア！」とどすのきいた声を出した。しかし、ジュニアはにやりと笑い、きびすを返した。

「大丈夫？」スザンヌは声をかけた。トニはまだ顔をしかめていたが、目もとをぬぐってもいた。

「目になにか入っちゃってさ」とぼそぼそ言い訳をした。

「心にもでしょ」

「それはどうかわかんないけど」トニは言った。「ジュニアが抱く夢だの計画だのは絶対に実現しない。それだけはたしかだよ」

「同感」厨房からペトラが大声で言った。「わたしに言わせれば、あなたの彼氏は間が抜けているにもほどがあるわよ」

スザンヌとトニがアフタヌーン・ティーに出すチキンサラダのサンドイッチを手際よくつくるかたわら、ペトラはごみの袋を持って外に急いだ。戻ってきたときは体を縮こませ、両腕をさすっていた。「気温がさがってきてるわ。坐骨神経痛の具合からして嵐になりそうよ」

「坐骨神経痛じゃないくせに」スザンヌは言った。

「ええ。でも、足の親指がむずむずするの」

「嵐が来るからむずむずしてるっていうの？」

「荒れ模様なのはたしかだよね」トニが同意する。「もう何日も前からさ」

「竜巻じゃないことを祈るばかりだわ」ペトラは心配そうに言った。「すでにミズーリとカンザスは何度か襲われているし」

「そりゃ、まずいね」とトニ。「トルネードに襲われたら、このカックルベリー・クラブなんか『オズの魔法使い』のドロシーの家みたいに基礎から飛ばされちゃうよ」

「どこか魔法の国に着陸したりしてね」スザンヌは言った。

「あたしはそれでもかまわないよ。いじわるな魔女さえいなきゃ。ばかな魔女の相手なんてごめんだからさ」

「緑色のファンデを塗った魔女はとくに困るわね」ペトラが言った。「そういえば……」と言いながらスザンヌを見やる。「やっぱりきょうはドラモンドさんのお葬式に行くの？」

スザンヌはうなずいた。「そのつもり」

「そう、きょうはお葬式にうってつけのお天気ね。雨で、薄暗くて、陰鬱で」

「午後の二時からお葬式なんて変じゃない？」トニが言った。「ふつうは午前の早い時間にやるものじゃん。起きたばかりでコーヒーの香りも嗅がないうちにさ」

スザンヌは肩をすくめた。「ドラモンドさんはいまも自己流をとおしているのよ――あの世にいてもね」


スザンヌは少し息を切らしながらホープ教会に到着し、入ってすぐのところで足をとめてひと息ついた。すぐさま黒いフォーマルウェアの襟に白いカーネーションを挿し、厳粛な顔をした案内人ふたりの出迎えを受けた。

「こんにちは」片方が極端なほど重々しく言った。「申し訳ありません。式はすでに始まっておりまして」

「やだ！」スザンヌは思わず大きな声をあげた。時間をまちがえた？　それとも遅刻？

「すみません、てっきり午後二時開始とばかり」

「ミセス・ドラモンドの意向で早く始めたんですよ」案内人のひとり、年配のほうが言った。

「なんでも、お加減がすぐれないとかで。そういうわけで、五分早い開始となりました。ミセス・ドラモンドは最前列においでです。ええと――」

「棺の近くに」もうひとりの案内人が助け船を出した。

あまりに変じゃないかしら、とスザンヌは心のなかでつぶやいた。こんな話、聞いたことがない。

なかに入ると、前のほうでぼそぼそと祈りを捧げているようだった。思ったとおり、ストレイト師が白い布をかけた暗灰色の棺を前にしていた。両脇には白い花のアレンジメント――ユリ、バラ、カーネーション――が立てられている。

数少ない弔問客で前から五列が埋まっていた。

しかし、遠慮して後方の席についたスザンヌがとくに目を引かれたのは、最前列の真ん中にすわる黒いワンピースとベール姿の女性だった。肩を落とし、片手にハンカチを握りしめた背中が、悲しみに襲われるたびに大きく上下している。

ディアナ・ドラモンドかしら？

そうにちがいない。うしろから見てもカーメン・コープランドに瓜ふたつのその姿は、絶対に彼女だ。

ディアナのすぐ隣、肩と肩が触れそうなほどくっついてすわっているのは、ダークスーツ姿の大柄な男性だった。スザンヌのいるところからでも、男性がディアナの腕をつかんでいるのが見える。悲しみに暮れる女性の全体重を支えてやっている。

スザンヌはよく見ようと首をのばしたが、男性の正体まではわからなかった。しかし、男性が一瞬だけ顔の向きを変えたときに横顔がちらりとのぞいた。

ブーツ・ワグナーじゃないの。まあ！

もちろん、レスター・ドラモンドのジム仲間が葬儀に来るのは当然だ。なにしろふたりは何年にもわたり、エクササイズをしたりバーベルをあげたりして長い時間をすごしてきた仲なのだ。

でも、カーラ・ライカーは言ってなかったかしら。ドラモンドさんはジムでしょっちゅう面倒を起こしてブーツは困っていたと。ええ、たしかにそう言っていた。絶対に。

だとしたら、どうしてブーツはディアナにあそこまでやさしくしているんだろう？　単にいい人だから、悲しみに暮れる女性が胸が張り裂けそうなほどにつらい一日をやりすごせるよう、手を貸しているのだろうか？

昨夜ドラモンドの家で見た、ごちゃごちゃに散らばった書類が頭にぱっと浮かんだ。膨大な書類を整理してほしいと、ディアナがブーツに頼んだのだろうか？

それとも、もっと恐ろしいことが進行中とか？　あのふたりが共謀している可能性はあるだろうか？　レスター・ドラモンドの死にふたりとも関与していたりして。そんなことをとりとめもなく考えながら、スザンヌは教会のあちこちに目をさまよわせた。

数列前方にドリスコル保安官助手の姿があり、いかにも法の執行者らしい鋭い目で参列者の様子をうかがっていた。ディアナとブーツの関係があやしいとにらんでいるのだろうか？かもしれない。

気がつけば、そのあとはずっとそわそわと落ち着かない気持ちで葬儀の進行を見守っていた。オルガンがもの悲しいメロディを奏で、棺が中央通路をするする運ばれていく段になってはじめて、現実に引き戻された。棺のあとをしずしずとついていく参列者に目をやると、全員が地味な黒と白で装っている。しかし、スザンヌは思う。この世に白黒はっきりしたものなどなにもないと。

スザンヌが急ぎ足で車に向かっていると、アラン・シャープがどこからともなく飛び出してきた。

「スザンヌ、ちょっと話がある」

スザンヌは思わず足をとめた。シャープさんもお葬式に参列していたの？　見かけた記憶はないが、いたにちがいない。その証拠に、黒い綾織りのスーツを着ている。

スザンヌはいやいやながら彼のほうを向いた。「なんでしょう？」

シャープは彼女をにらみつけた。「わたしのことをいろいろ訊いてまわっているそうじゃないか」

「誰から聞いたんですか？」スザンヌはせいいっぱい、落ち着いた声を出そうとした。

「きみの知ったことではない」シャープは語気荒く答えた。「なぜ首を突っこむべきでないところを嗅ぎまわっているのか、答えたまえ」

「なんのことを言っているのか、まったく心あたりがありませんけど」

「いいや、あるはずだ」

「いいですか。わたしはただ、ここ最近、わたしたちの町を襲った出来事が心配なだけです。殺人事件、捜査……」

「誰だって心配だとも」とシャープ。「きみの友人のミッシーが町から逃げてからはとくにな」

「それに関しては、わたしは本当になにも知らないんです」スザンヌはなんでこんな話をしているんだろうと、内心で舌打ちをした。

「ほう、そうかね？　わたしの見たところ、あの娘は理由があって隠れているようだが」

スザンヌはシャープをにらみつけたが、相手はいやみな笑顔を向けただけで、話をつづけた。

「つまり、彼女は完全なクロだってことだ！」

スザンヌは運転席にすわると、アラン・シャープと立ち話などするんじゃなかったと後悔しながら、教会をあとにした。

なんて卑怯な人。あんなふうにミッシーに罪をなすりつけるなんて。裏を返せば、煙幕を張り、自分から容疑をそらそうとしていたとも考えられる。つまり、ドラモンドの殺害に関与した可能性があると見ていい。

ハンドルをあまりに強く握りすぎたせいで、関節が真っ白だった。スザンヌはふと思い立ち、保安官を見舞っていくことにした。

大男ドゥーギーの容態を確認しなくては。そう自分に言い聞かせながら、病院までの数ブロックほどの距離を進んだ。しかし、足音を忍ばせて保安官の病室に入ったところ、相手は断続的な眠りに落ちていた。仰向けに横たわり、盛大にいびきをかいている。毛布を顎まで引っ張りあげているせいで、生気のない顔だけが見え、くしゃくしゃの灰色の髪は大げさでもなんでもなく鳥の巣のようになっていた。

振り返ると看護師が廊下を歩いてくるのが見えた。

「保安官を担当している看護師さんですか？」と尋ねた。

「ええ」そう答えた看護師は歳は五十すぎで、しわが目立つが思いやりのある顔をしていた。スザンヌと目が合うと、彼女のプロに徹した礼儀正しさが一瞬にして好奇心へと形を変えた。「ひょっとして、スザンヌさん？」

「そうですが」

看護師は保安官の病室のほうを頭でしめした。「あなたのことをしきりに尋ねていましたよ」そこでかぶりを振った。「いいえ、正確な言い方ではないわね。あなたを呼んでいたといったほうがいいかもしれません」

「本当ですか？　では目を覚ましていたんですね」

「数時間前は若干、意識があったようですよ。でも、ほぼ一日じゅう、意識はあったりなかったりという感じです」

スザンヌは足音を忍ばせて保安官の病室に戻った。音をたてないようにしてベッドのそばに腰をおろし、眠る彼をじっと見つめた。まだ、のこぎりで木を切るようないびきをかいている。おそらく、スザンヌがいることさえわかっていないだろう。それでも……保安官とつながっている感じがした。

保安官ならどうするだろうか、と考える。保安官なら、このあとどうするだろう。スザンヌの思考はレスター・ドラモンドの殺害へと、ミッシーとその潜伏先へと飛んだ。そこらじゅうに他人の目があるような田舎町で、身を隠せる場所など本当にあるのだろうか。

やがてゆっくりと、スザンヌの頭にある考えが浮かんだ。


スザンヌは飛ばせるかぎり飛ばしてカックルベリー・クラブに戻った。すでに夕方に近く、お客はとっくの昔にいなくなっていた。ペトラは〈ニッティング・ネスト〉で何人かの女性を相手に、表目と裏目を交互に編めば一目ゴム編みになると教え、トニはカフェの掃き掃除に励んでいた。ほうきを持ち、身をくねらせたり、くるっとまわったりしながら、テイラー・スウィフトの『私たちは絶対に絶対にヨリを戻したりしない』を大声で歌っている。

スザンヌはカフェに入っていき、トニの名を呼んだ。トニは驚いて「あ、お帰り！」と言うと、ぱたりと動きをとめた。夢中になって踊っているところを見られ、少し照れくさそうだ。

スザンヌはずばり用件を切り出した。「冒険に出るつもりはある？」

「ある！」しかしすぐさま、おそるおそる尋ねた。「どんな冒険？」

「調査のための冒険よ。言うなれば、ちょっとしたドライブね」

「スザンヌ、なに隠し事してんのさ？」

スザンヌは声をひそめて言った。「ミッシーの居場所がわかった気がするの！」

23

「車を出してくれてありがたいわ」スザンヌは言った。またフランケン・カーに乗るのは気が進まなかったが、トニが運転を申し出てくれた以上、それを受けるのが礼儀と思ったのだ。

「でも、CDプレーヤーがついてなくてごめんよ」ガタガタと角を曲がりながらトニは言った。「でも、ジュニアが古いカセットプレーヤーをつないでくれたんだ。それで充分だよ」

「ええ、そうね」古いカセットテープでジョン・デンヴァーやカーペンターズ、スライ&ザ・ファミリー・ストーンを聴くのが嫌でなければだけど。

「で、どこに向かえばいいのかな?」トニの車は制限速度をはるかに超えるスピードでキンドレッドの中心街を走っていた。「妙に秘密めかしてるけどさ」

「向かう先はジェサップよ」スザンヌは言った。「だから郡道五号線で町を出て」ジェサップまでは十二マイルほどの距離だ。

「あっちでなにがあるっていうの?」トニはギシギシとギアを操作し、エンジンを噴かした。

「それを突きとめにいくんじゃないの」

「ははあん。きっとミッシーはモーテル6あたりに身を隠してるんだね。じゃなきゃバイダウェイ・インだ。娼婦御用達の安宿って話だけど」

「ちがうわ」スザンヌは思わず笑みを洩らした。「そこ以外の場所よ」

トニがマドンナのカセットをかけ、ふたりはそれに合わせてハミングしたり歌ったりしながら田園地帯を抜け、隣町に入った。マテリアル・ガールの二人組。

「さてどうする？」境界線を越えてジェサップの町に入ると、トニは賢明にもスピードをゆるめた。

「グランド・アヴェニューを目指して」スザンヌは言った。

「ふうん。そこってジェサップの高級住宅街じゃなかったっけ。そんなところにいったい誰が……」トニははっとなって言葉を切った。「そうか、わかった！　ミッシーはカーメンの家に隠れてると思ってるわけだ、ちがう？」

「ねえ」スザンヌは言った。「あなたは昔から、古い家をこそこそ這いまわるのがうまかったわよね」

「そのとおり」トニは白い歯を見せた。

車は灰色の石でできたゴシック様式の教会の前を通り過ぎ、こぢんまりとしたケープコッド風の家々が立ち並ぶ湾曲した道を進んだ。坂をのぼると大きな家が何軒か居心地よさそうにおさまっているのが見えてきた。美しく整備された広い道路と古めかしい錬鉄の街灯をそなえたこの界隈は、いかにもジェサップの高級住宅街という感じだ。

「いいところだね」トニが言った。「ハイソな感じでさ」

スザンヌは雨が筋を引いて流れるウィンドウから外をながめ、立派なお屋敷とロザリオの珠《たま》をつなげたように光る街灯に目をこらした。カーメンの自宅には以前にも一度行ったことがある。このなかのどれだったか記憶が……。

大きなチューダー様式の家の前をゆっくりと過ぎ、次にツタで覆われた赤煉瓦の牧師館が現われた。次の瞬間、スザンヌはおや、と目をしばたたき、大声をあげた。

「あの家よ！　とめて！」

トニは急ハンドルを切って、乱暴にとめた。「塔の部屋と屋上にバルコニーがついた、幽霊の出そうなあの家？」そう言うと、疑わしそうな目でフロントガラスごしに見あげた。

スザンヌはうなずいた。「あれよ。あれがカーメンの自宅」

トニは目を細くした。「ああいうのはなんていう建築様式なんだろ。霊廟様式？」

「ヴィクトリア様式よ」スザンヌは噴き出しそうになりながら言った。トニは本当に笑わせてくれる。

「ロマンス小説の作家よりはミステリの作家向きの家だね」

「そうかもしれないけど、カーメンはここを自宅と呼んでるの」

スザンヌは闇に包まれた小塔のある大邸宅をじっと見つめた。分厚いカーテンからはひと筋の光も洩れてこない。ガーデンライトもひとつとしてついていない。まちがったかしら？勘がはずれた？

そんな彼女の考えを読んだかのように、トニが言った。「ミッシーはあの家にいると本気で思ってんの？　カーメンがかくまってるって？　守ってるって？」

「カーメンがそんな思いやりのあることをするはずないでしょ」スザンヌは言った。「それも、くびを言い渡した相手に対して。でもね、たまたま知ったんだけど、カーメンはきのうニューヨークに向けて出発したの。だから、自宅には誰もいないのよ」

「で、ミッシーは合い鍵のありかを知ってるわけだ」

「そう推理したの」

「だったら、調べるしかないね」

ふたりは車を飛び降りると、足音を忍ばせ、家につづく正面のアプローチをそろそろと進んだ。

「うわあ」仰々しい玄関ドアの前まで来ると、トニがため息交じりの声を出した。「館を襲撃に来た日雇い労働者になった気分がするのはどうしてだろうね」

「実際、そうだからよ」スザンヌは言うと、ブロンズでできたヒツジの頭の形をしたドアノッカーをつかみ、真鍮《しんちゆう》のプレートに強く叩きつけた。低い音が屋内に響きわたった。ふたりはしばらく待ったが、カーテンがめくれることも、小走りする足音が聞こえることもなかった。スザンヌはもう一度、ノッカーを叩いた。それでも応答はなかった。

「さて、どうする？」トニが訊いた。

「裏にまわってあなたの特技をためすしかないかもね」

トニの顔がぱっと輝いた。「そうこなくっちゃ」

煉瓦の通路をたどって家の側面にまわりこみ、草ぼうぼうの庭と錬鉄の四阿《あずまや》の前を通りすぎた。

「ここもきれいなんだろうに。まあ、もうちょっと、手を入れてやれば」とトニ。「せっかくの庭が台なしだ」

「カーメンは庭いじりが得意じゃないのよ、きっと」

「でなければ、庭師が辞めちゃったかだね」トニは言ってからすぐに鼻を鳴らした。「くびにしたのかもしれないな」

「行くわよ」スザンヌが小声で言った。「裏口をためしてみましょう」

ふたりはガラスを軽くノックし、真鍮のドアノブをがちゃがちゃいわせたが、無駄に終わった。

「ちぇっ」トニは舌打ちした。

「どうにかしてなかをのぞかないと」スザンヌは言った。「なにしろ大きなお宅だもの。ミッシーがどこに隠れていてもおかしくないわ」

「困ったことにさ、ここの窓はあたしらの頭より上にあるんだよね。上に乗っかるものが必要だよ」

「さっき四阿の前を通ったでしょ？　あそこにベンチがあったと思うけど」

「取りに行こう」

四阿まで走って戻り、木のベンチを持ちあげ、裏まで運んだ。

「さてと」トニは自分が持っていたほうをおろした。「そこの窓の下に寄せるよ」

ふたりでベンチを基礎のほうに押しやり、その上に乗った。

「なにか見える？」トニが訊いた。ふたりともまるく拭き跡が残る窓に鼻をくっつけていた。

「薄明かりのようなものが見えるわ」

「警備システムの光かもしれないよ。でなければ、常夜灯か」

「かもね」とスザンヌ
「ちょい待ち――人影が動いたみたいだ」トニが言った。「カーメンが猫でも飼っていないならね」

「猫じゃない可能性が高そうだわ」

トニはこぶしで窓を強く叩いた。「ミッシー、あたしだよ！　なかに入れて！」

スザンヌは窓を小さく叩いた。「スザンヌとトニよ。なかにいるならあけて」そう言って四十秒待ち、次は少し強く叩いた。

「そこにいるんだよね、ミッシー」トニが言った。「だったらあたしたちをなかに入れてよ」

ふたりはためらいがちに、薄暗い屋内をのぞきこんだ。祈るような気持ちだった。もしかしたら直感は完全にまちがっていたのかもしれない。しかしスザンヌにはそう思えなかった。

さんざん待ったあげく明かりがついた。

「思ったとおりだ！」トニが叫んだ。「ミッシーはここにいるんだよ！」

ふたりは大急ぎで裏口にまわって待ちかまえた。永遠とも思える時間が経過したのち、ようやくドアがわずかにあいて、ミッシーの顔がほんの少しだけのぞいた。

「どうしてここだとわかったの？」彼女はほとんど聞き取れない声でそう尋ねた。

「ドアをあけて」スザンヌは言った。「あなたを警察に突き出そうとか、そんなつもりはないから。ただ力になりたいだけ」

ミッシーはドアはあけたものの、ほっとしたようには見えなかった。あきらかにそわそわして不安そうだった。「どうしてわかったの？」さっきと同じことを尋ねた。

「ふとひらめいたんだよ」トニが言った。

「カーメンがニューヨークに行くのは聞いて知ってた」スザンヌは説明した。「だから一と一を足したってわけ」

「なんだ」ミッシーはドアを閉め、三人は床が白と黒のタイル張りで真鍮のコート掛けがある裏廊下に立った。「あなたたちに推理できるなら、ドゥーギー保安官にもできるわね」

トニはさっとスザンヌのほうを向いた。ペンシルで描いた眉が驚きを表わす一対の弧の形になった。「彼女、知らないみたいだ」

「知らないって、なんの話？」ミッシーはふたりに向かって顔をしかめ、かぶりを振った。

「どうかしたの？」

「昨夜、保安官が車に撥ねられたんだ」とトニ。「いま入院してる」

ミッシーは手で口を覆った。「嘘でしょ！」

「本当になにも知らないのね」スザンヌは訊いた。

「ええ、もちろん」ミッシーはわめいた。「知るわけないでしょ。なにひとつ……」そう言うと、顔にかかったブロンドの髪を払った。「お願いだから信じて！」

ミッシーの呆気にとられた表情は本物だとスザンヌは思った。ドゥーギー保安官の事故の知らせを耳にするのは、あきらかにこれがはじめてのようだ。もちろん、カーメンの家にいる理由の説明にはならないが。

「ここでなにしてんの？」トニが尋ねた。

「ええとね」ミッシーはトニの質問は抽象的すぎるといわんばかりに手を振った。「なんだかいっぱいいっぱいになっちゃって。それでここに隠れようって思いついたのよ。でも、いま考えると、慎重に考えたうえの結論じゃなかったみたい」

「まったくだわ」とスザンヌ。「慎重に考えなきゃだめよ。ドリスコル保安官助手が保安官事務所の総力をあげて、あなたを捜してるんだから」

「そのとおり」とトニ。「ちゃんとした答えを用意しておいたほうがいいよ。このあとどうするつもりだったとかさ」

「わたしを警察に引き渡したりしないわよね？」ミッシーの顔に狼狽の色が広がった。

「ええ」スザンヌは言った。「でも、それには少し計画が必要だわ」

「奥に入ってもらったほうがよさそうね」ミッシーはゆっくりと言った。くるりと向きを変え、広い中央廊下を歩きはじめた。「話すことがいっぱいありそうだもの」

ふたりはミッシーのあとについて廊下を進み、居間を通りすぎた。ダマスク織のソファ、チッペンデール様式とおぼしきエレガントなゲーミングテーブル、みごとな白大理石の暖炉が存在感を放っている。

ミッシーは小さめの部屋にふたりを案内した。客間を改装した居心地のいい執筆用の部屋だ。

「へえぇ、ここでカーメンはエロチックなロマンス小説を書いてるんだ」トニはきょろきょろとあたりを見まわした。

「ここは奥まっているから、隠れるにはいちばんだと思ったの」ミッシーは言った。

「すてきなお部屋だわ」スザンヌは言った。ここにも凝った彫刻をほどこした小ぶりの暖炉があり、背の高いマホガニーのライティングデスクには本がぎゅうぎゅうに詰まっている。本絞りの革の椅子が三脚、それにとても大きなデスクにはマックのパソコンが二台、カラープリンタ、スキャナがのっている。板張りの壁には油彩画が何十と飾られていた。

三人は腰をおろし、椅子を円の形に寄せ合った。

「で、話というのは？」ミッシーが言った。

スザンヌは彼女に目をやった。「わたしの助言を聞きたい？　助言をするのはいいけど、それに従うだけの分別があなたにないとね」

ミッシーは目をしばたたいた。「あるわ。どうしても力を貸してほしいもの」

「だったら、明日の朝いちばんにドリスコル保安官助手に連絡を取って」

「それは無理よ」ミッシーは言った。

「ねえ、ハニー、それがいちばん賢明よ」

ミッシーは胸の前で腕を組み、首を左右に振った。

トニがスザンヌをちらりと見た。「プランBに変更？」

「プランBって？」ミッシーが訊く。

「そんなものはないじゃないの」とスザンヌ。

「でも、なにか考えたほうがいいよ」とトニ。

三人はしばらく押し黙っていたが、やがてスザンヌが口をひらいた。「そもそもまず、誰がレスター・ドラモンドさんを殺したのかしら？」

「わたしじゃない」ミッシーはぶっきらぼうに言った。

「それはわかってる」とスザンヌ。「だからってその疑問が消えるわけじゃない」

「答えを見つけるしかないね」トニが言った。「保安官が病院から出られないんじゃ、あたしたちがやるまでさ」

「あら、そこまで言うつもりはないわ」

「なに言ってんのさ」トニは鼻を鳴らした。「役立たずの保安官助手――ドリスコルのことだよ――あいつに捜査官としてまともなところがほんのちょっとでもあると本気で思ってんの？」

「ないでしょうね」スザンヌは認めた。「でも、それは彼がまだ若くて、経験不足だからにすぎないわ」

「でも、あたしたちはちがう。年齢もいってるし、それなりの経験も積んでる。だから、さっきも言ったように、あたしたちがやるしかないんだよ」トニは両手をこすり合わせた。「で、これまでにあんたのレーダーに引っかかった人は？」

「殺人事件の犯人として？」スザンヌは言った。「そうねえ、まだアラン・シャープはあやしいと思ってる。なにしろ、ドラモンドさんに訴えられていたんだもの」

「それにディアナ・ドラモンドもだね」トニが言った。「遺産が目当てのおかしな元妻」

「このあいだ瞑想庭園で遭遇したカール・スチューダーもいる」

「スチューダーの息子はドラモンドが所長だったときに刑務所に入れられたんだってさ」トニはミッシーに小声で説明した。

「ずいぶんたくさん容疑者がいるのね」ミッシーの声は心配そうでもあり、いくらかはずんでもいた。

「もっともっといると思う」スザンヌは言った。「問題なのは、誰が捜査対象なのかはっきりわからないことね。保安官は手の内をほとんど見せてくれないんだもの」

「そうなんだよ」とトニ。「ひょっとしたら、あたしたちがふだんつき合ってる、ごく普通の人かもしれないわけだ」

「どういうこと？」ミッシーが訊いた。

「だから……誰でもってこと」トニはスザンヌにちらりと目をやった。「だよね？　カックルベリー・クラブで毎日のように顔を合わせてる人でもおかしくないよね」

スザンヌはいちおううなずいたものの、じっと考えこんでいた。ありとあらゆる可能性を検討し、頭のなかで容疑者たちを何度も何度も調べあげていた。それでも、そのうちの誰に対しても、動かぬ証拠はひとつも出てこなかった。テフロンのようにつるつる滑る根拠のない憶測があるだけだ。スザンヌは目をあげて壁にかかった絵のひとつに見入った。イラスト、グラフィックアート、それに荒々しく置いた絵の具が渾然一体となった絵だった。そう言えばカーメンはアウトサイダー・アートを集めていると言っていたっけ。素朴で、自己流で、風変わりな美術は、主流から完全にはずれている。

目をべつのキャンバスへと移動させた。漫画タッチの赤い犬がのこぎりのような歯で青い建物をくわえている絵だった。右下の隅にへたくそな署名が入っている。

「ガンツ」スザンヌは思わず口に出して言った。もう一度署名をじっくりとながめてからつぶやいた。「ジェイク・ガンツ」

「あいつがどうかした？」トニが訊いた。

頭のなかがざわざわしはじめた。「ひょっとしたら彼が一連の出来事のワイルドカード的な存在かも」

「どういう意味？」トニが訊いた。

「ジェイクはジャスパー・クリーク刑務所に入っていたの。ドラモンドさんが所長のときに」

「それ、本当？」

「デイル・ハフィントンがそう言ってた。そのときはジェイクが事件に関わっているなんてこれっぽっちも思わなかったんだけどね。でも、保安官は彼に関心を寄せているようだったし」

「驚き、豆の木！」トニは言った。「ジェイクが犯人だと思ってんの？」

ミッシーも目をまるくした。「あの彼が？」

スザンヌは頭のなかで形になりつつある考えが気に入らなかった。とはいえ、牡蠣《かき》のなかの砂粒みたいに気になるのも事実だ。ならばこの線も追うしかない。

「ジェイクには一匹狼的なところがあるわ」とためらいがちに言った。「他人との接触を極力避けて暮らしている感じ。それに元軍人だし」

「そんなふうに言われるとさ」トニが言った。「いかにも容疑者って感じがしてくるよ。あちこち出入りしても、誰も注意を払わないタイプってことじゃん」

「そうよ」とミッシー。「落ちぶれた様子で町をうろうろしているし」

「だからって人殺しってことにはならないけどね」スザンヌは少しおよび腰になって言った。

「でも、なにもかも芝居かもしれないよ？」とトニ。「内なる怒りを燃やしているんだとしたら？」

「スザンヌ！」ミッシーは言った。「くわしく調べてみてよ！」

スザンヌは首を左右に振った。「それは無理よ」

「どうして？」ミッシーが訊く。

「第一に、わたしは訓練を積んだ捜査官じゃない」

「それに匹敵するだけのものを持ってるって」トニが言った。「だって、ここまで突きとめたんだよ。保安官事務所の誰よりも真相に近づいてるじゃん」

「せめて、ジェイクと話だけでもしてみて」ミッシーは頼んだ。

「なにを話せばいいの？」スザンヌは言った。「殺人事件の容疑者だっていうだけでジェイクに接触するわけにはいかないわ。そんなことをしたら、彼を怯えさせるだけだもの」

「ドラモンドさんについて話を聞くという形で、なにか引き出せばいいんじゃない？」とミッシー。「どう反応するか確認するの。それならやってもらえるでしょ？　お願い」

トニがそうだと言うようにうなずいていた。「ここまで突きとめたんだからさ、ね？」

「そうね」スザンヌは言った。「でも、正直言って、彼がどこに住んでいるかも知らないのよ」

「あ、でも」ミッシーは壁の絵を指差した。「カーメンはジェイクの絵を何点か買っているから、きっと住所を知っているはず。なんでもかんでもきちんと記録しておく人だし」

トニとミッシーはファイルが入っている抽斗を調べ、なにか役に立つものはないかと探した。ようやく〝美術〟というラベルのついたファイルに走り書きの領収書を見つけた。

「これがジェイクの住所かな？」トニはくしゃくしゃの紙をのばしながら言った。「よく読めないよ、この手書きの文字――かすれてるうえにへたくそでさ」

「六九一四番地って書いてあるのかしら？」ミッシーが言った。

「七じゃないかな」トニは頭をかきながら言った。「シンクホール・ロードの六七一四番地だね。でも、すごく田舎のほうだよ、これ。どこだか見当もつかないや」

しかし、スザンヌはその住所がどこかわかった。「トニ、ノイコメン・フォロイングという妙なカルト集団を覚えてる？　あの人たちが住んでいたのがシンクホール・ロードだったはずよ。たぶん同じ住所じゃないかしら」

「あの集団は移転したはずだよね」トニが言った。「一年以上前に」

「知ってる。でも、もしかしたらジェイク・ガンツがあらたな住人になったのかも」

ふたりはミッシーにさようならを言った――いつまた会えるかはわからないけれど。しかし、とにかく前に進むしかなかった。いまは、ジェイク・ガンツの居場所を突きとめるという目的がある。

スザンヌとトニはいったん町の中心まで戻り、そこから曲がりくねったアスファルトの道を進んだ。そのまま行けば、いずれシンクホール・ロードへの入り口が見えるはずだ。

「ここはディア郡かな」トニは自分たちがいる場所を確認しようとして言った。「GPSがあれば助かるんだけど」

スザンヌはグローブボックスをあけた。

「だめだめ」トニは言った。「GPSなんか入ってないよ」

「GPSよりいいものがあるわ」スザンヌはそう言って、紙きれを広げた。「地図よ」

「なるほど。昔ながらのアナログは頼りになるね」

　シンクホール・ロードは車通りがなく、陰気でさびしい道だった。ここまで来ると住宅はほとんどなく、何段にも重なった切り立つ崖には黒々とした急流の筋が見える。下のほうはと見れば、カラマツとやせ細ったマツが鬱蒼と生い茂り、こちらも農地に向いていないのがわかる。

「そろそろよ」スザンヌは言った。「このへんのはず」片方の目を道路に据え、もう片方の目で地図を見ている。「このあたりからわき道に入るのよ」

「でも、どのあたり？」トニはかれこれ二十五分も運転していて、いささか性急にここまで来てしまったことを後悔しはじめていた。

「あそこだわ！」スザンヌは叫んだ。

　トニは急ハンドルを切ってわき道に曲がり、轍《わだち》だらけの狭い道路に乗り入れた。これでは見つからなくてもおかしくない。

「ずいぶんとまたへんぴなところだね」トニが言い、車は両側面を濡れた木の枝にはたかれながら、未舗装の道をのそのそと進んだ。シダに縁取られた雨裂《うれつ》をうんうんとうなるようにしてのぼっていくと、木深い丘の頂上にたどり着き、そこから百ヤードほどはたいらな道がつづいた。コブナラとベニカエデの薄暗い木立を抜ける悪路をさらに半マイル進み、ようやく目的地が見えてきた。

「ここがそう？」砂利と粘りけのある泥の交じった道をそろそろと進みながら、トニはがっかりした声を出した。傾きかけた下見板張りの家が四軒と、遠くの尾根に小さな建物が一軒、それに風雨にさらされて白茶けた古いタイプの納屋があるだけだ。

「これ以上先には行けないもの」とスザンヌ。「だから、ここがそうよ」

トニはゆっくりと車をとめた。「ずいぶんとすてきな場所だね。素朴でアウトドアっぽいけど、ラルフ・ローレン風のこじゃれた感じはどこにもなくてさ」

「笑える」スザンヌはオンボロの建物を見やった。いちばん手前の家には明かりが灯り、残りはすべて真っ暗だ。

「で、どうする？」トニが訊いた。「ドアをノックして、〝こんちは、元気〟って言う？」

「そうね」スザンヌは助手席側のドアを押しあけ、車を降りた。「一緒に来る？」トニの車はアイドリングの音がうるさすぎて、聞こえるようにしゃべるのが骨だった。

「あたしは車で待ってたほうがいいんじゃないかな」トニは答え、スザンヌが怪訝な表情をしたのを見て、つけくわえた。「急いで逃げなきゃいけなくなるかもしれないから、エンジンをかけっぱなしにしておきたいんだ」

「うん……わかった」

スザンヌは泥がたまった場所をおそるおそるよけながら、あばら屋に近づいた。大きく深呼吸してからドアをノックした。神経がぴりぴりし、なにを言えばいいのかも、どんな展開になるのかもさっぱりわからない。

暗いなかで数分間待ち、もう一度ノックした。誰もいないのかしら？　それとも玄関まで出てくる気がないとか？　だとしたら、トニの車のとどろくようなエンジン音をよく無視できるものだわ。

ようやくドアがきしみながらあき、ジェイク・ガンツが現われた。裸足で、迷彩柄のズボンに薄っぺらいワッフル織のTシャツという恰好だ。彼はスザンヌをじっと見つめたかと思うと、すばやくまばたきした。「あれ……スザンヌ？」驚いたような声ではなかった——ぎょっとした声だった。

「こ、この近くまで来たものだから」自分でも声が少し変で、へたな言い訳をしているとわかっていた。「それで、ちょっとおじゃましてみようかなと思ったの。いくつか訊きたいことが……」

ジェイクはぼろぼろのスクリーンドアをあけ、暗闇をのぞきこんだ。エンジンをかけっぱなしの車に気づくと、そっちに頭を傾けた。「あの車は？　誰が乗ってるんだい？」

振り返ると、トニのシルエットだけが見えた。「ああ、トニよ。知ってるでしょ。カックルベリー・クラブのトニ」

「トニ」ジェイクはその単語をチェックするかのように発した。「ああ……そうか」彼はためらいがちに手をあげ、あいさつをした。

運転席にいたトニはジェイクにあいさつされてびっくりしたようだった。彼女が片手をあげると同時に、車がゆっくり前に進みはじめた。

「彼女はいったいなにを……？」ジェイクは言いかけた。

そのとき突然、なにがなんだかわからないうちに、トニの車が激しく揺れはじめた。古い車体をつなぎ合わせているボルトとナットが、ひとつ残らずガタガタいいそうなほどのいきおいだった。けたたましい音とともにエンジンの回転数が一気にあがり、テールパイプから青い排気ガスが噴き出した。つづいてバックファイアが起こり、耳をつんざくほどの破裂音が近くの木々に反射して、ライフルのような音が響きわたった。

ジェイクはすさまじいほどの恐怖の表情を浮かべたかと思うと、いきなり泥のなかに顔から身を投げた。「撃ちかた、やめ!」と声をあげる。声はしだいに甲高くなり、恐怖に怯えた悲痛な叫びに変わった。「頼むから、撃つのをやめてくれ」

スザンヌはあまりのことにぴくりとも動けず、頭を抱えて地面に縮こまっているジェイクを呆然と見つめていた。なんて気の毒な人、と思いながら。

24

強い雨が屋根を叩くなか、スザンヌ、トニ、ペトラはカックルベリー・クラブの厨房をあわただしく動きまわっていた。外の天気がどんなにひどくても関係ない。なかではカナディアンベーコンが焼ける音がし、バナナブレッドの甘い香りがただよい、卵でいっぱいのボウルとスライスしたアボカドが水曜朝の特別メニュー、チェダーチーズとアボカドのオムレツのためにひかえていた。

しかしこれは平常心をたもとうとしてのことだった。というのもスザンヌとトニは一秒も無駄にすることなく、昨夜ミッシーの居場所を突きとめた話をペトラに聞かせたからだ。そしてもちろん、話はジェイク・ガンツを訪ねた際のいたましいエピソードにおよんだ。あの気の毒な男性が、トニの車の音に過剰なまでの反応をしめした件だ。

「バックファイアを起こしただけなんだよ」トニはペトラに説明した。「もう、いつものことでさ。ジュニアが言うには燃料ポンプがいかれてるからなんだって」

「だけどジェイクも気の毒だわ」ペトラは気遣うように言った。「すぐさま泥のなかに伏せて頭を守るなんて、よっぽど音が怖いのね。ライフルで攻撃されたと本気で思ったんじゃないかしら」

「たしかにライフルを撃つ音に似てたけどさ」トニは認めた。

「わたしはお医者さんでもセラピストでもないけど」ペトラは少し悲しそうな顔になった。「ジェイクは精神的な後遺症に苦しんでいるんじゃないかと思うの。帰還兵にはそういう人が多いでしょ」

「それに、あたしはシャーロック・ホームズじゃないけどさ」トニはスザンヌの顔を盗み見た。「ジェイクは容疑者リストからはずしていいと思うよ。あの程度の音をあんなに怖がるようじゃ……」彼女は肩をすくめ、〈リー〉の銀色のネイルチップを装着する作業に戻った。

「わたしもまったく同じ気持ちよ」スザンヌは言った。「ジェイク・ガンツは人殺しなんかじゃない。気が弱すぎるし、大きな傷を負っているし……」

「でも、あたしたちは彼を本当に撃ったわけじゃないんだよ」トニが割って入った。「そういう音がしたってだけなんだから」

「心の傷という意味で言ったの」とスザンヌ。

「わたしも同感」ペトラが言った。「ジェイクがドラモンドさんみたいな屈強で恐ろしい人に立ち向かえるわけがないわ」

「だったら、誰が犯人なんだろう」トニが言った。誰も意見を言わずにいると、「振り出しに戻っちゃったね」

「振り出しプラスアルファよ」スザンヌは言った。「ミッシーの件もなんとかしないといけないんだもの」

「警察に引き渡したりしないでしょう？」ペトラが言った。

「出頭してくれればいいとは思ってるけどね」とスザンヌ。

トニが首を振った。「それはまずありえないと思うな」

「となると、彼女は逃亡者よ。わたしたちは全員、その共犯ってことになる」

「でも、逃亡者のなかには本当に無実の人だっているよね」とトニ。「リチャード・キンブルとかさ」

「あれはドラマのなかの話」ペトラが言った。「わたしたちは現実の話をしているのよ」

「現実の泥沼のね」スザンヌはふと病院にいる保安官を思い出し、電話で容態を確認すること、と心のなかにメモをした。

ペトラは仕切り窓からカフェにいるわずかなお客の様子をうかがった。カックルベリー・クラブの手作りの朝食を楽しもうと、十人ほどがこの雨をものともせずに来店していた。

「トニ、ちょっと行って注文を取ってきて」

「はいよ」トニはそろそろと注文票に手をのばした。

「その偽物の鉤爪でお客様を刺さないでちょうだいよ！」ペトラの声が飛んだ。

「そんなこと、しないってば」トニは言うと、急ぎ足でスイングドアを出ていった。

ペトラは目を細くしてスザンヌを見た。「さて、どうするつもりなの？　ミッシーのこと」

「なんとかしようと考えてはいるのよ。うまいこと妥協点が見つからないかと思って」スザンヌは片手をあげ、すぐにわきにおろした。「いくつか考えをこねくりまわしてみる」

「こねくりまわしているあいだに」とペトラ。「オーブンからブルーベリー・マフィンを出してくれる？　もう焼きあがっているはずだから」

スザンヌは分厚いオーブンミトンをはめると、オーブンの扉をあけてマフィンがのった天板をつかんだ。「うん、いい感じ」そう言って天板を調理台に置いた。こんがりキツネ色でほかほかと湯気をたて、見るからにおいしそうだ。

「じっと見てるだけじゃだめでしょ」ペトラはボウルに卵を割り入れながら言った。「なかまで焼けているかたしかめないと」ペトラはいつもきちょうめんなくらいに焼き菓子の焼け具合を確認している。

スザンヌは竹串をマフィンの真ん中に突き刺した。

「なにもついてこない？」ペトラが訊いた。

「きれいなものよ」スザンヌが言ったとき、にわかに強風が建物に吹きつけ、厨房の奥の壁の窓を揺らした。

「ならいいわ」ペトラは手をのばしてラジオのスイッチを入れた。「このお天気にはいいかげん気が変になりそう。なにかおぞましい事態が発生するような気がしてしょうがないの。大気中のイオンが異常をきたすとか」

しかしスザンヌはまだ、ミッシーをどうしたものかと考えていた。ドリスコル保安官助手に連絡するべき？　ミッシーの居場所というささやかな秘密を明かす？　しかし知らせた場合、どんなことになるだろう？　ドリスコル保安官助手は回転灯とサイレンを派手に作動させながらジェサップに急行し、ミッシーに手錠をかけ、留置場に引っ張っていくだろうか。

わたしから説得してみようか。ミッシーは本当に無実だとわかってもらおう。そしてはっきり言うのだ。保安官事務所はカール・スチューダーやアラン・シャープやディアナ・ドラモンドに目を向けるべきだと。それにおそらくブーツ・ワグナーにも。

そうしてみようか。でもこんな言い方で納得してもらえるかどうかわからない。

心の奥底では、考えが甘いとわかっていた。やっぱりやめよう。最善なのは、もっとも賢明なのは、保安官が回復して捜査に復帰できるようになるまで待つことだ。それから彼と膝を突き合わせ、状況をきちんと正確に説明する。そうすれば、あとのことは保安官が考えてくれるはずだ。

「混んできたよ！」トニが大急ぎで厨房に飛びこむなり叫んだ。

ペトラはトニの手から朝食の注文票を奪うと、心配そうな顔をスザンヌに向けた。

「スザンヌ？」

「すぐ行く」スザンヌは丈の長い黒いエプロンをつかんで首からかけ、スイングドアをいきおいよく飛び出した。

急に大忙しとなった店内で、スザンヌは身を粉にして働いた。少し雨に降られた新顔をテーブルに案内し、注文をいくつか取り、巡回セールスマンにごたまぜ卵と血の池地獄の卵の違いを説明し、さらにはカウンターに入ってスマトラ・コーヒーをすばやく淹れ直した。深みのある力強い風味のこのコーヒーは、きょうのように嵐になりそうな日にうってつけの、元気が出るブレンドだ。

トニもカウンターにやってきて、オレンジジュースのピッチャーを持ちあげ、ふたつのコップに満たした。「きょうは午後、休むんじゃなかった？　サムとふたりでマス釣りに出かける日ってきょうだったよね？」

「残念だけど計画を変更しなきゃだめだわ」スザンヌはエプロンで手を拭きながら言った。「雨も風もこんなに強いと、小さな虫だの種だのがいろいろ川に流されちゃうの。そうなると、マスは労せずして餌にありつけるというわけ」

「つまり、釣り針だかフライだかよくわかんないけど、お魚さんたちは見向きもしてくれなくなるんだね」

「まあ、そんなところ」

「残念だね」

「ねえ」ペトラが仕切り窓から顔をのぞかせた。「嵐のいきおいが増してきたわ。ここから六マイルほど南西で竜巻が発生したってラジオで言っていたわよ。セイント・ヘレナの近くよね」

「うわ、大変」トニが言った。「キャッピー雑貨店のすぐ近くだ」

「地面にタッチダウンはあったの？」スザンヌは訊いた。

「いまのところはないみたい」ペトラはこぶしでカウンターを軽く叩いた。「災難よけのおまじない」

　スザンヌとトニはカックルベリー・クラブの正面窓から外を見やった。低く垂れこめた濃い藍色の雲が激しく渦を巻いている。

「大荒れの天気だわ」スザンヌは言った。近くのポプラや小さなカエデの木が風でひどくたわみ、葉がすっかり落ちている。念のため、お客を窓際から避難させたほうがいいだろうか。

「心配いらないよ」トニはスザンヌの不安を感じとったようだった。「コーヒーマグは南西の位置から飲んでくださいって、お客さんに頼めば大丈夫」そう言いながらも、目が落ち着きなく動いていた。

「こっちのラジオもつけるわね」スザンヌは背もたれのまっすぐな椅子に乗り、古いエマーソンのラジオのダイヤルをまわした。ラジオは色とりどりの陶器のニワトリが並ぶ棚の桟の隙間におさまっていた。雑音交じりの音声が店内に響きわたると、何人かのお客はすぐさまおしゃべりをやめて、天気予報に耳を傾けた。

　スザンヌとトニは店内を動きまわっては注文を取り、お客と冗談を言い合い、それと同時に外の嵐の様子に目を光らせていた。

　チーズオムレツを運んだ際、スザンヌは壁に飾った工芸品になんとはなしに目をやった。テーブルに山と積まれた食べ物を描いた、美しい紙のコラージュだった。手書き書体で〝食事の用意ができたよ《Come and get it》〟と書いてある。その書体になにか感じるものがあり、スザンヌは目を細くして、丹念にながめた。おもしろいわ、この書体だとCはGのように見えるのね。

彼女は目をしばたたいて腰をのばした。なんでこれが急に気になったんだろう。

そのとき思い出した——墓地にあったメモだ！　ドラモンドが死んでいた墓に置かれたメモ。あれには頭文字のGとだけサインされていた。でも、本当はCだったとしたら？　その場合、Cとはいったい誰だろう？

頭がなんらかの答えを絞り出すより先に、頭上でこの世のものとは思えない轟音が響いた。まるで百機ものジャンボジェットが、カックルベリー・クラブめがけて急降下してきたような音だった。

目の色を変えてあたりを見まわすと、カフェにいる全員も食べるのをやめ、同じように恐怖に満ちた顔であちらこちらに視線を走らせている。次の瞬間、なんの前ぶれもなく、建物全体が揺れはじめた。水の入ったコップが揺れてテーブルから落っこち、陶器のニワトリが狭い棚の上で小刻みに震えた。突然、あたりは気味が悪いほど静まり返ったが、電気エネルギーが危険なまでにたまっているのが感じられた。

店内のすべての明かりが消え、お客から悲鳴と叫び声があがった。スザンヌが一歩踏み出す間もなく、巨大なハンマーが屋根に落とされでもしたかのように、耳をつんざく大きな音が響いた。甲高いやすりをかけるような音がそれにつづく。見ると、正面側の窓がひとつ、完全に割れていた。

ガラスの破片が強風に乗って降り注いだかと思うと、湿った冷たい空気が猛烈ないきおいで吹きつけ、雨、木の葉、ごみが渦を巻きながら飛びこんだ。

お客のなかから鋭い叫び声とうめき声があがり、厨房ではペトラが「神よ、どうぞお助けを！」と叫んだ。

暗闇に包まれた店内は、しばらくパニック状態がつづいたが、ようやくスザンヌがブックマッチでろうそくに火をつけ、それをたいまつのように高くかかげた。

「怪我をした方はいらっしゃいますか？」スザンヌが声をかけているところへ、ペトラが厨房から飛び出してきた。

「いったいなにが……」ペトラは言いかけてから、窓が粉々になっているのに気づき、滑るようにしてとまった。「まあ！」

全員が一斉にぺちゃくちゃしゃべりはじめた。「窓が……明かりが……ガラスが！」と昂奮した声があがった。恐れおののき、どうしていいかわからず、みんな呆然と立っている。ありがたいことに、トニが冷静沈着なところを発揮して、小さなティーキャンドルを一ダースほど出してきた。それを全テーブルに配り、とりあえずみんなを落ち着かせた。

しかし、負傷者が何人かいた。常連客のひとり、ダン・ベックマンが額を大きく切る怪我をしていた。

「ペトラ！」スザンヌは大声で呼んだ。「救急箱を持ってきて！」

「まかせて！」ペトラは大声で返事をすると、ベックマンのもとへ急いだ。腰をかがめ、額の傷を慎重に調べた。

「黄色い石膏《せっこう》のメンドリがおれに向かって落っこちてきたんだ」ベックマンは出血して震え

ていたが、たいしたことじゃないとばかりに冷静をよそおっていた。

「本当にごめんなさい」ペトラはやさしく声をかけ、ガーゼと消毒薬を出した。

「いや、そんな……このぐらい平気だって」

「頑丈な頭でよかったわ」ペトラは冗談を口にしたが、声は震えていた。「ニワトリさんのほうもあなたを傷つけるつもりはなかったのよ」

スザンヌはカフェの真ん中で、騒ぎの様子をながめていた。「ほかに手当ての必要な人はいませんか？」大きくてはっきりした声のつもりでそう訊いた。

ほかにもいた。

「ソーニャの頭にガラスの破片が刺さってる！」トニの声が飛んだ。元司書のソーニャがまるめたナプキンを後頭部に押しあてていた。

スザンヌはガラスを踏みしだきながら駆け寄り、ソーニャの頭を調べた。「トニ、もっと大きなろうそくを持ってきて。ペトラ、救急箱をこっちに」

みんながソーニャのまわりに集まり、スザンヌはこれ以上ないほどそっと彼女の灰色の巻き毛を分けた。

「たいへん！」スザンヌは言った。「たしかにガラスの破片が刺さってる」

「そんな深刻なものではないんでしょう？」ソーニャは期待をこめたまなざしでスザンヌを見あげた。

「ええ。それでも抜かないとだめだわ」

ペトラがのぞきこんだ。「わたしには無理。医療の心得のある人でないと」

「そうね」とスザンヌは言った。「看護師さんかお医者さまにピンセットで破片を抜いてもらったほうがいいわ。割れないように抜かないと」

「あたしが爪のお手入れ用のピンセットでやってあげるよ」トニが手をあげた。

スザンヌは片手で制した。「ううん、ちゃんと医療の訓練を受けた人でなきゃ」

「クリニックに連絡しましょう」ペトラが言った。「道路が通れるようなら、ソーニャとダンを車で連れて行けばいいわ。ほかにも治療が必要な人がいればその人も」

スザンヌは壁の電話でかけようとしたが、回線が切れていた。「電話線が切れてる」すぐに自分の携帯電話を出し、急いでウェストヴェイル診療所の番号を押した。落ち着いた声をした、岩のように安心できるサムがいるはずだ。

クリニックの事務長、エスターが震え声で電話に出た。「ウェストヴェイル診療所です」

「エスター、カックルベリー・クラブのスザンヌよ。緊急に診てもらいたい人がふたりいるの。店の窓が割れちゃって、ガラスが刺さった人がいるの」

「こっちは木があちこちで倒れちゃったわ」エスターの声は怯えて、少し疲れてもいるようだった。

「電気はまだ来ている？」スザンヌは訊いた。

「ううん。でも、非常用発電機が数分前に動きはじめたから、当分は大丈夫」

「サムはいる？」スザンヌは訊いた。「彼にこっちに来てもらうか、わたしたちのほうから出向いて……」

「ヘイズレット先生はいないわ」エスターはさえぎった。「ちょうど入れ違いね。ほんの三分前に出かけたの」

「どこに行ったの？」こんな答えは聞きたくなかった。

「ひどくうろたえた女の人が緊急通報してきてね。郡道二八号線の、あの古い教会のそばで車三台がからむ衝突事故があったんですって。子どもが巻きこまれていると聞いて、先生は診察かばんを手に、ものすごいいきおいで飛び出していったわ」

「クリニックに直接連絡があったの？　緊急通報用の番号にかけて救急車を呼ぶんじゃなく？」

「そっちにはつながらなかったんじゃないかしら。町のそこかしこで回線がダウンしてて、携帯電話もつながりにくい状態だもの。法執行センターも状況は同じだと思う。気の毒に、モリーは頭がパンクしそうになっているはずよ」

「でも、看護師さんはまだ少し残ってるのね？　クリニックに？」

「ええ、もちろん。怪我をした人を運んできてくれるなら、いつでも治療できるわ。ほかにもたくさん、負傷者が運びこまれてくると思うけど」

「すぐ行くわ」スザンヌは乱暴に電話を切り、十人以上の探るような顔を振り返った。「どこか切ったり、傷めたりした人がいたら、車でクリニックまでお連れします」

「あのさ……無理みたいだよ」トニは激しくはためくカーテンをつかんでわきに寄せ、壊れた窓の外に目をやった。「そこらじゅうに木が倒れてるんだ。車の上とか、うちのドライブウェイをふさいじゃってるのもある」

数人の客が窓のそばにいるトニを囲むように立った。たしかに、外はたいへんな惨状だった。巨大な積み木取りゲームが駐車場でおこなわれたかのようだった。

「突風のせいね」ペトラが惨状を見やりながら言った。「ひどいありさま」

「しかも風はあいかわらず強いし、そこらじゅうにごみをぶちまけてる！」トニが叫んだ。

「ここも竜巻に襲われるんじゃない？」誰かが大きな声を出した。

「わたしの車はうしろにとめてあるから」スザンヌはあわてまいとしながら言った。「そっちから出ればいいわ」

「見てきて」ペトラがうながした。

しかし急ぎ足で厨房を抜け、裏口から外を見たとたん、スザンヌの気持ちは沈んだ。そびえるように立っているオークの大きな枝が、一本折れていたのだ。車にはぶつかっていないが、完全に出口をふさいでいる。

「あれま」あとを追ってきたトニが声を洩らした。「当分ここを出られそうにないね」

スザンヌとトニはカフェに戻り、この悪い知らせを告げた。

「もうしばらくここで缶詰になりそうです」スザンヌは全員に告げた。「倒れた木をいくらかどかさないかぎり」

「整備工場にいるジュニアに電話してみるよ」トニは言った。「チェーンソーやピックアップ・トラックを用意して何人かで来てもらえないか訊いてみる」

「いい考えだわ」ペトラはそう言ってから、頭に赤いバンダナを巻いたソーニャにほほえみかけた。「具合はどう？」

「まあまあ」

しかしスザンヌはまだいらいらと、行ったり来たりを繰り返していた。

嵐によって負傷者が出たせいで気が立っていた。それにサムが呼び出しに応じて出かけたのも気にかかる。

ペトラがそばにやってきた。「どうしたの、スイーティー」

スザンヌは下唇を噛んだ。「ただ……なんて言ったらいいか。ちょっと気持ちが落ちこんでいるの。なんだか不安で」

「なにが不安なの？」

「サムよ」スザンヌはようやく落ち着かない理由を口にした。「サムのことが心配でたまらないの」

「心配しなくても大丈夫よ」ペトラはなだめるように言った。「怪我をした人の手当てに出たんだったわね？」そう言って店内を見まわし、ため息をひとつ洩らした。「本当にねえ、サムがここにいてくれたらいいのに」

トニもスザンヌの心痛に気づいていた。「携帯電話にはかけてみた？」

「ううん」

「かけてみなよ。電話が通じれば、あんたの気持ちも落ち着くんじゃないかな」

スザンヌはティーキャンドルをひとつ手にして、〈ブック・ヌック〉に引っこんだ。尻ポケットから携帯電話を出し、サムの番号を押した。出ない。一分待ってから、もう一度かけた。それでも出ない。スザンヌはがっくりした思いで電話をじっと見つめた。うしろから小さな足音が聞こえて振り返った。

トニだった。「サムはつかまった?」

スザンヌは首を振った。「ううん。でも、つながるとは思ってなかったから。町のそこかしこで電話がつながらなくなってるってエスターが言ってたもの。携帯電話も同じ。彼女につながったのは奇跡みたいなものだったのよ」

「法執行センターの電話もダウンしてるのかな?」

「ええ、そう思うわ」スザンヌはしばらくその場を動かず、あれこれ考えをめぐらせていた。やがて手早く保安官の直通電話にかけた。

男性の声がすぐさま応答した。「法執行センターです」

「電話が通じるのね」スザンヌはびっくりして言った。

「いまのところはなんとか」相手は言った。

「緊急通報のコールセンターのほうはどうなの? そっちも通じる? ちゃんとつながってる?」

「そう聞いています」

「そう、ありがとう」

スザンヌとトニはカフェに戻った。

「サムはつかまった？」ペトラが訊いた。

スザンヌは首を左右に振った。

「事故はどこで起こったって言ったっけ？」トニが訊いた。

「えっとたしか……郡道二八号線だったわ」スザンヌは答えた。「古い教会の近くですって」

「なんだ、ここからなら直線距離で十分程度だよ」トニは励ますようにほほえんだが、スザンヌの呆然とした顔を見たとたん、ほほえみはあっという間に引っこんだ。「なんだか不安そうだね。まさか、頭を打ったわけじゃないよね？」

どこも怪我はしていないが、スザンヌの頭のなかで奇妙なシナリオが突如として生まれていた。陰鬱で不気味なシナリオだった。まず、レスター・ドラモンドが退場する。つづいてドゥーギー保安官が倒れる。そして今度は……サムが呼び出されるなんて。バーン、バーン、バーン。ワン、ツー、スリー？　まさかそんなこと。

スザンヌはトニの両肩をつかんで言った。「あなたはここに残って。ジュニアにチェーンソーで救出してもらうよう手配して、みんなを落ち着かせてちょうだい」

トニは目をまるくした。「なに言ってんの？　スザンヌ、ちょっと待って！　あんた、どこかに行くつもり？」

「出かけてくる」スザンヌは言った。一秒ごとに神経が張りつめ、氷のように冷たい恐怖に満たされていく。

「外に行くの？」トニはもごもごと言った。

「サムの無事をたしかめたいの」

トニは呆気にとられた。「サムの無事をたしかめる？」喉を詰まらせながら訊き返す。「車が使えないってのに、どうするのさ」

すでにドアに向かって歩きかけていたスザンヌは、大声で答えた。

「手段はひとつしかないわ。早馬で行くの！」

25

裏のステップを急ぎ足でおりていくと、風が横からもろに吹きつけ、あやうく体がくるりとまわりそうになった。雨が顔に痛いほど叩きつけ、一瞬にして頭からつま先まで、全身がずぶ濡れになった。それでもスザンヌは吹きつける雨をものともせず、突如としてうねる泥の海と化した裏庭を小走りで突っ切った。地続きの細長い林に飛びこむと、木の枝に服を破かれそうになるのもかまわず走りぬけ、トウモロコシ畑に出た。上空では雲が渦を巻き、稲妻が炸裂し、雷が陰気で不気味なティンパニのように鳴り響いている。

雷に打たれるかもしれない。ふくれあがる不安に気絶しそうな気がする。

それでも足をとめなかった。ときに足を取られながらも畑のなかを走り、モカとグロメットがいる納屋を目指した。過酷な状況で、靴底につく泥の量がしだいに増えていったが、土がぎっしり詰まった一本線からなるべく離れないようにして進んだ。そこは、雨が降っていないときには農耕車用の通路になっているところだ。

呼吸がしだいに苦しくなった。それでもひたすら前へと進み、目的の納屋へと近づいていった。わき腹に鋭い痛みを感じたが、それはできるだけ気にしないようにした。これは老いた愛犬と公園を軽く一周するのとはまったくの別物だ――危険な嵐のなかを走る、本気のレースなのだ。

ようやく、はあはあと息を切らしながら、納屋のごつごつした板壁に倒れこむようにしてたどり着き、手早く扉をあけた。雨風をしのげる場所に入ると心の底からほっとした。ここなら風に髪の毛を乱されることも、吹きつける雨に目を何度もしばたたいたり、鼻水が出ることもない。

スザンヌは数分かけて水滴を払い、奥の物入れを探して乗馬帽を見つけた。それをかぶって馬具を抱えると、二分後にはモカとともに出かける準備をととのえていた。

腹帯を最後にもう一度締めると、モカの背中にまたがり、ひづめの音をコンクリートに響かせながら納屋の外に向かった。大きく息をつき、頭を低くして扉をくぐり、ふたたび外に出た――激しい嵐のまっただなかに！

風と雨に恐れをなしたのか、モカはいやだと言うように大きな頭を振ったが、スザンヌがわき腹にかかとをあてると、いきおいよく走り出した。

目印となる古い教会まではここから直線距離で十五分ほど。そこにサムがいて、負傷者の手当てをしているはずだ。だからスザンヌはそこを目指した。そこにたどり着いたときに、すべてが――とりわけサムが――なんでもなかったとわかればいい。

モカは大柄で力のあるクォーターホースだ。おかげで種をまいたばかりの大豆畑もなんなく飛ばせた。数分後には、近くの森の入り口まで来ていた。

ここを行くのが最善だ。森を突っ切って、目標の古い教会のそばに出れば、あとはハイウエイ沿いに進めばいい。

モカを急がせ、森に入った。なかは嵐がいくらかでもしのげてありがたかった。密生する木々が風の猛攻撃をやわらげ、天蓋のように覆う葉がいくらかなりとも雨よけになっている。しかし同時に森は走りにくくもあった。倒木があればまたがねばならず、岩があればまわりこむしかない。おまけにクロウメモドキが脚をひっかき、皮膚をえぐってくる。モカはスザンヌからの指示を読み取り、障害物を慎重によけながら走りつづけた。

森に入って十分が過ぎた頃、スザンヌは引き返したほうがいいのではと心配になりはじめた。どこまで行っても景色は変わらない。木立、鬱蒼とした茂み、丘、そしてところどころ現われる雨裂。

ここはどこ？　古い教会はどこにあるの？　それが目印なのに。見つからないんじゃどうすればいいの！

スザンヌとモカは岩が点在する浅い小川を、泥や漂流物を撥ねあげながら渡った。

こっちでいいの？　こっちでいいのよね。

さらに森の奥へと入っていき、スーマックの茂みをかき分けながら進んだ。密生する緑の葉の合間から、できかけの小さな赤い実がのぞいていた。

それにしても、廃屋となった教会はいったいどこにあるんだろう？

枝が鞭《むち》のようにしなり、激しく叩きつけてくる。風がふたたび勢いを増していた。なんだか、また竜巻が襲ってきそうないきおいだ。

スザンヌは手綱をわずかにゆるめてモカの好きなように歩かせ、くねくねした細い道をゆっくりと進んだ。

こんなことをしてまずかったかしら、とスザンヌはひとりつぶやいた。ここでまわれ右をして、あとは……。

木で半分隠れた黒っぽい石の柱のようなものが、まっすぐ前方に姿を現わした。

なにかしら？

モカを軽く蹴ると、馬はすぐさま速度をはやめた。近づいていくと、柱のようなものは石像だとわかった。両腕を高くかかげ、天を見あげている男の像だ。

まあ――石像はほかにもあるわ。ここがそうかもしれない。

ぼろぼろで崩れかけてはいるものの、十字架の道行が飾られていた場所にたどり着いたのだとわかった。だったら古い教会はこの近くにある！

ゆっくり進んでいくと、茂みから円形の石板がのぞいているのが見えてきた。

墓石だわ。

ということは、古い教会まであと少しのはずだ。

じきに、ぐっしょり水を含んだ土はやや固い地面にとってかわり、スザンヌはモカをゆっくりめの駆け足で走らせた。ふと気づくと、半分崩れかけ、屋根が落ちて雨ざらしになった石造りの古い教会の前を通りすぎた。そしてまもなく、森を出て細い道に出た！

雨に濡れたアスファルトで足を滑らせたり転んだりしないよう注意しながらモカをとめさせ、篠つく雨のなか、まずは左に、次に右に目をやった。

見えたものは——なにもなかった。事故もなし、サムの姿もなし。

しかしエスターは古い教会の近くと言っていた。古い教会のところではない。決断しなくては。左に行くか、右に行くか。

スザンヌは一分ほど考えた。左は町に戻る方向で、右は……。

モカを右に向けて腹をかかとで押し、道路わきをゆっくりめの駆け足で走らせた。今度は風が背中に吹きつける形となり、刺すような冷たさはいくらかやわらいだ。もしかして、大声で呼べば、サムに聞こえるんじゃないかしら？

「サム！」馬の背に揺られながら呼んだ。「どこにいるの、サム？」

あいかわらずうなるように風が吹き荒れ、声は届きそうにない。とはいえ、やってみても減るわけじゃない。

頭がおかしくなったと思われたってかまわない。とにかくサムを見つけたい。

右に左にカーブする道を走りながら、さらに何度か呼んでみた。あいかわらず……なにも見えない。

スザンヌは手綱を引いてモカを停止させた。なにをばかなことをやっているんだろう。なにかおかしいという虫の知らせだけで、嵐のまっただなかに飛び出してくるなんて。

引き返したほうがいいわ、と自分に言い聞かせる。大事な馬が足を滑らせ、ここでふたりとも首の骨を折る前に。

どうしようか考えようと頭を少しさげたとき、激しく揺れる木々の合間から青いものがちらりと目に入った。

サムのBMWだわ、きっと!

サムが無事とわかってほっとすると同時に少し恥ずかしく思いながら、馬を車のほうに歩かせた。

近づいていくにつれ、サムのBMVはすっかり道路からはずれたところにとまっていた。そのすぐうしろには赤い車がある。おかしなことに、どちらの車もからっぽで、周囲に人の姿はまったくなかった。

スザンヌはおそるおそる二台の車に近づいた。

そう言えば、事故現場はどこ? いったいどうなっているの? もう救急車が来て怪我人を搬送したのかしら?

おそらく、そうなのだろう。そしてわたしは、することなんかなにもないところへ、騎兵隊よろしく駆けつけたというわけだ。

まあ、いいわ。車のまわりを一周して、なんの問題もないと確認できたら、大急ぎで帰ろう。すべて、なかったことにするのだ。妄想に取り憑かれたカッコーみたいに、過剰反応したことなど。

その瞬間をねらいすましたように頭上で稲妻が炸裂し、フラッシュをたいたときのような光が前方の舗道にのびているひと組の脚を照らし出した。

なんだろう？

しかも誰かがその脚の上に身を乗り出している。

突如として心臓が喉の奥まで迫りあがった。

誰が怪我をしているの？　サム？　なにがあったの？

陳腐な表現だが、スザンヌの頭上で電球がピカッと光り、おぞましい考えがひとつ浮かんだ。

テーザー銃にやられたの？　まさかサムがテーザー銃で撃たれたなんて！

テーザー銃という言葉が頭のなかで砕け散り、いくつもの断片になった。

スザンヌはもう少し近づいた。まちがいでありますようにと祈りつつ、目をこらしながら赤い車のわきを通りすぎた。

やがて前方に見えてきた。サムの上にかがみこんで、顔にビニール袋を押しつけているほっそりした人物が。カーラ・ライカーだった！

スザンヌはとまって叫んだりしなかった。どういうことかと考えをめぐらせもしなかった。そんなことをしているときではないからだ。モカの横腹をかかとでぐっと押し、大きな愛馬を猛然と走らせた。右手で鞍《くら》をつかみ、首を手綱でぴしゃりと打って、もっとはやくとせき立てた。そして一騎打ちに挑む中世の騎士のように、カーラめがけてまっすぐ突き進んだ。

カーラは直前までスザンヌの接近に気づかなかった。はずむように走る馬に乗ったスザンヌの姿がちらりと見えたのか、あるいは舗装を高らかに叩くモカのひづめの音を感じたのか。とにかく、カーラはやけどをした猫のようにいきおいよく、驚きで口をゆがめて立ちあがった。

カーラは走りすぎるモカの広い肩がもろにぶつかり、くるっとまわって地面に仰向けに倒れた。一瞬、呆然としていたが、三秒とたたぬうちによろよろと立ちあがった。現場に闖入《ちんにゅう》され、なにがなんだかわからずに目を見ひらいている。そこでようやく馬にまたがったスザンヌだと気づき、彼女は大声で叫んだ。「あんたなの！」

スザンヌはモカを小さく反転させ、ふたたび襲いかかった。しかしカーラはすばしこく、したたかで、格闘についてはそうとうに鍛えられていた。スザンヌがわきをすり抜けようとした瞬間、身を乗り出して太もも上部に痛烈なカラテチョップを見舞った。

その一撃が急所にまともに当たり、スザンヌは痛みに息をのんだ。わたしにやれるかしら？　カーラを相手に闘って勝てる？　そうじゃないでしょ、勝つしかないの。やってみるだけじゃだめ。彼女に対峙して勝つことがわたしのやるべきことよ！　だってサムが冷たい道路になすすべもなく倒れ、おまけに顔はビニール袋にぴったり覆われているんだもの！

スザンヌはもう一度モカを反転させ、カーラに飛びかかる準備をした。しかし、今度は敵も迎え撃つ体勢は万全だった。降りしきる雨のなかに両脚を大きくひらいて立ち、怒りをはらんだ決然とした顔に勝ち誇ったような表情を浮かべ、テーザー銃を振りかざした。スイッチが入り、ぶーんという音やパチパチという不気味な音が響いた。

スザンヌの頭がめまぐるしく働きはじめた。カーラはあのテーザー銃をまたサムに使うつもり？　それともわたしに？　それともモカに？

スザンヌは気も狂わんばかりになって、モカはどの程度の電流まで耐えられるだろうかと考えた。わたしはどこまで耐えられるだろう？　それをたしかめるだけの度胸がわたしにある？

しかしスザンヌは最後まで闘い抜く意志を固めていた。ここまで来たら引き返せない――すでに決戦の火蓋は切られ、勝つのはどっちかひとりだけなのだ。

モカを平坦な細い道へと誘導し、サムの車のわきを通り、カーラの車をまわりこんだ。これ以外に方法はない。体勢を立て直してから、カーラめがけて全力で向かっていく。そしてあの頭のおかしな女を一撃で倒すのだ！

スザンヌは騎手のように前傾姿勢をとり、できるだけ体をまるめて標的になりにくくした。それからモカをまず速歩で、つづいて全速力で走らせた。

サムの車のわきを走りすぎようとしたとき、釣り竿がうしろのウィンドウから少し飛び出ているのが目に入った。スザンヌはカミツキガメのようなすばやさで、フライフィッシングの竿をつかんだ。

スザンヌが鞭のような形をした竿を手にしたのに気づいたモカは、不安そうに左に横歩きした。しかし経験豊富なスザンヌはすぐさま「大丈夫、心配いらないわ」と語りかけて馬を落ち着かせ、竿をくるりとまわしてコルクの持ち手をしっかりと握った。ふたたび鞍の上で身をかがめ、歯を食いしばった。自分がスズメバチのように怒っていることなど少しも気づいていなかった。ひと声力強く「ハイヤー！」と叫び、馬を駆った。

ヨハネの黙示録に登場する四騎士のごとく、鞭がわりにした釣り竿をカーラ・ライカーに振りおろした。

最初のきつい一撃でカーラは頬にぎざぎざの裂傷を負い、五フィート後方に飛ばされた。痛い、痛いとわめきながらふらふら立ちあがったカーラの手から、テーザー銃が飛んだ。銃はアスファルトにぶつかって割れ、ころころと転がった。もう誰かを傷つけることはない。

カーラは目に怒りをたたえながら顔に手をやり、生暖かい血がしたたっているのに気がついた。あわてて手を離すと、ついた血を呆然と見つめ、雄叫びのような声を洩らした。

スザンヌはここで攻撃の手をゆるめてなるものかと、モカを反転させ、もう一度カーラに鞭を振りおろした。

今度は左目の上がざっくり切れた。カーラは金切り声をあげながらやみくもに顔をぬぐい、死にものぐるいで後退した。途中、壊れたテーザー銃につまずき、ふたたびうしろざまに倒れかけた。両腕をのばしてむなしい動きをしつつ、宙で足をかいた。しかし、そんなことをしても無駄だった。もう打つ手はなかった。まず、頭がアスファルトに激突し、熟れたメロンのようにはずんだ。カーラは小さなうめき声を洩らし、両手をこぶしに握った。やがて、ありがたくもみごとなまでに、凶暴な女はぴくりとも動かなくなった。

スザンヌは馬から飛び降り、濡れたアスファルトに身を投げ出した。力をこめてすばやく、サムの顔からビニールをはがして投げ捨てた。

サムは紙のように白い顔をして、ほとんど呼吸していなかった。繰り返しテーザー銃を使われたのかも、意識を失うまで窒息させられたのかもわからない。しかし、なにか手を打たなくてはいけないことだけはわかっていた。

「息をして！」大声で呼びかけた。「深呼吸をして、サム！」それから、彼の命は自分の手にかかっており、救急ヘリが空から舞い降りて助けてくれることはないと悟った彼女は、両手を握り合わせ、それをサムの胸に力をこめて振りおろした。

「死んじゃいや！　絶対に死なないで！」

26

スザンヌは冷たい地面に膝をつくと、両手をしっかり重ね合わせて心臓マッサージを始めた。サムの胸の中央を、力をこめてすばやく圧迫し、一回圧迫するごとに身を乗り出して、人工呼吸をほどこした。

空気が入っていかない、とスザンヌはあせった。もっと空気を送りこまないと、意識を取り戻せない！

スザンヌはさらに心臓マッサージと人工呼吸を交互に繰り返す蘇生法をおこなった。何時間にも感じられたが、実際には一分か二分のことだった。サムの口から短いあえぎ声が洩れたのと同時に、うしろから車が近づいてきてとまるのが聞こえた。

今度はなんなの？　あらたなトラブル？

すばやく振り返ると、古いピックアップ・トラックが見えた。しかも、ざあざあ降りの雨の向こうでジェイク・ガンツがスザンヌに向かってしきりにうなずいているのが見え、心臓が飛び出るほど驚いた。

「ジェイク！」スザンヌは大声で呼んだ。

ジェイクはもそもそと近づいてきた。口をぽかんとあけ、顔に驚きの表情を浮かべている。「そこにいるのは先生だろ？」彼はサムを見おろして尋ねた。「大怪我でもしたのかい？」そう言って今度は、アスファルトでのびているカーラ・ライカーに目を移した。「あの女の人も怪我をしてるのかな？」

「わたしは心臓マッサージを……」スザンヌの言葉が途切れたのは、息がひどく切れていたからだ。

「お……おれ、毛布を持ってくる！」ジェイクは言い、スザンヌは心臓マッサージをつづけた。

肩が燃えるように痛み、息も切れて苦しかったが、それでも手をとめる気にはなれなかった。まだ死ぬほど怯えていた。そう、怯えるあまり、早口で祈りの言葉をつぶやいていた。やがて正確な祈りの言葉がわからなくなると、それらしい言葉をつぶやくことにした――どうぞお助けください、親愛なる神よ。いまはあなただけが頼りです！

スザンヌが絶望しかけたそのとき、恐怖に全身が包みこまれかけたそのとき、サムの目が小刻みに震えたかと思うと、低いうめき声が聞こえた。つづいて彼は口をあけ、空気を大量に吸いこんだ。

「その調子！」スザンヌは昂奮したようにささやきかけた。「息をして！　とにかく息をして！」

サムの胸部が盛りあがり、彼はさらに息を吸いこんで、ふたたびまぶたをぴくぴくいわせた。それから数秒後、自力できちんと息ができるようになった彼は、目を完全にあけて、まともにスザンヌの顔をのぞきこんだ。

「わたしよ、サム。ここにいるわ」スザンヌは声をかけた。

彼はまだ彼女から目を離さず、顔の造作のひとつひとつを頭に叩きこもうとしているみたいにじっと見つめている。

「ここがどこかわかる？」スザンヌは彼を心配そうにながめながら訊いた。お願い、答えて。脳に損傷を受けたり、そういう恐ろしいことになっていませんように。

サムはゆっくりと右手をあげ、頭を起こし、問いかけるような顔をした。それから、ちゃんと生きているのを確認しないと気が済まないとでもいうように、自分の額に触れた。

「ここがどこかわかる？」スザンヌはもう一度尋ねた。

「わかると思う」サムはかすれ声でようやく質問に答えた。

「なにがあったか覚えてる？」

サムは唇をなめた。「頭のおかしな女がぼくを窒息させようとした」その声はしわがれて弱々しかったが、さっきよりもいくらか力がこもっていた。

ちゃんと意識が戻ったんだ。ああ、よかった！

「そのとおりよ」スザンヌの声は安堵であふれ、ふと気づくとうっすらほほえんでいた。両手で彼の胸をぱたぱた叩いたり、なんとなく円を描いたりしていると、塩辛い熱い涙が頬を伝いはじめた。「でも、もう二度とあなたに手出しはさせない！」

そのとき、いびつな笑顔がサムの顔にはじけた。彼はしわがれた声で呼びかけた。「スザンヌ。ぼくの大事なスイートハート。ずいぶんと遅かったじゃないか」

サムがアスファルトの上であぐらをかいてすわり、ゆっくり息をととのえはじめると、スザンヌはカーラ・ライカーに注意を向けた。

「その女が先生をひどい目に遭わせたのか？」ジェイクは、倒れた場所でのびているカーラのぴくりとも動かない体を見おろしていた。

スザンヌはうなずいた。「そうよ」

「よかったら縛りあげてやろうか。車にロープがあるんだ」

「さきにポケットのなかをあらためるわ」スザンヌは言った。「ほかに武器を持っていないか、たしかめないと」

「あんたがやってくれ」ジェイクは毒ヘビかなにかのように、カーラからそろそろと遠ざかった。

「用心するんだよ」サムが肩にかけた毛布を引き寄せながら、かすれた声で注意した。

スザンヌはカーラのわきに膝をつき、上着のポケットに手を入れた。なかをそろそろと探り、ナイフか銃が入っていないか確認した。冷たくて硬いものに指先が触れ、彼女は顔をしかめた。

「なんだい？」サムが声をかけた。「なにか見つかった？」

「さあ」スザンヌは大きな口紅みたいな感触の物体をつかんで引っ張り出した。出てきたのは口紅とは似ても似つかないものだった。透明な液体が入ったガラス容器だった。

「なんだい、そりゃ」ジェイクがおそるおそる近づいた。

スザンヌはガラス容器の向きを変え、小さな白いラベルに目をこらした。「ダイアナボルだって」そう言うとサムのほうに目を向けた。「ダイアナボルと聞いてなにか思い浮かぶ?」

「合成ステロイドの一種だ」サムはゆっくりと言った。「運動能力を向上させる薬で、レスラーがよく使う。重量挙げをやっている人たちもだ」

スザンヌはぴんときてガラス容器をじっと見つめた。「ドラモンドさんね!」彼の筋肉隆々の肉体を思い出し、運動能力向上薬についてブーツ・ワグナーと話したときのことがよみがえった。「カーラはドラモンドさんにドラッグを売っていたんだわ!」

「ドラッグだって?」ジェイクが怯えた声を出した。

「だからカーラはドラモンドさんを殺したのよ」パズルのピースが突然、ぱたぱたとおさまりはじめた。「カーラはいつもハード・ボディ・ジムにいたわけでしょ。つまり彼女がドラモンドさんのドラッグ入手ルートだったの。でも、ふたりのあいだになにかが起こった。深刻ないさかいがね」

「それで殺したわけか」サムはゆっくりと言った。

「あなたもあと少しで殺されるところだった。それにドゥーギー保安官も」

サムは困惑顔になった。「彼女が保安官を襲った理由はわかるけど、どうしてぼくまで?」

「あなたが検死解剖を担当していると思いこんだからよ」スザンヌはやっとわかったというように言った。「あなたがすべてまかされていると思ったんだわ。薬物に関する最終報告書が出たらドラッグの関与が露見し、そこから自分やハード・ボディ・ジムの線が浮上することを恐れたのよ」

「単なる憶測じゃないのかい」サムはスザンヌの推理に納得していなかった。

「ちょっと待ってて」スザンヌはジェイクをしたがえ、カーラの車まで行って、なかを調べた。後部座席にナイロンの黒いジム用バッグがあった。なかから薬瓶の入った小さな箱がふた箱見つかった。どれも〝第五指定・処方箋医薬品〟のラベルがついている。

「すごいや」ジェイクは尊敬のまなざしをスザンヌに向けた。「あんたってえらく頭が切れるんだね」

ジェイク・ガンツは実に気の利く人だった。自分の車からロープを持ってきてカーラ・ライカーを縛りあげただけでなく、サムを毛布でくるんだうえ、足もとのおぼつかない彼がBMVの助手席まで歩くのに付き添ってくれた。

その間にスザンヌは携帯電話で法執行センターに電話した。そこで、ドリスコル保安官助手と手短に話をした。

それが終わると、スザンヌはジェイクがいる場所まで戻った。彼はゆっくりと意識を取り戻しつつあるカーラを監視しながら、いまもぼうっとした状態のサムにしっかりと目を配っていた。

「法執行センターに電話してドリスコル保安官助手と話したわ」スザンヌは言った。「カーラ・ライカーとドラッグについてすべて説明しておいた」そう言ってサムにうなずきかけた。

「彼女があなたを殺そうとしたこともね」

「ドリスコルはどう言ってた？」サムが訊いた。「彼を出し抜いてきみが事件を解決したと聞いた反応は？」

「実を言うとね、少しほっとしたみたいだった」

「そりゃそうだろう」サムのユーモアのセンスは完全に戻ったようだ。

「それから、わたしたちのうち誰かがカーラに付き添っていてほしいとも言ってたわ。彼が来て彼女を連行するまでのあいだ」

「おれが残る」ジェイクが申し出た。「あんたは先生を病院に連れていって、検査を受けさせてやってくれ」

スザンヌはモカのほうを小さく身振りでしめした。さっきからうろうろと落ち着きなく、サムが乗っている車に鼻を途中まで突っこんでいる。「でも、馬のこともあるし……」

「あいつのことは心配いらない」ジェイクは言った。「そっちも面倒見るからさ。その先にドラッカーっていう農家が持ってる納屋がある。前にそいつんとこであれこれ雑用をしたことがあるから、一日か二日、あんたの馬を置いても文句は言われないさ」

「本当にいいの？」

「いいからあんたは先生の面倒を見てやりな」ジェイクは顎でしめした。「まだ少しふらふらしてるみたいだから、病院でちゃんと診察してもらわないと」ジェイクはモカの手綱を一本、そっと引いた。「おれたちなら心配いらないよな、おまえ。ここでドリスコル保安官助手が来るのを待って、そしたら、雨風をしのげるすてきな馬小屋に案内してやるよ」

モカはそれに応えるように、大きく鼻を鳴らした。

「お礼のしようもないわ」スザンヌはジェイクに言い、サムの車の運転席に乗りこんだ。なんとか気をしっかり持とうとするものの、気持ちはぼろぼろで、いつ倒れてもおかしくない状態だった。

「いいんだ」とジェイク。「役に立てればそれだけで」

サムは座席にすわったまま体の向きを変え、スザンヌと向かい合った。それから彼女の手を握った。「大丈夫かい？」

スザンヌはひとつ息をついてからうなずいた。「ええ。あなたが戻ってきてくれたんだもの」

「ぼくはもう大丈夫だ。とりあえず、いまはね」

「ジェイク……」見ると彼はモカの手綱を揺すり、なでてやっている。「彼は命の恩人だわ」

サムが彼女の手をさらにぎゅっと握った。「どうやらきみの頭のなかはごっちゃになってるみたいだね。ぼくからすれば、きみこそ命の恩人だよ」

27

みんながみんな浮かれていたわけではないが、病院はちょっとした家族再会イベントのようなありさまだった。サムは救急治療室に搬送されたのち、手早く心電図を取られ、酸素吸入を受け、三年めの実習生によって新品同様と診断された。

すると、病院内の噂でスザンヌが大胆な救出劇を演じたと聞いたドゥーギー保安官が、車椅子でふたりのもとにやってきた。彼はこの十二時間で驚異的な回復を見せ、顔色も威勢のよさもすっかり戻っていた。

「おれを待ち伏せしてたのはカーラだったんだよ！」保安官は鼻息も荒く言った。「てっきり車が故障したんだと思ったんだ――だが、なんとなんと、タイヤレンチでおれをぶちのめすのがねらいだったというわけだ。そうしておいて、ひき殺そうとしたようだ」

スザンヌは保安官をじっと見つめた。「つまり、襲った相手がカーラだと知っていたわけ？」

「ああ、そうとも」保安官はこくんこくんとうなずいた。「わかっていたよ。問題なのは、脳みそがぐちゃぐちゃになったおかげで、誰にも言えなかったってことだ。ドリスコルの野郎に伝えようとしたんだよ……それにきのうの朝、あんたが見舞いに来てくれたときにも、なんとか伝えようとしたんだが……」

「あれがそうだったのね！」スザンヌは大きな声を出した。「ドラッグがどうしたこうしたって、ぼそぼそ言ってたのは聞こえたけど。てっきり、お医者様に処方された薬のことを言っているんだとばかり」

「ちがったんだ」と保安官。「カーラに襲われた瞬間、なんて言うか……ええと……ぱっとひらめいたんだよ。あの女はその線でドラモンドとつながってたんだとな。なにしろやつときたら、最近、めきめきとでかく、たくましくなってただろ。だがあいにく、それをちゃんと伝えられなかったってわけだ」

「とんでもない事件だったわね」スザンヌはかぶりを振った。「ミッシーに疑いが晴れたと伝えるのが待ちきれないわ」

「ああ、彼女の容疑は晴れたよ」保安官はうなずいた。

スザンヌはそろそろ帰ろうと思ったが、サムは救急治療室のスタッフにみずからの救出劇を話して聞かせるのに夢中で、しかも話にいろいろ尾ひれまでつけている。スザンヌは彼の賛辞に酔うべきか、それとも照れるべきかわからなかった。

幸いにも、保安官が話をさえぎった。

「ところで」彼は胸を張り、スザンヌに面と向かって言った。「たしか、この事件には近寄るなと警告したはずだろう？　法執行機関の足を踏むようなまねはするなと」きつい言い方だが、それとは裏腹に目はうれしそうに輝いている。

「足を踏む話は聞いた覚えがないわ」スザンヌは真顔を崩さないようにして言った。「わたしの記憶では、足を突っこんで対処してほしいと言われたように思うけど」

保安官はかぶりを振り、ほっとしたような声を洩らした。「カーラ・ライカーはドラッグを密売していた。まったく信じられんよ。彼女がドラッグを売っていたなんて誰が思う？しかも人殺しだっていうんだからな」

「誰も思いもしなかったわ」スザンヌは言った。「わたしがサムを捜しに行って、カーラが彼を殺そうとする現場を目撃するまではね」

「そこへスザンヌが白馬に乗って現われたんだ」サムははしゃいだように言った。「あの姿、見せたかったたね。まるで『インディ・ジョーンズ』のひとコマみたいだったよ！」

「正確に言うなら」とスザンヌ。「モカは白馬じゃなく栗毛だけどね」

しかしお楽しみはまだ終わらなかった。というのも、十分後——車椅子でウィーリーをやってみせようとした保安官が、看護師によってとうとう上の階に連れ戻されたのち——ほかの仲間が来てくれたからだ。

「まあ！」スザンヌが声をあげるがはやいか、ペトラとトニが検査室になだれこんでスザンヌを抱きしめ、サムにお祝いの言葉を浴びせかけた。「いったいどうして……？」

「ジェイクが連れてきてくれたの」ペトラが言った。

「そうなんだよ」トニが声を張りあげた。「ジェイクがカックルベリー・クラブに立ち寄って、なにからなにまで話してくれたんだ」彼女はスザンヌを指差した。「ずいぶんと大活躍だったんだってね！」それからサムのほうを向いた。「あんたはさ、往診するときはもっと注意しなきゃだめだよ！」

サムはにやりとした。「うん、そうだね」

「ところで、カックルベリー・クラブの負傷者はどうしたの？」スザンヌは訊いた。「ダンやソーニャは？」

「ふたりなら一緒に連れてきたわ」ペトラが言った。「いまこの先の救急治療室で手当て中よ」

「出口をふさいでいた倒木はどうしたの？」

「ジュニアがチェーンソーを持った仲間を連れてきて、通れるようにしてくれたよ」トニが誇らしげに言った。「いま連中は倒れた木のあと始末をしてる。でも、まず先に通り道を確保して、お客が出られるようにしてくれたんだ」

スザンヌは呆気にとられた。「それじゃお客様はみんな……」

「帰ったわ」とペトラ。「車に相乗りしてね」

「でさ」トニがスザンヌとサムのほうに近づきながら言った。「カーラ・ライカーはそうとう手広くドラッグの密売をやってたわけ？」

「それも快楽を得るためのドラッグじゃない」サムは言った。「能力を向上させるドラッグだ。その手の薬をあつかう巨大マーケットが存在するのは、じつになげかわしいことだよ」

「ステロイドなんかのこと？」トニが訊いた。

「うん。あれはめちゃくちゃ有名だね」

「まあ」とペトラ。「まさかそんなこととは」

しかしトニはまだつづきを聞きたがった。「つまり、カーラはドラモンドにドラッグを売ってたけど、そのうちトラブルになったわけ？」

「そうなんでしょうね」スザンヌは答えた。

「実際、そうだったんだ」廊下のほうから声がした。全員が振り向くとジェイク・ガンツが立っていた。

「ジェイク！」スザンヌは言った。

「ドリスコル保安官助手が例のご婦人を連行しにやってきたとき」とガンツは説明した。

「彼女の車のトランクをあけたら、いろんな種類の小さなガラス容器が見つかった。一部はあんたがあのご婦人のポケットから見つけたようなやつだったけど、ほかのものもあった。たしか……オキサンドロロン？」サムが言った。

「オキサンドロロン？」サムが言った。

「そうそう、それ」

サムは低く口笛を吹いた。「やっぱりだ」

「でも、まだわかんないんだけどさ」トニが言った。「カーラはなぜサムを襲ったんだろう？」

「サムがドラモンドさんの検死を担当すると思いこんでいたからよ」スザンヌは説明した。「不安になったんでしょうね。いずれは使用されたドラッグが検出されると思ったんじゃないかしら。筋肉の量を増やし、パフォーマンスを向上させるためのドラッグがね。そうなったら、自分があやしまれるもの」

「ちょっ、スザンヌ」とトニ。「あのまま調査をつづけてたら、次の殺しの対象はあんただったかもしれないじゃん！」

「まったく、楽しいことを考えつくわね」とペトラ。

「トニは希望の光を見出す名人だからね」サムがからかった。

「丸くおさまって本当によかった」ペトラは言うと、うれしそうな顔でジェイクにほほえみかけた。「いまこの瞬間から、あなたにはカックルベリー・クラブでのお食事を無料で提供するわ。なんでも好きなものを頼んでね」

ジェイクはびっくりしたようだった。「おれが？　なんにもしてないのに」

スザンヌは彼の手を握った。「真の友だとわかったからよ」

「そのとおり」とペトラ。「それに人生のレシピにおいては、友人こそもっとも大事な材料なのよ」

しかしジェイクは顔を伏せてしまった。「あんたの馬はまさしく天からの贈り物だね」

「モカは本当に……すばらしい馬よ」スザンヌは涙を押しとどめながら言った。

「あの馬をモデルに、ひとついい絵を描こうと思うんだ」とジェイク。「ハート&クラフト展に出展して……」

「買った！」サムが言った。

彼はスザンヌの手をぎゅっと握りしめた。「そしたらきみにプレゼントするよ」

「ありがとう」スザンヌは目に愛情をこめて言った。それから、誰にも聞こえないよう小さな声でささやいた。「愛しているわ、サム」

「ぼくもだよ」彼がささやき返した。「ぼくも愛している」

白インゲン豆の朝食用ハッシュ

【用意するもの】

ベーコン…… 4枚

タマネギのみじん切り……1/4カップ

赤ピーマンのみじん切り……1/2個分

バター……大さじ1

缶詰のカネリーニ豆(白インゲン豆)…… 1缶(432g入り)

卵…… 2個

塩・コショウ……適宜

【作り方】

1. カネリーニ豆は缶汁を切っておく。
2. ベーコンをフライパンでカリカリになるまで炒めてから取り出す。そこへタマネギのみじん切り、赤ピーマンのみじん切り、バターを入れ、5分炒める。
3. 2にカネリーニ豆をくわえて混ぜ、さらにベーコンを崩しながらくわえて混ぜる。
4. 3をフライパンのわきに寄せ、あいたところに卵を割り入れて目玉焼きを焼く。
5. 豆を二枚の皿に盛り、それぞれに目玉焼きをのせる。

チョコチップとキヌアの朝食用クッキー

【用意するもの】

完熟バナナ……大きめのものを４本

バニラエッセンス……小さじ1

アーモンドバター……大さじ2

ココナッツシュガー……1/2カップ

調理済みのキヌア……１カップ

キヌアフレーク(またはオートミールフレーク)……１カップ

細切りのココナッツ(無糖)……１カップ

海塩……ひとつまみ

チョコレートチップ……1/2カップ

【作り方】

1. オーブンを190℃にあたためておく。
2. 大きなボウルに皮をむいたバナナを入れてフォークでつぶし、バニラエッセンス、アーモンドバター、ココナッツシュガーをくわえる。
3. 2にキヌア、キヌアフレーク、細切りココナッツ、塩ひとつまみをくわえ、よくなじむまで混ぜる。さらにチョコレートチップをくわえてよく混ぜる。
4. 天板にクッキングペーパーをしき、3の生地を適量ずつ落とし、オーブンで25～30分焼く。

ピーマンの詰め物のスープ

【用意するもの】

牛ひき肉……450g

粉末のオニオンスープのもと……１袋

缶詰の角切りトマト……１缶(411g入り)

缶詰のトマトソース……１缶(425g入り)

大きめのピーマン……２個

ビーフブイヨン……１個

ブラウンシュガー……1/8カップ(きっちり詰めた状態で)

白米……１カップ

モツァレラチーズ……適宜

【作り方】

1. ピーマン２個はみじん切りにしておく。オニオンスープのもとを分量の水で溶く。
2. 大きめの鍋で牛ひき肉を赤いところがなくなるまで炒め、1のスープをくわえて混ぜる。
3. 残りの材料を白米以外すべて2にくわえ、沸騰したら火を弱めて35分間、ピーマンがやわらかくなるまでコトコトと煮る。
4. 3に白米をくわえ、さらに５分煮る。
5. 皿に盛りつけ、モツァレラチーズを散らす。この分量で4皿分できる。

チキンのミートローフ
(チキンだからチキンローフかも?)

【用意するもの】

鶏ひき肉……900g

ソフトパン粉……１カップ

タマネギのみじん切り……1/2カップ

卵……２個

トマトソース……１カップ

塩・コショウ……適宜

溶かしバター……1/4カップ

【作り方】

1. オーブンを175℃にあたためておく。
2. 大きめのボウルにひき肉、パン粉、タマネギのみじん切りを入れてよく混ぜる。
3. 小さめのボウルで卵を割りほぐし、そこにトマトソースをくわえて混ぜる。
4. 2に3をくわえ、塩・コショウしてよく混ぜる。それを23×13cmのミートローフ型に入れ、オーブンで約１時間、途中ときどき溶かしバターを上からかけながら焼く。
5. 焼きあがったら型からはずし、肉汁を落とす。数分待ってから皿に盛りつける。

ベーコン・コーンブレッド

【用意するもの】

小麦粉…… 1カップ

コーンミール(黄色でも白でも)…… 1カップ

ベーキングパウダー……小さじ3 1/2

塩……小さじ1

砂糖……大さじ3

卵…… 1個

牛乳…… 1カップ

バター……1/4カップ

カリカリベーコンのみじん切り……1/2カップ

【作り方】

1. オーブンを220℃にあたためておく。小麦粉はふるっておく。
2. 大きなボウルに小麦粉、コーンミール、ベーキングパウダー、塩、砂糖を入れて混ぜる。
3. べつのボウルで卵、牛乳、バター、ベーコンを混ぜる。
4. **3**を**2**に流し入れ、全体がしっとりするくらいまで混ぜる。
5. 20×20×5cmの型に油(分量外)を塗り、**4**の生地を流し入れてオーブンで35～40分焼く。

クレイジーキルト・ブレッド

【用意するもの】

砂糖…… 1 1/2カップ

卵…… 1個

牛乳…… 1 1/4カップ

ビスケット用ミックス粉…… 3カップ

砂糖漬けの果物のみじん切り（ミックス）……1/2カップ

くるみのみじん切り…… 1カップ

【作り方】

1. オーブンを175℃にあたためておく。
2. 砂糖、卵、牛乳、ビスケット用ミックス粉を混ぜて手でこね、そこへ砂糖漬けの果物と刻んだくるみもくわえる。
3. 2の生地を油を塗った23×13cmのミートローフ型に流しこみ、オーブンで45分、竹串を刺してもなにもついてこなくなるまで焼く。
4. 冷ましてから切り分け、バターあるいはハニーバターを塗って食べる。

ペトラのクランベリー・マフィン

【用意するもの】

中力粉…… 1 3/4 カップ

砂糖……1/3 カップ

塩……小さじ 1/2

ベーキングパウダー……小さじ２

卵……２個

牛乳……3/4 カップ

溶かしバター……1/4 カップ

ドライクランベリー（刻んだもの）……１カップ

オレンジの皮のすりおろし……小さじ１

【作り方】

1. オーブンを200℃にあたためておく。
2. 中力粉、砂糖、塩、ベーキングパウダーは大きなボウルにふるい入れる。
3. べつのボウルで卵と溶かしバターを混ぜ合わせる。
4. 2の中心をくぼませ、そこに2を流し入れ、全体がしっとりするまで混ぜ合わせ、クランベリーとオレンジの皮のすりおろしをくわえる。
5. 油を塗ったマフィン型に4の生地をスプーンで落とし入れ、オーブンで20～25分焼く。

ペトラ特製
ゴートチーズとピメントの
ティーサンドイッチ

【用意するもの】

ゴートチーズ……285g
生クリーム……1/4カップ
ピメントのみじん切り……1/4カップ
タバスコ……小さじ1
塩・コショウ……適宜
パン……８枚

【作り方】

1. ゴートチーズはやわらかくしたのち、スプーンでつぶし、生クリーム、ピメント、タバスコ、塩・コショウをくわえて混ぜる。
2. 1を好みの白パン、あるいは全粒ブレッドに塗り、ティーサンドイッチの形に切り分ける。全部で16個できる。

※ゴートチーズが苦手な人はクリームチーズやその他のやわらかくて白いチーズで代用してもよい。

簡単クリーム・スコーン

【用意するもの】

中力粉…… 2カップ

ベーキングパウダー……大さじ1

砂糖……大さじ4

塩……小さじ1/2

バター……1/3カップ

生クリーム…… 1カップ

【作り方】

1. オーブンを220℃にあたためておく。バターは冷たくしたのち、細かく刻んでおく。
2. 大きなボウルに中力粉、ベーキングパウダー、砂糖、塩を入れて混ぜる。そこへバターを刻むようにしながら、全体がぽろぽろするまで混ぜる。そこに生クリームを、全体がまとまるようになるまでくわえる（だいたい45秒ほどかかる）。
3. 2の生地を粉をふるった台でのばし、楔形に8つに切り分ける。それをベーキングシートをしいた天板に並べ、オーブンで12～15分焼く。

※お好みで生地にドライクランベリー、レーズン、刻んだカラントのいずれかを1/2カップくわえてもよい。

ペトラの焼かない
ピーナッツバター・ファッジ

【用意するもの】

砂糖…… 2カップ

牛乳……1/2カップ

ピーナッツバター……3/4カップ

バニラ……小さじ1

チョコレートチップ……1/2カップ

【作り方】

1. 鍋に砂糖と牛乳を入れてわかし、2分半沸騰させる。
2. 火からおろし、ピーナッツバター、バニラ、チョコレートチップをくわえ、よく混ぜる。
3. 油を塗った型に流し入れ、冷やす。

トニの
パイナップル入りダンプ・ケーキ

【用意するもの】

エンゼルケーキ用ミックス粉……１箱(453g)

缶詰のカットパイナップル……１缶(566g)

ホイップクリーム……適宜

【作り方】

1. オーブンを180℃にあたためておく。
2. テフロン加工の23×30cmの型にケーキ用ミックス粉とパイナップルを缶汁ごと入れてよく混ぜる。
3. オーブンで25分焼き、型のまま冷ます。
4. ケーキをすくい取り、ホイップクリームを添えて出す。簡単！

チキンのビール衣のフリッター

【用意するもの】

中力粉…… 1 3/4 カップ

塩……小さじ 1 1/2

コショウ……小さじ 1/2

ビール……350ml

植物性油……適宜

鶏肉…… 1 羽分

【作り方】

1. 中力粉はふるっておく。鶏肉は切り分けておく。
2. 中力粉、塩、コショウをボウルに入れて混ぜる。そこにビールをくわえて泡立て器でよく混ぜ、30 分間寝かせる。
3. フライパンに 2.5cm ほど油を入れ、190℃に加熱する（火は中火強）。鶏肉を **2** の衣につけ、熱した油に入れ、一度だけひっくり返して 30 分ほど揚げる。

※揚げる時間を 10 分に短縮して衣をカリッとさせたのち、175℃のオーブンで 30 分焼いてもよい。

訳者あとがき

みなさま、おひさしぶりです。一年以上の間があいてしまいましたが、〈卵料理のカフェ〉シリーズ第五弾、『保安官にとびきりの朝食を』をお届けします。

前作の『あったかスープと雪の森の罠』のキンドレッドは、身も心も凍るような寒い冬の真っ只中でしたが、本作の季節は春。とはいえ、まだまだ肌寒さの残る時期で、しかも南からは嵐が接近し、近隣では竜巻の被害も出ているという、なんとも不穏な天気がつづいています。

そんな悪天候のなか、カックルベリー・クラブのスザンヌとトニは、歴史協会の依頼でメモリアル墓地に花を届けに出かけます。墓地の開設百五十周年を記念するイベントが開催されるため、その準備に駆り出されたのです。しかし、無事に花を届けたものの、ふたりはちょっとした偶然から、掘ったばかりの墓穴で死体を発見してしまいます。それも誰あろう、元刑務所長のレスター・ドラモンドの死体を。ぱっと見たところは外傷がなく、事故死の可能性も考えられたのですが、のちに殺人と判明。保安官を中心に本格的な捜査が始まります。

その保安官がまず目をつけたのが、ミッシー・ラングストン。スザンヌたちの友人で、〈アルケミー〉というハイセンスなブティックで働いている女性です。彼女がドラモンドにしつこく、それもストーカーまがいにつきまとわれていたのは周知の事実。しかも、事件当日、スザンヌたちと入れ違いに墓地から逃げるように出ていくところを目撃されており、容疑はますます濃厚になるばかり。必死に無実を訴えるミッシーに同情したスザンヌは、彼女の容疑を晴らすため、力になると約束します。

ドラモンドは人に好かれるタイプではなく、むしろ町の嫌われ者でした。また、違法な闘犬にかかわったとして刑務所長の職を解任されるなど、悪いイメージのつきまとう人でもありました。そのため、スザンヌがちょっと聞きこみをしただけでも、容疑者候補が何人か出てきます。解任劇をめぐる訴訟で被告になっていた人たち、息子が刑務所に入れられたことを逆恨みした人、おまけにどこからともなく現われたドラモンドの元妻など、誰もがあやしく思えてきます。しかし決定打となる証拠は見つかりません。捜査に首を突っこむなと保安官から厳しく釘を刺され、恋人サムからは危ないことはしないでほしいと言われながらも、スザンヌはミッシーのためにと奮闘するのですが……

これまで〈卵料理のカフェ〉シリーズを読んできてくださった方は、ドラモンドの解任騒動や、彼がミッシーにつきまとっていたこと、ミッシーが以前にも警察から疑われたことなどを覚えておいでのことと思います。今回はそんな過去のエピソードをしっかり盛りこみ、シリーズものらしい出来映えになっていますね。もちろん、これまでの四作のネタバレはしていませんので、はじめてこのシリーズに触れるという方でも安心して読んでいただけます。

ところでみなさんは、シリーズの主要登場人物のなかで誰がいちばん好きですか？　わたしは当初、自分とは正反対の性格のトニにあこがれのようなものを感じていたのですが、前作あたりからジュニアが赤丸急上昇。絶対に夫にはしたくないタイプですが、いつまでも少年の心（というより子どもっぽい心？）を持ちつづけ、失敗からなにも学ばないところがキャラクターとしておもしろいと思います。彼が出てくる場面は訳していて楽しいんですよ。

そんなジュニアが今回挑戦するのが、デモリション・ダービーというカーレースの一種。自動車の国、アメリカではメジャーなものから地方色豊かなものまで、ありとあらゆるカーレースがおこなわれています。デモリション・ダービーは作中にも説明がありますが、オンボロ車をぶつけ合い、最後まで動いていた人が勝ちという、なんともワイルドなレースです。危険を回避するための改造をほどこすことが義務づけられ、運転席側のドアにぶつけるのは禁止などのルールはありますが、どう考えても危険きわまりないですよね。しかも、ジュニアが出場したレースの優勝賞金は五百ドル。日本円にして五万円程度では割に合わない気もしますが、レースに魅せられた人たちにはお金はどうでもいいのかもしれません。興味のある方は、インターネットで〝デモリション・ダービー〟で動画を検索してみてください。アメリカンな雰囲気を味わえますよ。

最後に次作のご紹介を少し。タイトルは*Scorched Eggs*。郡の施設で火災が発生し、現場からスザンヌの友人が死体となって発見されます。火災は放火と判断され、殺人事件として捜査が始まります。容疑者として逮捕されたのが……おっと、ここから先は読んでのお楽しみ。いましばらくお待ちください。

二〇一五年三月

コージーブックス

卵《たまご》料理《りょうり》のカフェ⑤

保安官《ほあんかん》にとびきりの朝食《ちょうしょく》を

著者　ローラ・チャイルズ
訳者　東野《ひがしの》さやか

2015年3月20日　初版第1刷発行

発行人　成瀬雅人
発行所　株式会社　原書房
〒160-0022 東京都新宿区新宿1-25-13
電話・代表　03-3354-0685
振替・00150-6-151594
http://www.harashobo.co.jp
ブックデザイン　atmosphere ltd.
印刷所　中央精版印刷株式会社

落丁・乱丁本はお取り替えいたします。
定価は、カバーに表示してあります。
 ISBN978-4-562-06037-5 Printed in Japan